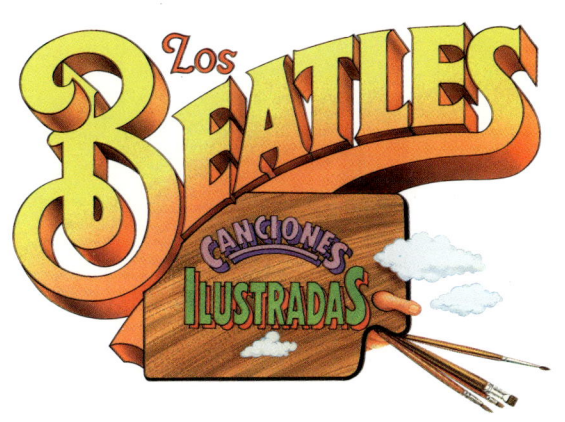

Los Beatles

CANCIONES ILUSTRADAS

Editado por Alan Aldridge

EMECÉ EDITORES

Título original en inglés: The Beatles Illustrated Lyrics
Traducción de Juan Masoliver y Viviana Werber

Lyrics copyright © 1969 Northern Songs Limited (London)
Illustrations and text (other than the lyrics) copyright © 1969
Alan Aldridge Associates Ltd. (London) except those illustrations contributed by the
individually listed contributors who retain the copyright in their contributions.

© Emecé Editores S.A., 1998
Alsina 2062 - Buenos Aires, Argentina

Diseño de Andrew Barron and Collis Clements Associates

Ilustración de la portada tomada del artículo "The Beatles Sinister Songbook",
del Observer, noviembre de 1967(adaptada por Néstor Taylor).

Impreso y encuadernado en Italia por Lego Spa

e-mail: editorial@emece.com.ar
http://www.emece.com.ar

ISBN: 950-04-1940-8
27.139

Dedicado a

que no pudo verlo y a Rita,
Miles y Saffron que lo vieron.

Prefacio

¿Cuántos adjetivos se utilizaron para describir a los Beatles?

No cabe duda del impacto que tuvieron sobre la música popular de los años 60, cuando se publicó este libro por primera vez, en dos volúmenes. Pero hoy en día la influencia del cuarteto sigue siendo importante. Las grabaciones, las composiciones originales e incluso las películas que hicieron afectaron profundamente los sentidos en los que se desarrolló la industria del entretenimiento y es probable que los sigan afectando, si bien los integrantes del grupo que aún están vivos trabajan por separado y nunca volverán a crear material nuevo los tres juntos.

La introducción que escribió Alan Aldridge para el primer volumen atrapa la esencia del encanto que desplegaban y aún despliegan los Beatles. Por otra parte, sigue teniendo efecto la idea de Aldridge de presentar un libro que deleitara la vista y la imaginación tanto como los discos de los Beatles deleitan el oído.

Las esperanzas de que volvieran a unirse los Fabulosos Cuatro se perdieron con el asesinato de John Lennon, que ocurrió frente a su casa en diciembre de 1980. Por lo tanto, este libro, que incluye contribuciones de artistas contemporáneos de primer nivel, es más bien un homenaje en retrospectiva que una alabanza al estilo de una década. La magia sigue viva, y *se garantiza que todos lo pasarán de lo mejor.*

Introducción

Es casi irreverente y desde luego un despropósito hablar de los Beatles en términos mundanos, como del conjunto de música popular que se convirtió en la mayor atracción de rock and roll jamás existida. Mientras sus primeras actuaciones provocaron escenas sin precedentes de histeria colectiva, su música ha evolucionado hasta convertirse en una fascinante historia social de nuestra generación y de su cultura. Fue esta elevación de la música *pop* y de su aliada la cultura *pop* llevada a cabo por los Beatles lo que hizo interesarme en la posibilidad de concebir este libro.

Me di cuenta por primera vez de la profundad de la letra de sus canciones en una fiesta a la que asistí en 1967, la época de *Sergeant Pepper* (El sargento Pimienta). Alguien me susurró al oído que *Lucy en el cielo con diamantes* era una canción sobre un "viaje" con LSD. Si bien la ambigüedad en las letras de la música popular no era cosa nueva. la escala de las diversas interpretaciones de las canciones que aparecen en álbum *Sergeant Pepper* me intrigó tanto que empecé a leer *todas* las letras de las Beatles, encontrando, o imaginando, todo tipo de significados ocultos. Una frase en particular me desconcertó: "conserva su cara en un jarro junto a la puerta" de "Eleanor Rigby". Me pareció puro surrealismo. Y como éste era un campo en el que yo estaba trabajando en ilustraciones, decidí, en mi absoluta ingenuidad, que debería entrevistarme con el autor de la frase, Paul McCartney. El resultado fue un artículo que, cuando apareció con mis propias ilustraciones, provocó un diluvio de correspondencia por parte de los admiradores. Esto me llevó directamente a concebir este libro de las mejores canciones de los Beatles.

En total han sido publicadas unas 180 canciones de los Beatles, pero como muchas de las primeras tienen temas muy reitarativos y no ofrecían suficiente variedad a las ilustraciones, pudimos eliminarlas. Una vez hecha esta selección, mandamos listas a los 43 colaboradores y les pedimos que marcaran las que ellos querían hacer. Irónicamente llegamos enseguida al punto en que casi todas las que *yo* quería ilustrar habían sido elegidas por otra persona. ¡Paciencia!

Lo que he intentado aquí es presentar un libro que sea tan entretenido a la vista y a la imaginación como un disco de los Beatles lo es al oído. Para un artista es una especie de desafío tomar una poesía e ilustrarla. Y, naturalmente, de esto hay una larga tradición. Los artistas han ilustrado siempre pasajes de la Biblia o de poemas, y nosotros hemos intentado hacer lo mismo aquí. En cierto sentido los Beatles son una religión: inician a la gente por lo que ellos dicen y por lo que representan.

Para mí, la música y la letra de los Beatles son un tremendo resorte para la imaginación. no importa ahora lo buena o mala que su poesía pueda ser: es universal en atracción y por eso mismo resulta mucho más viable ilustrarla..

La poesía es el catalizador para la imaginación del artista. Algunas ilustraciones son aquí muy imaginativas; otras parecen más directas. Tal vez se deba a que no he captado su significado inmediatamente. Siempre me ha asombrado, por ejemplo, la cantidad de gente que escucha *¡Eh, Jude!* sin entenderla. pero debo admitir que, si bien he leído todas las letras con mucha atención e infinidad de veces, honestamente no puedo decir que las he comprendido del todo.

Me gustaría creer que este libro es algo más que una mera selección de dibujos de canciones de los Beatles. Yo lo veo como una ilustración de la década de los años sesenta.

Para la sección de dibujos mandados por los admiradores hemos hecho amplia publicidad. Muchísima gente se ha desprendido de ellos para mandárnoslos. Hemos recibido desde lienzos de dos metros hasta los diminutos dibujos a lápiz de John y Yoko. Hemos recibido también gran cantidad de cartas insultantes…, una cosa que era nueva para mí. Imagino que si hay tanto amor dirigido a alquien o algo, habrá también mucho odio.

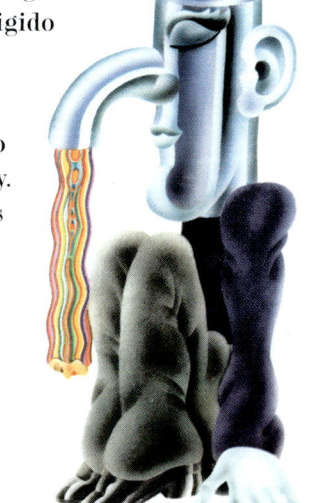

Los Beatles han apresado el *tempo* del mundo de hoy. Creo que las ilustraciones de este libro pueden iluminar su aportación al estilo de su generación.

Alan Aldridge, 1969

Parte I

Beatlemanía
1962 ➜ 1965

I saw her standing there

Well, she was just seventeen,
You know what I mean,
And the way she looked was way beyond compare,
So how could I dance with another,
oh when I saw her standing there.
Well she looked at me,
and I, I could see,
that before too long I'd fall in love with her,
she wouldn't dance with another,
oh when I saw her dancing there.
Well my heart went zoom when I crossed that room,
and I held her hand in mine.
Oh we danced through the night,
and we held each other tight,
and before too long I fell in love with her,
now I'll never dance with another,
oh when I saw her standing there.
Well my heart went zoom when I crossed that room,
and I held her hand in mine.
Oh we danced through the night,
and we held each other tight,
and before too long I fell in love with her,
now I'll never dance with another,
oh since I saw her standing there.
Oh since I saw her standing there.

Misery

The world is treating me bad, misery.
I'm the kind of guy who never used to cry,
The world is treating me bad, misery.
I've lost her now for sure,
I won't see her no more,
It's gonna be a drag, misery.
I'll remember all the little things we've done,
Can't she see she'll be the only one, lonely one,
Send her back to me 'cos ev'ry one can see,
Without her I will be in misery.
I'll remember all the little things we've done,
She'll remember and she'll be the only
one, lonely one,
Send her back to me 'cos ev'ry one can see,
Without her I will be in misery.
Oo in misery. Oo in misery.

Ask me why

I love you,
Can't you tell me things I want to know?
And it's true that it really only goes to show
That I know that I I I I should never, never, never be blue.
Now you're mine,
My happiness still makes me cry.
And in time you'll understand the reason why
If I cry it's not because I'm sad
But you're the only love that I've ever had.
I can't believe it's happened to me.
I can't conceive of any more misery.
Ask me why
I'll say I love you and I'm always thinking of you.

Please please me

Last night I said these words to my girl
I know you never even try girl
Come on, come on, come on, come on,
Please please me oh Yeh like I please you.
You don't need me to show the way love
Why do I always have to say love
Come on, come on, come on, come on,
Please please me oh Yeh like I please you.
I don't want to sound complaining
But you know there's always rain in my heart.
I do all the pleasing with you
It's so hard to reason with you.
Oh yeh why do you make me blue.
Last night I said these words to my girl,
I know you never even try girl,
Come on, come on, come on, come on
Please please me oh Yeh like I please you – you.

Love me do

Love, love me do,
you know I love you.
I'll always be true
so please love me do, who ho love me do.
Love, love me do,
you know I love you.
I'll always be true
so please love me do, who ho love me do.
Someone to love, somebody new.
Someone to love, someone like you.
Love, love me do,
you know I love you.
I'll always be true
so please love me do, who ho love me do.
Love, love me do,
you know I love you
I'll always be true
so please love me do, who ho love me do.

6 Esto es lo que queremos recuperar: la sencillez. No puedes tener nada más sencillo y sin embargo más lleno de sentido que 'ámame, ámame, sí'. esto es exactamente lo que quiero decir. Creo que hice novillos para escribir esta canción con John, cuando empezamos. 9
Paul

PS I love you

As I write this letter, send my love to you,
remember that I'll always be in love with you.
Treasure these few words till we're together
keep all my love forever.
PS I love you, you, you, you.
I'll be coming home again to you love,
until the day I do love.
PS I love you, you, you, you.
As I write this letter, send my love to you,
remember that I'll always be in love with you.
Treasure these few words till we're together
keep all my love forever.
PS I love you, you, you, you.
As I write this letter, send my love to you,
(you know I want you to)
remember that I'll always be in love with you.
I'll be coming home again to you love,
until the day I do love.
PS I love you, you, you, you,
I love you.

6 Realmente no me sentí del grupo hasta después de dos años, quizás dos años y medio. Sabes que antes eran ellos, los Beatles, y yo, el nuevo tambor. Duró lo suficiente como para preocuparme un poco, pero no más. 9
Ringo

Do you want to know a secret?

You'll never know how much I really love you,
You'll never know how much I really care,

Listen, do you want to know a secret,
Do you promise not to tell, Whoa …..
Closer let me whisper in your ear,
Say the words you long to hear,
I'm in love with you, oo …..

I've known the secret for a week or two,
Nobody knows just we two.

Listen, do you want to know a secret,
Do you promise not to tell, Whoa …..
Closer let me whisper in your ear,
Say the words you long to hear,
I'm in love with you, oo, oo, oo, oo …..

There's a place

There, there's a place,
Where I can go,
When I feel low,
When I feel blue,
And it's my mind,
And there's no time,
When I'm alone.
I think of you,
And things you do,
Go round my head,
The things you've said,
Like I love only you.
In my mind there's no sorrow,
Don't you know that it's so,
There'll be no sad tomorrow,
Don't you know that it's so.
There, there's a place,
Where I can go,
When I feel low,
When I feel blue,
And it's my mind,
And there's no time,
When I'm alone.
There, there's a place,
There's a place.

❛Era exactamente como
Butlin's.❜
**Ringo,
a su regreso de
Rishikesh, en el
Himalaya, donde
había estado
meditando.**

From me to you

If there's anything that you want,
if there's anything I can do,
just call on me and I'll send it along,
with love from me to you.
I've got ev'rything that you want,
like a heart that's oh so true,
just call on me and I'll send it along,
with love from me to you.
I got arms that long to hold you,
and keep you by my side,
I got lips that long to kiss you,
and keep you satisfied.
If there's anything that you want,
if there's anything I can do,
just call on me and I'll send it along,
with love from me to you.
Just call on me and I'll send it along,
with love from me you.
I got arms that long to hold you,
and keep you by my side,
I got lips that long to kiss you,
and keep you satisfied.
If there's anything that you want,
if there's anything I can do,
just call on me and I'll send it along,
with love from me to you.

❛La escribimos Paul y yo
mientras estábamos de gira.
Casi no la grabamos porque
al principio nos pareció muy
blusera, pero una vez que la
terminamos y que George
Martin le agregó la
armónica, quedó bien.**❜**
John

Thank you girl

Oh, oh
you've been good to me, you made me glad when I was blue,
and eternally I'll always be in love with you,
and all I gotta do is thank you girl, thank you girl.
I could tell the world, a thing or two about our love,
I know little girl, only a fool would doubt our love,
and all I gotta do is thank you girl, thank you girl.
Thank you girl for loving me the way that you do,
(way that you do),
that's the kind of love that is too good to be true,
and all I gotta do is thank you girl, thank you girl.
Oh, oh,
you've been good to me, you made me glad when I was blue,
and eternally I'll always be in love with you,
and all I gotta do is thank you girl, thank you girl.
Oh, oh.

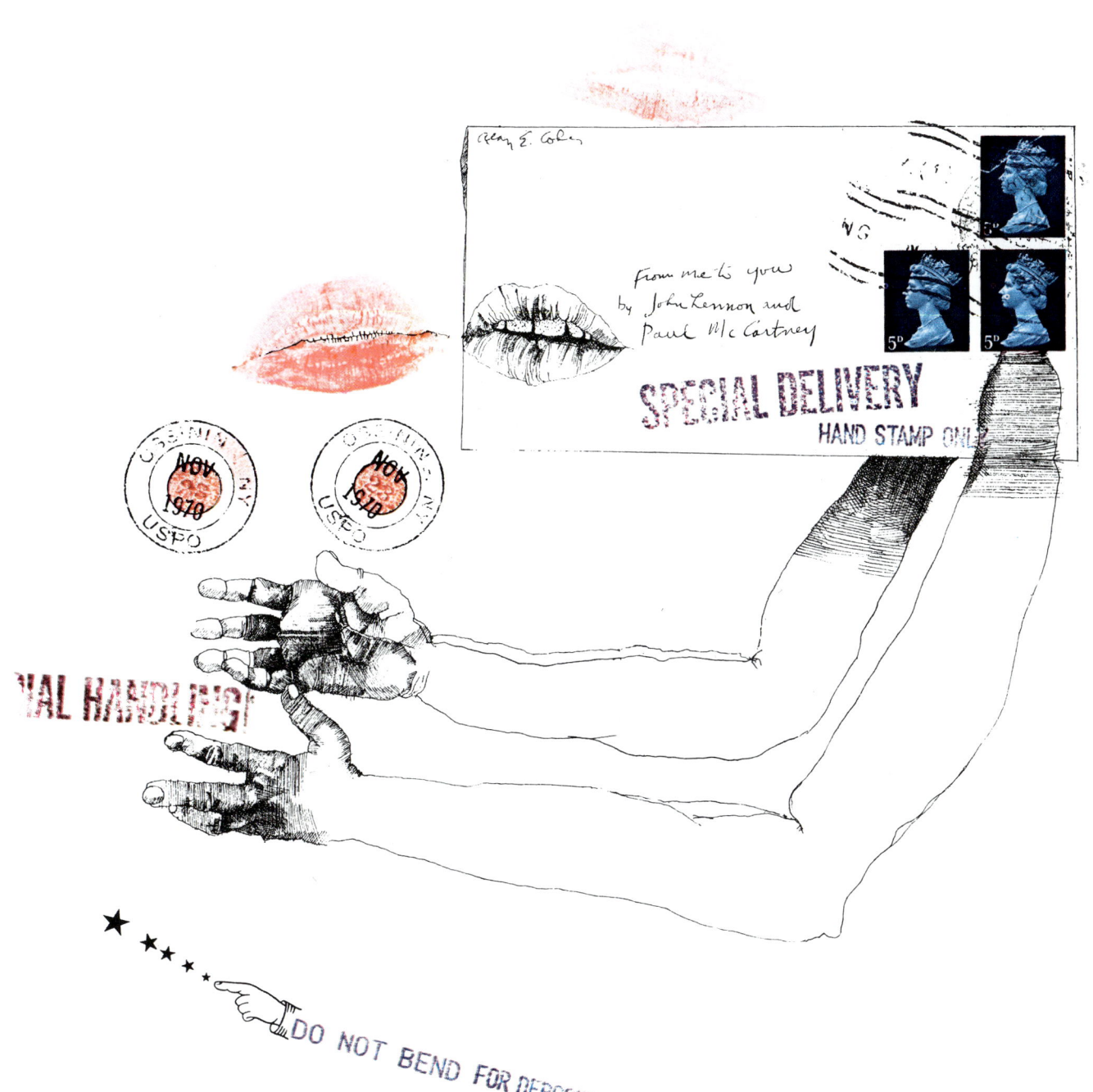

I'll be on my way

The sun is fading away.
That's the end of the day.
As the June-light
turns to moonlight
I'll be on my way.
Just one kiss then I'll go.
Don't hide the tears that don't show.
As the June-light
turns to moonlight
I'll be on my way.
To where the winds don't blow
and golden rivers flow,
this way I will go.
They were right, I was wrong,
true love didn't last long.
As the June-light
turns to moonlight
I'll be on my way.
To where the winds don't blow
and golden rivers flow,
this way I will go.
They were right, I was wrong,
true love didn't last long.
As the June-light
turns to moonlight
I'll be on my way.

Released by Billy J Kramer and
the Dakotas, April 1963

**❛El circo se fue a
otra parte pero
el predio todavía
nos pertenece.❜**
John

Tip of my tongue

When I want to speak to you,
it sometimes takes a week or two
to think of things I want to say to you,
but words just stay on the tip of my tongue.
When the skies are not so blue,
there's nothing left for me to do
just think of something new to say to you,
but words just stay on the tip of my tongue.
People say I'm lonely,
only know that's not true.
You know I'm waiting for a chance
to prove my love to you.
Soon enough my time will come,
and after all is said and done
I'll marry you and we will live as one,
with no more words on the tip of my tongue no more,
no words on the tip of my tongue.

Released by Tommy Quickly, July 1963

6 Cuando tenía más o menos doce años
pensaba que seguramente era un
genio pero que nadie se daba cuenta.
Si existen los genios, soy un genio, y
si no existen no me importa. 9
John

Bad to me

If you ever leave me, I'll be sad and blue,
don't you ever leave me, I'm so in love with you.
The birds in the sky would be sad and lonely,
if they knew that I'd lost my one and only,
they'd be sad, if you're bad to me.
The leaves on the trees would be softly sighin',
if they heard from the breeze that you left me cryin',
they'd be sad, don't be bad to me.
But I know you won't leave me 'cos you told me so,
and I've no intention of letting you go,
just as long as you let me know, you won't be bad to me.
So the birds in the sky won't be sad and lonely,
'cos they know that I got my one and only,
they'll be glad, you're not bad to me.
But I know you won't leave me 'cos you told me so,
and I've no intention of letting you go,
just as long as you let me know, you won't be bad to me.
So the birds in the sky won't be sad and lonely,
'cos they know that I got my one and only,
they'll be glad, you're not bad to me.

Released by Billy J Kramer and the Dakotas, April 1963

She loves you

She loves you yeh, yeh, yeh,
She loves you yeh, yeh, yeh.
You think you've lost your love,
Well I saw her yesterday – yi – yay,
It's you she's thinking of,
And she told me what to say – yi – yay,
She says she loves you,
and you know that can't be bad,
Yes, she loves you,
And you know you should be glad.
She said you hurt her so,
She almost lost her mind,
And now she says she knows,
You're not the hurting kind.
She says she loves you,
And you know that can't be bad,
Yes, she loves you,
And you know you should be glad.
She loves you yeh, yeh, yeh,
She loves you yeh, yeh, yeh.
And with a love like that,
You know you should be glad.
You know it's up to you,
I think it's only fair,
Pride can hurt you too,
Apologise to her.
Because she loves you,
And you know that can't be bad,
Yes, she loves you,
And you know you should be glad.
She loves you yeh, yeh, yeh,
She loves you yeh, yeh, yeh.
With a love like that,
You know you should be glad.
With a love like that,
You know you should be glad.
With a love like that,
You know you should be glad.
Yeh, yeh, yeh,
Yeh, yeh, yeh.

I'll get you

Oh yeh, oh yeh.
Imagine, I'm in love with you,
it's easy 'cos I know,
I've imagined I'm in love with you,
many, many, many times before.
It's not like me to pretend,
but I'll get you in the end,
yes I will, I'll get you in the end, oh yeh, oh yeh.
I think about you night and day,
I need you 'cos it's true.
When I think about you, I can say,
I'm never, never, never blue.
So I'm telling you, my friend,
that I'll get you, I'll get you in the end,
yes I will, I'll get you in the end, oh yeh, oh yeh.
Well, there's gonna be a time,
well I'm gonna change my mind.
So you might as well resign yourself to me, oh yeh.
Imagine, I'm in love with you,
it's easy 'cos I know,
I've imagined I'm in love with you,
many, many, many times before.
It's not like me to pretend,
but I'll get you in the end,
yes I will, I'll get you in the end, oh yeh, oh yeh.

❝Siempre nos peleamos. Gritas, chillas, lloras y esas cosas. Después nos arreglamos, y eso es lindo. Es casi como tratarnos mutuamente como si fuéramos psiquiatras.❞
Yoko

> ❛Me siento rejuvenecer. Incluso
> físicamente. En parte se debe a
> la dieta porque, comprendes, uno
> es lo que come. Y es también
> que he conocido a John.❜
> **Yoko**

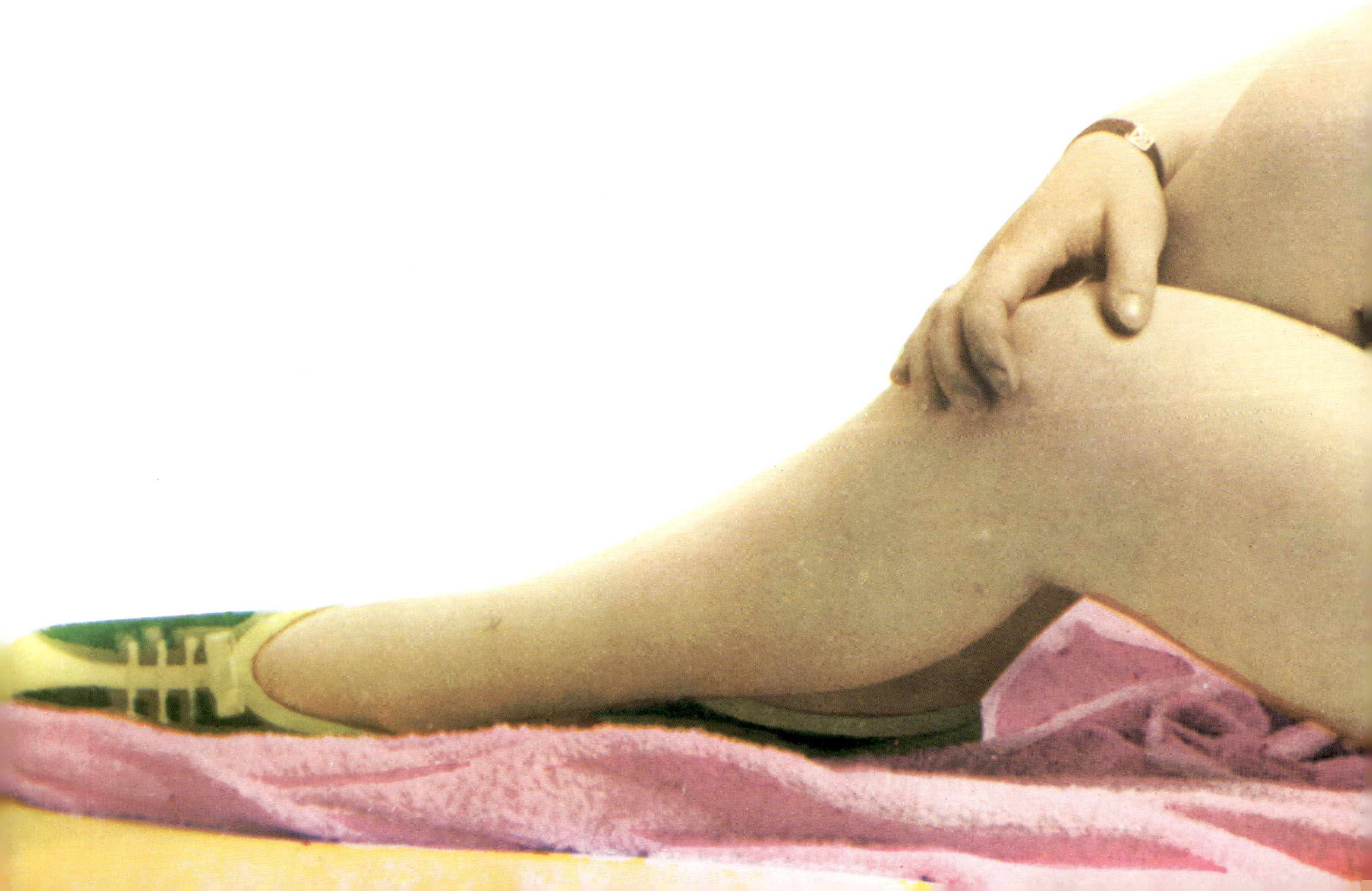

Love of the loved

Each time I look into your eyes,
I see that there the heaven lies,
and as I look I see the love of the loved.
Someday they'll see that from the start,
my place has been deep in your heart,
and in your heart I see the love of the loved.
Though I've said it all before,
I'll say it more and more,
now that I'm really sure you love me,
and I know that from today I'll see it in the way,
that you look at me and say you love me
So let it rain what do I care,
deep in your heart I'll still be there,
and when I'm there I see the love of the loved.
Though I've said it all before,
I'll say it more and more,
now that I'm really sure you love me,
and I know that from today, I'll see it in the way,
that you look at me and say you love me.
So let it rain, what do I care,
deep in your heart I'll still be there,
and when I'm there, I see the love of the loved,
I see the love of the loved.

Released by Cilla Black, September 1963

'No se puede culpar a John por enamorarse de Yoko así como no se me puede culpar a mí por enamorarme de Linda. Al principio yo estaba molesto con él y celoso de Yoko y tenía miedo de que se desarmara una gran asociación entre dos músicos. Tardé un año en darme cuenta de que estaban enamorados.'
Paul

Hello little girl

When I see you ev'ry day, I say mm-mm,
hello little girl,
when you're passing on your way, I say
mm-mm, hello little girl.
If I see you passing by, I cry mm-mm,
hello little girl,
when I try to catch your eye, I cry
mm-mm, hello little girl.
I send you flowers, but you don't care,
you never seem to see me standing there.
I often wonder, what you're thinking of,
I hope it's me (love, love, love).
So I hope there'll come a day, when you'll
say mm-mm,
you're my girl.
When I see you ev'ry day, I say mm-mm,
hello little girl,
when you're passing on your way, I say
mm-mm, hello little girl.
It's not the first time, it's happened to me,
it's been a long, long time and it's so funny to see
that I'm about to lose my mind.
So I hope there'll come a day, when you'll
say mm-mm, you're my girl.
You're my little girl.

Released by Fourmost, October 1963

❝ Es una de las primeras
canciones que terminé.
Tenía unos dieciocho
anos y se la dimos a los
Fourmost. Creo que fue
la primera canción mía
que traté de hacer
con el grupo. ❞
John

It won't be long

It won't be long yeh, yeh,
it won't be long yeh, yeh,
it won't be long yeh, yeh,
till I belong to you.
Ev'ry night when ev'rybody has fun,
here am I sitting all on my own.
It won't be long yeh, yeh,
it won't be long yeh, yeh,
it won't be long yeh, yeh,
till I belong to you.
Since you left me I'm so alone,
now you're coming, you're coming home,
I'll be good like I know I should,
you're coming home, you're coming home.
Ev'ry night the tears come down from my eyes,
ev'ry day I've done nothing but cry.
It won't be long yeh, yeh,
Since you left me I'm so alone,
now you're coming, you're coming home.
Ev'ry day we'll be happy, I know,
now I know that you won't leave me no more.
It won't be long yeh, yeh.

❝ Otra de las primeras.
Cuando hice terapia en
California me hicieron
repasar todas las letras de
todas las canciones que
había escrito en mi vida.
Ni yo podía creer que
hubiera escrito tantas. ❞
John

All I've got to do

Whenever I want you around, yeh,
All I gotta do
Is call you on the phone
And you'll come running home,
Yeh, that's all I gotta do.
And when I wanna kiss you, yeh,
All I gotta do
Is whisper in your ear the words you want to hear,
And I'll be kissing you.
And the same goes for me whenever you want me at all,
I'll be here, yes I will, whenever you call,
You just gotta call on me, yeh, you just gotta call on me.
And when I wanna kiss you, yeh,
All I gotta do
Is call you on the phone
And you'll come running home,
Yeh, that's all I gotta do.
And the same goes for me whenever you want me at all,
I'll be here, yes I will, whenever you call,
You just gotta call on me, yeh, you just gotta call on me.

Little child

Little child, little child,
little child, won't you dance with me?
I'm so sad and lonely,
baby take a chance with me.
Little child, little child,
little child, won't you dance with me?
I'm so sad and lonely,
baby take a chance on me.
If you want someone to make you feel so fine
then we'll have some fun when you're mine, all mine,
so come on, come on, come on.
Little child, little child,
little child, won't you dance with me?
I'm so sad and lonely,
baby take a chance with me.
When you're by my side, you're the only one,
don't you run and hide, just come on, come on,
so come on, come on, come on.
Little child, little child,
little child, won't you dance with me?
I'm so sad and lonely,
baby take a chance with me.
Oh yeh, baby take a chance with me.

All my loving

Close your eyes and I'll kiss you,
tomorrow I'll miss you,
remember I'll always be true,
and then while I'm away,
I'll write home every day,
and I'll send all my loving to you.
I'll pretend I am kissing,
the lips I am missing,
and hope that my dreams will come true,
and then while I'm away,
I'll write home every day,
and I'll send all my loving to you.
All my loving, I will send to you,
all my loving, darling, I'll be true.
Close your eyes and I'll kiss you,
tomorrow I'll miss you,
remember I'll always be true,
and then while I'm away,
I'll write home every day,
and I'll send all my loving to you.
All my loving, I will send to you,
all my loving, darling, I'll be true,
all my loving, I will send to you.

Hold me tight

If feels so right now, hold me tight,
Tell me I'm the only one,
And then I might,
Never be the lonely one.
So hold me tight, to-night, to-night,
It's you,
You you you – oo-oo – oo-oo.
Hold me tight,
Let me go on loving you,
To-night to-night,
Making love to only you,
So hold me tight, to-night, to-night,
It's you,
You you you – oo-oo – oo-oo.
Don't know what it means to hold you right,
Being here alone tonight with you,
If feels so right now, feels so right now.
Hold me tight,
Tell me I'm the only one,
And then I might,
Never be the only one,
So hold me tight, to-night, to-night,
It's you,
You you you – oo-oo – oo-oo.

Don't know what it means to hold you tight,
Being here alone tonight with you,
If feels so right now, feels so right now.
Hold me tight,
Let me go on loving you,
To-night to-night,
Making love to only you,
So hold me tight, to-night, to-night,
It's you,
You you you – oo-oo – oo-oo.

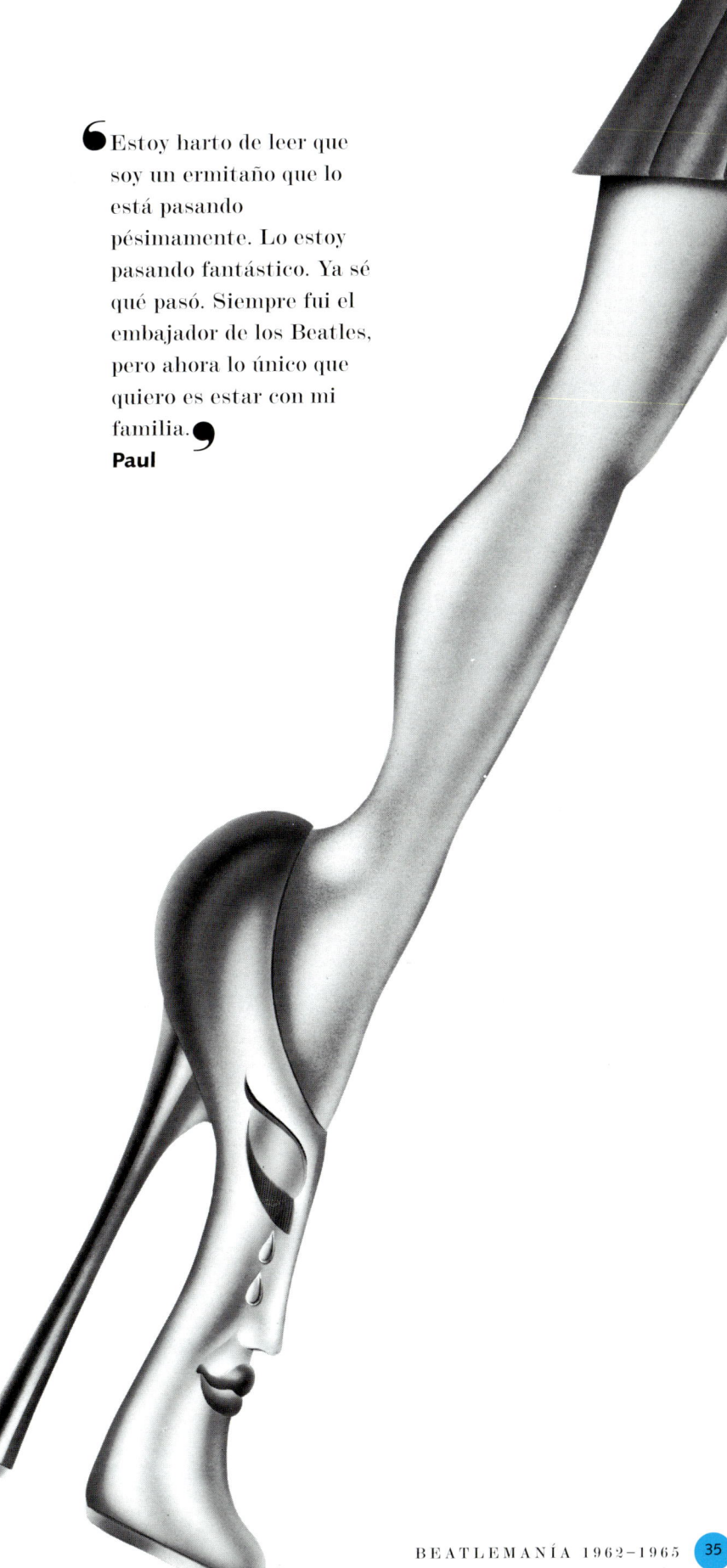

❛Estoy harto de leer que soy un ermitaño que lo está pasando pésimamente. Lo estoy pasando fantástico. Ya sé qué pasó. Siempre fui el embajador de los Beatles, pero ahora lo único que quiero es estar con mi familia.❜
Paul

KISS ME!

I wanna be your man

I wanna be your lover baby,
I wanna be your lover baby,
I wanna be your man,
I wanna be your lover baby,
I wanna be your man.
Tell me that you love me baby,
like no other can,
love me like no other baby,
like no other can.
I wanna be your man,
I wanna be your man.
Tell me that you love me baby,
tell me you understand,
tell me that you love me baby,
I wanna be your man.
I wanna be your lover baby,
I wanna be your man.
I wanna be your lover baby,
I wanna be your man.
I wanna be your man.
I wanna be your man.
I wanna be your lover baby,
I wanna be your man.
Tell me that you love me baby,
like no other can,
love me like no other baby,
like no other can.
I wanna be your man,
I wanna be your man.

Not a second time

You know you made me cry,
I see no use in wond'ring why,
I cried for you.
And now, you've changed your mind,
I see no reason to change mine,
I cried, it's through, oh.
Oh, you're giving me the same old line,
I'm wond'ring why,
you hurt me then, you're back again,
no, no, not a second time.
You know you made me cry,
I see no use in wond'ring why,
I cried for you, yeh.
And now, you've changed your mind,
I see no reason to change mine,
I cried, it's through, oh.
Oh, you're giving me the same old line,
I'm wond'ring why,
you hurt me then, you're back again,
no, no, not a second time.

I want to hold your hand

Oh yeh, I'll tell you something,
I think you'll understand,
then I'll say that something,
I wanna hold your hand,
I wanna hold your hand,
I wanna hold your hand.
Oh please say to me
you'll let me be your man,
and please say to me
you'll let me hold your hand,
I wanna hold your hand.
And when I touch you
I feel happy inside,
it's such a feeling
that my love I can't hide,
I can't hide, I can't hide.
Yeh, you got that something,
I think you'll understand,
when I feel that something,
I wanna hold your hand,
I wanna hold your hand,
I wanna hold your hand.
And when I touch you
I feel happy inside,
it's such a feeling
that my love I can't hide,
I can't hide, I can't hide.
Yeh, you got that something,
I think you'll understand,
When I feel that something,
I wanna hold your hand,
I wanna hold your hand,
I wanna hold your hand.

‘Los cambios superdominantes
de Do Mayor a La bemol
Mayor, y un poco menos los de
tercera (por ejemplo, ‘Quiero
coger tu mano’) son la
característica de las canciones
de Lennon y McCartney.’
El crítico musical de
THE TIMES

This boy

That boy took my love away,
he'll regret it someday – i – ay,
but this boy wants you back again.
That boy isn't good for you,
tho' he may want you too,
this boy wants you back again.
Oh, and this boy would be happy,
just to love you, but oh my – yi – yi,
that boy won't be happy,
till he's seen you cry – hi – hi.
This boy wouldn't mind the pain,
would always feel the same,
if this boy gets you back again.
This boy. This boy.

6 …Fuera de lo común en cuanto a su expresividad debido a su música sombría, pero en cuanto a la armonía es una de las más interesantes de la banda, con esas cadenas de grupos pandiatónicos… 9
**William Mann,
crítico musical de**
THE TIMES

I'll keep you satisfied

You don't need anybody to hold you,
here I stand with my arms open wide,
give me love and remember, what I told you,
I'll keep you satisfied.
You don't need anybody to kiss you,
ev'ry day I'll be here by your side,
don't go 'way, I'm afraid that I might miss you,
I'll keep you satisfied.
You can always get a simple thing like love anytime,
but it's diff'rent with a boy like me and a love like mine.
So believe ev'rything that I told you,
and agree that with me by your side,
you don't need anybody to hold you,
I'll keep you satisfied.
You can always get a simple thing like love anytime,
but it's diff'rent with a boy like me and a love like mine.
So believe ev'rything that I told you,
and agree that with me by your side,
you don't need anybody to hold you,
I'll keep you satisfied.
Give me love and remember, what I told you,
I'll keep you satisfied.

Released by Billy J Kramer and the Dakotas, November 1963

I'm in love

I've got something to tell you, I'm in love,
I've been longing to tell you, I'm in love.
You'll believe me, when I tell you, I'm in love with you.
You're my kind of girl,
You make me feel proud,
You make me want to shout aloud,
yes, I'm telling all my friends, I'm in love.
Ev'ry night I can't sleep, thinking of you,
and ev'ry little thing that you do,
yes, I'm telling all my friends, I'm in love.
Oh yeh, I'm sittin' on top of the world,
I'm in love with a wonderful girl,
and I never felt so good before,
if this is love, give me more, more, more.
Ev'ry night I can't sleep, thinking of you,
and ev'ry little thing that you do,
yes, I'm telling all my friends, I'm in love.
Yes, I'm telling all my friends, I'm in love,
in love.
Yes, I'm telling all my friends, I'm in love.

Released by Fourmost, February 1964

World without love

Please lock me away,
and don't allow the day
here inside, where I hide with my loneliness,
I don't care what they say,
I won't stay in a world without love.
Birds sing out of tune,
and rain clouds hide the moon,
I'm OK, here I'll stay with my loneliness,
I don't care what they say,
I won't stay in a world without love.
So I wait, and in a while
I will see my true love smile,
she may come, I know not when,
when she does I'll know,
so baby, until then –
Lock me away,
and don't allow the day
here inside where I hide with my loneliness,
I don't care what they say,
I won't stay in a world without love.
So I wait, and in a while
I will see my true love smile,
she may come, I know not when,
when she does I'll know,
so baby, until then –
Lock me away,
and don't allow the day
here inside where I hide with my loneliness,
I don't care what they say,
I won't stay in a world without love.
I don't care what they say,
I won't stay in a world without love.

Released by Peter and Gordon, March 1964

❝La escribí (*I'm in love*)
para los Fourmost.❞
John

'Todos tenemos un Hitler adentro, pero también tenemos amor y paz. Entonces, ¿por qué no le damos una oportunidad a la paz una vez en la vida?'
John

One and one is two

One and one is two,
what am I to do,
now that I'm in love with you.
I'm hoping ev'ry day
I'm gonna hear you say,
you really make my dreams come true.
Can't you feel, when I'm holding you near,
all the things I do.
show my love and I'm making it clear,
one and one is two.
One and one is two,
what am I to do,
now that I'm in love with you.
I'm hoping ev'ry day
I'm gonna hear you say,
you really make my dreams come true.
Can't you see, I loved you from the start,
don't you love me too?
I love you, but you're breaking my heart
from wanting you.
One and one is two,
what am I to do,
now that I'm in love with you
I'm hoping ev'ry day
I'm gonna hear you say,
you really make my dreams come true.
If you say that you're gonna be mine,
ev'rything's alright.
All the world would look so fine,
if you'd be mine tonight.
One and one is two.
What am I to do,
now that I'm in love with you.
I'm hoping ev'ry day
I'm gonna hear you say,
you really make my dreams come true.

Released by The Strangers, May 1964

❝No sé a qué se refiere John cuando se queja de que tenemos poco dinero. No necesitamos llevar dinero encima. Si queremos algo, firmamos un papel y pedimos que manden la cuenta a Apple. John tiene su auto, su casa y todo lo que pueda llegar a querer.❞
Ringo

Nobody I know

Nobody I know could love me more than you,
You can give me so much love it seems untrue,
Listen to the bird who sings it to the tree,
And then when you've heard him see if you agree,
Nobody I know could love you more than me.
Ev'rywhere I go the sun comes shining through,
Ev'ryone I know is sure it shines for you,
Even in my dreams I look into your eyes,
Suddenly it seems I've found a paradise,
Ev'rywhere I go the sun comes shining through,
It means so much to be part of a heart of
a wonderful one,
When other lovers are gone we'll live on,
We'll live on.
Even in my dreams I look into your eyes,
Suddenly it seems I've found a paradise,
Ev'rywhere I go the sun comes shining through,
Nobody I know could love me more than you,
You can give me such love it seems untrue,
Listen to the bird who sings it to the tree,
And then when you've heard him see if you agree,
Nobody I know could love you more than me.
Nobody I know could love you more than me.

Released by Peter and Gordon, June 1964

I call your name

I call your name, but you're not there.
Was I to blame for being unfair?
Oh, I can't sleep at night since you've been gone,
I never weep at night, I can't go on.
Well, don't you know I can't take it?
I don't know who can.
I'm not goin' to make it,
I'm not that kind of man.
Oh, I can't sleep at night, but just the same,
I never weep at night, I call your name.
Well, don't you know I can't take it?
I don't know who can.
I'm not goin' to make it,
I'm not that kind of man.
Oh, I can't sleep at night, but just the same,
I never weep at night, I call your name.
I call your name.

Like dreamers do

Dreams, I saw a girl in my dreams.
And so it seems
that I will love her.
You, you are that girl in my dreams.
And so it seems
that I will love her.
And I yi, yi, waited for your kiss,
waited for the bliss.
Like dreamers do.
You, you came just one dream ago.
And now I know
that I will love you.
I knew, when you first said hello.
That's how I know
that I will love you.
And I yi, yi,
oh, I'll be there, yeh,
waiting for you, you.

Released by The Applejacks, July 1964

A hard day's night

It's been a hard day's night,
And I've been working like a dog,
It's been a hard day's night,
I should be sleeping like a log,
But when I get home to you,
I find the thing that you do,
Will make me feel alright.
You know I work all day,
To get you money to buy you things,
And it's worth it just to hear you say,
You're gonna give me ev'rything,
So why on earth should I moan,
'Cos when I get you alone,
You know I feel okay.
When I'm home ev'rything seems to be right,
When I'm home feeling you holding me
tight, tight, yeh.
It's been a hard day's night,
And I've been working like a dog,
It's been a hard day's night,
I should be sleeping like a log,
But when I get home to you,
I find the thing that you do,
Will make me feel alright.
So why on earth should I moan,
'Cos when I get you alone,
You know I feel okay.
When I'm home ev'rything seems to be right,
When I'm home feeling you holding me
tight, tight, yeh.
It's been a hard day's night,
And I've been working like a dog,
It's been a hard day's night,
I should be sleeping like a log,
But when I get home to you,
I find the thing that you do,
Will make me feel alright.

❝No era tanto que
Brian Epstein había
descubierto a los
Beatles como que los
Beatles descubrieron
a Brian Epstein.❞
Paul

I should have known better

I should have known better with a girl like you,
that I would love everything that you do,
and I do, hey hey, and I do.
Whoa, whoa, I never realised what a kiss could be,
this could only happen to me,
can't you see, can't you see?
That when I tell you that I love you, oh,
you're gonna say you love me too hoo hoo
hoo hoo, oh,
and when I ask you to be mine,
you're gonna say you love me too.
So, oh, I should have realised a lot of things before,
if this is love you've got to give me more,
give me more, hey hey, give me more.
Whoa, whoa, I never realised what a kiss could be,
this could only happen to me,
can't you see, can't you see?
That when I tell you that I love you, oh,
you're gonna say you love me too, oh
and when I ask you to be mine,
you're gonna say you love me too.
You love me too,
you love me too.

'Ahora no toco el sitar.
Habría tardado unos diez
años en estudiarlo y tengo
otras cosas que hacer.
Cuanto más aprendía,
más me daba cuenta
de lo poco que sé.'
George

If I fell

If I fell in love with you would you promise to be true,
And help me understand?
'cos I've been in love before, and I found that love
was more,
Than just holding hands.
If I give my heart to you,
I must be sure from the very start,
That you would love me more than her.
If I trust in you, oh please,
Don't run and hide,
If I love you too, oh please don't hurt my pride like her.
'cos I couldn't stand the pain,
And I would be sad if our new love was in vain.
So I hope you see,
That I would love to love you,
And that she will cry when she learns we are two.
'cos I couldn't stand the pain,
And I would be sad if our new love was in vain.
So I hope you see,
That I would love to see you,
And that she will cry when she learns that we are two.
If I fell in love with you.

I'm happy just to dance with you

Before this dance is through,
I think I'll love you too,
I'm so happy when you dance with me.
I don't wanna kiss or hold your hand,
if it's funny, try an' understand.
There is really nothing else I'd rather do,
'cos I'm happy, just to dance with you.
I don't need to hug or hold you right,
I just wanna dance with you all night,
in this world there's nothing I would rather do,
'cos I'm happy just to dance with you.
Just to dance with you is everything I need,
before this dance is through,
I think I'll love you too,
I'm so happy when you dance with me.
if somebody tries to take my place,
let's pretend, we just can't see his face.
In this world there's nothing I would rather do,
'cos I'm happy just to dance with you.
Just to dance with you is everything I need,
before this dance is through,
I think I'll love you too,
I'm so happy when you dance with me.
If somebody tries to take my place,
let's pretend, we just can't see his face.
In this world there's nothing I would rather do,
I've discovered, I'm in love with you.
Oh, oh 'cos I'm happy just to dance with you.
Oh, oh.

❝La escribí para que la cantara George. Siempre dicen que Paul y yo lo tapábamos o lo excluíamos, pero no es verdad. Yo lo alentaba como loco.❞
John

And I love her

I give her all my love,
that's all I do,
and if you saw my love,
you'd love her too.
I love her.
She gives me ev'rything,
and tenderly,
the kiss my lover brings,
she brings to me,
and I love her.
A love like ours,
could never die,
as long as I,
have you near me.
Bright are the stars that shine,
dark is the sky,
I know this love of mine,
will never die,
and I love her.
Bright are the stars that shine,
dark is the sky,
I know this love of mine,
will never die,
and I love her.

Tell me why

Tell me why you cried,
and why you lied to me,
tell me why you cried,
and why you lied to me.
Well I gave you ev'rything I had,
but you left me sitting on my own,
did you have to treat me oh so bad,
all I do is hang my head and moan.
Tell me why you cried,
and why you lied to me,
tell me why your cried,
and why you lied to me.
If there's something I have said or done,
tell me what and I'll apologise,
if you don't I really can't go on,
holding back these tears in my eyes,
Tell me why you cried,
and why you lied to me,
tell me why you cried,
and why you lied to me.
Well I beg you on my bended knees,
if you'll only listen to my pleas,
is there anything I can do,
'cos I really can't stand it,
I'm so in love with you.
Tell me why you cried,
and why you lied to me.

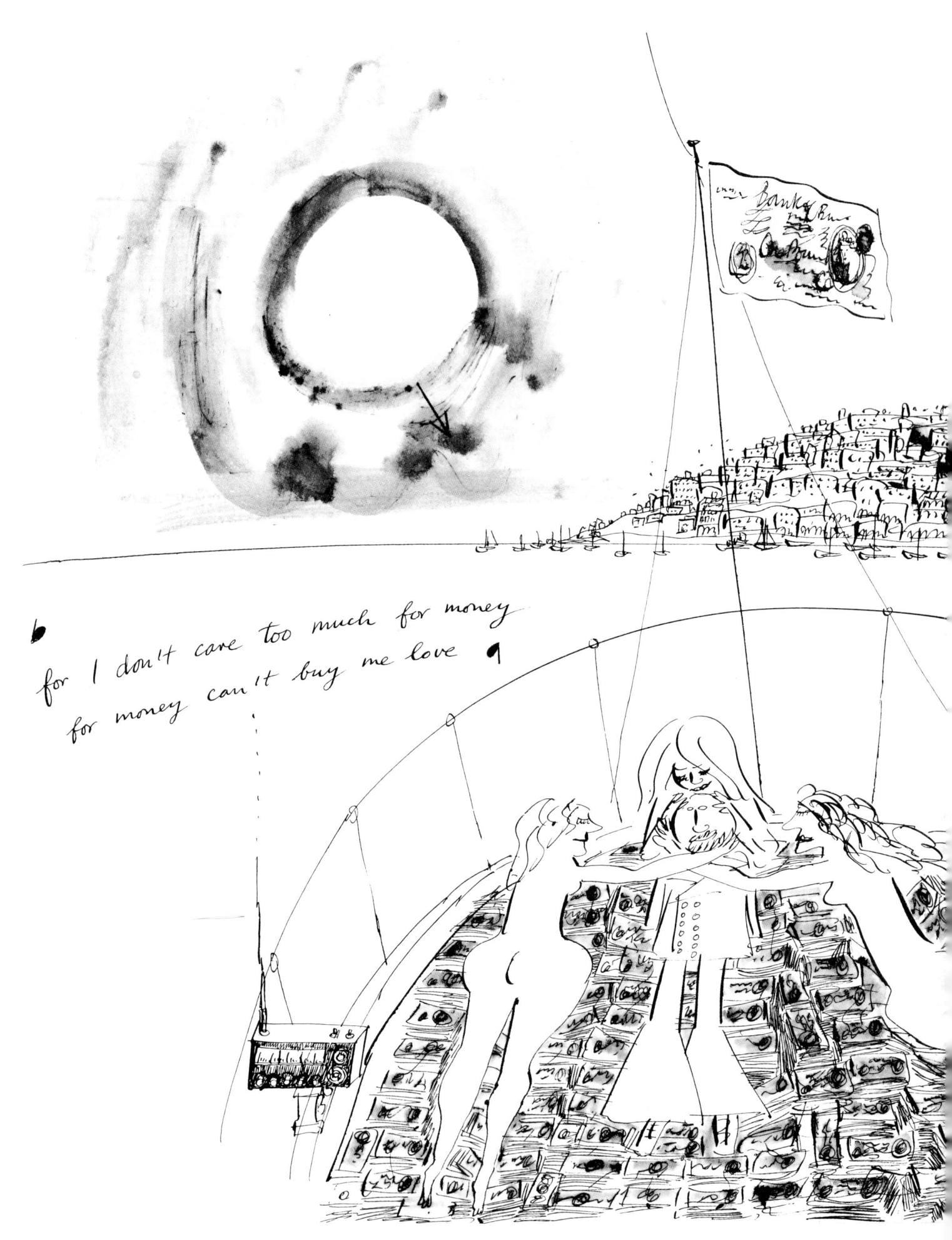

for I don't care too much for money
for money can't buy me love

Can't buy me love

Can't buy me love, love,
Can't buy me love.
I'll buy you a diamond ring my friend,
If it makes you feel alright,
I'll get you anything my friend,
If it makes you feel alright,
For I don't care too much for money,
For money can't buy me love.
I'll give you all I've got to give,
If you say you love me too,
I may not have a lot to give,
But what I've got I'll give to you,
For I don't care too much for money.
For money can't buy me love.
Can't buy me love, ev'rybody tells me so,
Can't buy me love, no, no, no, no.
Say you don't want no diamond ring,
And I'll be satisfied,
Tell me that you want those kind of things,
That money just can't buy,
For I don't care too much for money,
For money can't buy me love.
Can't buy me love, ev'rybody tells me so,
Can't buy me love, no, no, no, no.
Say you don't want no diamond ring,
And I'll be satisfied,
Tell me that you want those kind of things,
That money just can't buy,
For I don't care too much for money,
For money can't buy me love.
Can't buy me love, ev'rybody tells me so,
Can't buy me love, no, no, no, no.
Can't buy me love, love,
Can't buy me love.

6 Personalmente creo que puedes dar la interpretación que sea a lo que sea, pero cuando alguien sugiere que 'No puedes comprarme amor' trata de una prostituta, esto ya no. Es ir demasiado lejos. 9
Paul

John Glashan

Anytime at all

Anytime at all,
anytime at all,
anytime at all,
all you've gotta do is call,
and I'll be there.
If you need somebody to love,
just look into my eyes,
I'll be there to make you feel right,
if you're feeling sorry and sad, I'd really sympathise.
Don't be sad, just call me tonight.
Anytime at all,
anytime at all,
anytime at all,
all you've gotta do is call,
and I'll be there.
If the sun has faded away,
I'll try to make it shine.
There is nothing I won't do,
If you need a shoulder to cry on, I hope it will be mine,
call me tonight and I'll come tonight.
Anytime at all,
anytime at all,
anytime at all,
all you've gotta do is call,
and I'll be there.
Anytime at all,
anytime at all,
anytime at all,
all you've gotta do is call,
And I'll be there.
Anytime at all,
all you've gotta do is call,
and I'll be there.

❛Otra de las canciones
que escribimos por la
época de 'A Hard Day's
Night' ['Yeah, yeah,
yeah, Paul, John, George
y Ringo']. Ya no escribo
más de esa manera, pero
supongo que si lo
intentara podría volver
a escribir así.❜
John

I'll cry instead

I've got every reason on earth to be mad,
'cos I've lost the only girl I had.
If I could get my way, I'd get myself
locked up today,
but I can't, so I'll cry instead.
I've got a chip on my shoulder that's
bigger than my feet.
I can't talk to people that I meet.
If I could see you now, I'd try to make you
say it somehow,
but I can't, so I'll cry instead.
Don't want to cry when there's people there,
I get shy when I start to stare.
I'm gonna hide myself away-ay-hay,
but I'll come back again some day.
And when I do you'd better hide all the girls,
I'm gonna break their hearts all round the world,
yes, I'm gonna break them in two and
show you what your lovin' man can do,
until then I'll cry instead.
Don't want to cry when there's people there,
I get shy when I start to stare.
I'm gonna hide myself away-ay-hay,
but I'll come back again some day.
And when I do you'd better hide all the girls,
I'm gonna break them in two and
show you what your lovin' man can do,
until then I'll cry instead.

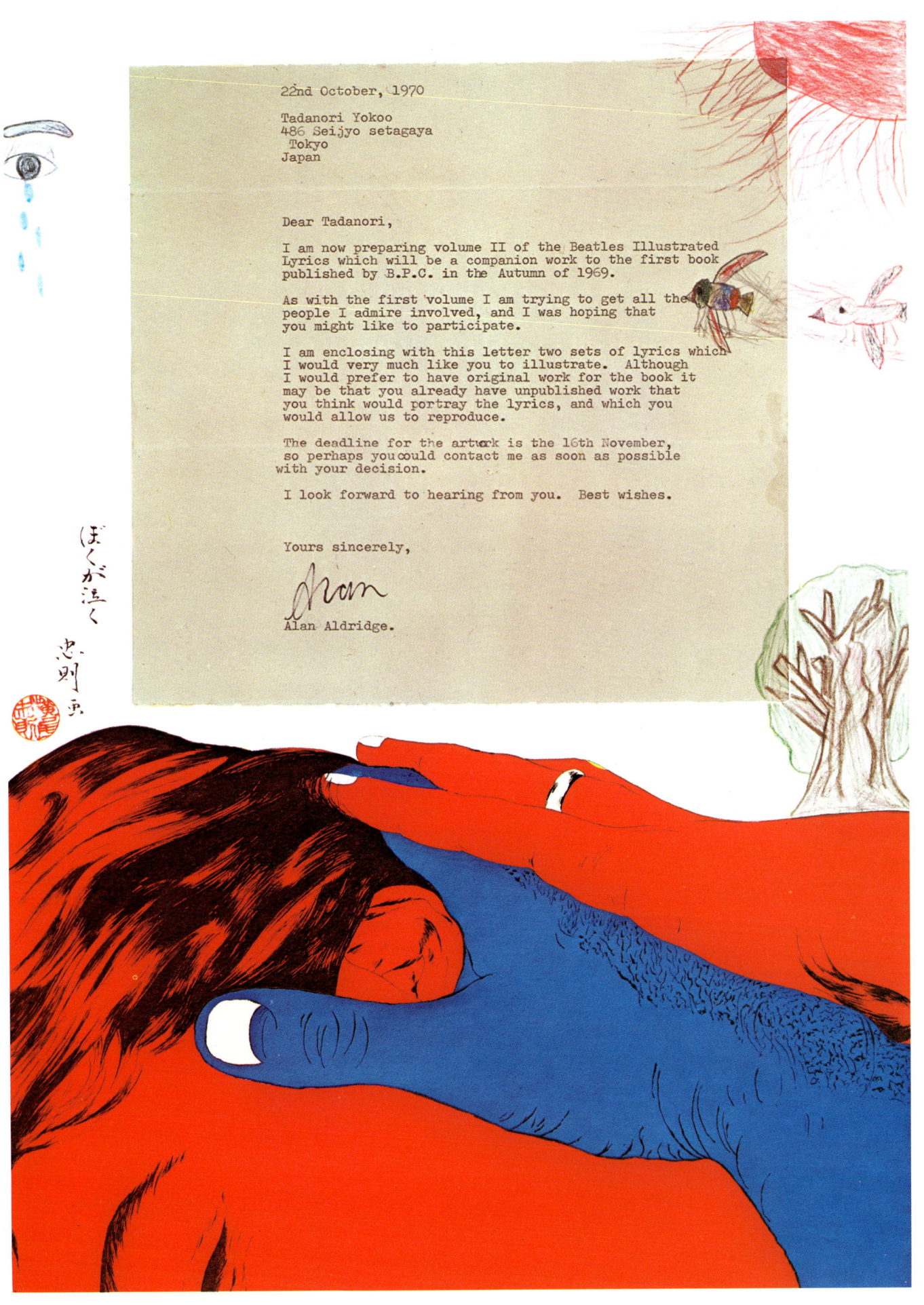

22nd October, 1970

Tadanori Yokoo
486 Seijyo setagaya
Tokyo
Japan

Dear Tadanori,

I am now preparing volume II of the Beatles Illustrated
Lyrics which will be a companion work to the first book
published by B.P.C. in the Autumn of 1969.

As with the first volume I am trying to get all the
people I admire involved, and I was hoping that
you might like to participate.

I am enclosing with this letter two sets of lyrics which
I would very much like you to illustrate. Although
I would prefer to have original work for the book it
may be that you already have unpublished work that
you think would portray the lyrics, and which you
would allow us to reproduce.

The deadline for the artwork is the 16th November,
so perhaps you could contact me as soon as possible
with your decision.

I look forward to hearing from you. Best wishes.

Yours sincerely,

Alan Aldridge.

Things we said today

You say you will love me if I have to go,
you'll be thinking of me, somehow I will know,
someday when I'm lonely, wishing you weren't so
far away,
then I will remember things we said today.
You say you will be mine, girl, till the end of time,
these days such a kind girl seems so hard to find,
someday when we're dreaming, deep in love,
not a lot to say,
then I will remember things we said today.
Me I'm just a lucky kind,
love to hear you say that love is love,
and though we may be blind,
love is here to stay.
And that's enough to make you mine girl,
be the only one,
love me all the time girl, we'll go on and on,
someday when we're dreaming, deep in love,
not a lot to say,
then we will remember things we said today.
Me I'm just a lucky kind,
love to hear you say that love is love
and though we may be blind,
love is here to stay.
And that's enough to make you mine girl,
be the only one,
love me all the time girl, we'll go on and on,
someday when we're dreaming, deep in love,
not a lot to say,
then we will remember things we said today.

6No hay nada más agradable
que abrir los diarios y ver
que no publicaron nada
sobre uno.9
George

When I get home

Whoa-ho, whoa-ho,
I got a whole lot of things to tell her, when
I get home.
Come on, I'm on my way,
'cos I'm gonna see my baby today,
I've got a whole lot of things I've gotta say to her.
Whoa-ho, whoa-ho,
I got a whole lot of things to tell her, when
I get home.
Come on if you please,
I've got no time for trivialities,
I've got a girl who's waiting home for me tonight.
Whoa-ho, whoa-ho,
I got a whole lot of things to tell her, when
I get home.
When I'm getting home tonight, I'm gonna hold her tight,
I'm gonna love her more,
till I walk out that door – again.
Come on, let me through,
I've got so many things to, I've got to do,
I've got not business being here with you this way.
Whoa-ho, whoa-ho,
I got a whole lot of things to tell her, when
I get home – Yeah.

6Lo que más me gusta sigue
siendo tomarme un ómnibus
de Crosville en Liverpool e ir
a pasar el día a algún lugar
de Cheshire.9
Paul

You can't do that

I got something to say that might cause you pain,
if I catch you talking to that boy again,
I'm gonna let you down,
and leave you flat,
because I told you before, oh,
you can't do that.
Well, it's the second time, I've caught you talking to him,
do I have to tell you one more time, I think it's a sin,
I think I'll let you down.
Let you down and leave you flat,
gonna let you down and leave you flat,
because I've told you before, oh,
you can't do that.
Ev'rybody's green,
'cause I'm the one, who won your love,
but if it's seen,
you're talking that way
they'd laugh in my face.
So please listen to me, if you wanna stay mine,
I can't help my feelings, I'll go out of my mind,
I know I'll let you down,
and leave you flat,
gonna let you down and leave you flat,
because I've told you before, oh,
you can't do that.
Ev'rybody's green,
'cause I'm the one, who won your love,
but if it's seen,
you're talking that way
they'd laugh in my face.
So please listen to me, if you wanna stay mine,
I can't help my feelings, I'll go out of my mind,
I know I'll let you down,
and leave you flat,
gonna let you down and leave you flat,
because I've told you before, oh,
you can't do that.

❛Con esta canción intenté
ser como Wilson Pickett
en aquel entonces, pero
salió en el lado B porque
'Can't Buy Me Love'
era excelente.❜
John

I'll be back

You know if you break my heart, I'll go but I'll be
back again,
'cos I told you once before good-bye, but I came
back again,
I love you so – oh, I'm the one who wants you oh, oh.
You could find better things to do, than to break my
heart again,
this time I will show that I'm not trying to pretend,
I thought that you would realise,
that if I ran away from you,
that you would want me too,
but I've got a big surprise oh, oh.
Oh, you could find better things to do than to break
my heart again,
this time I will try to show that I'm not trying to
pretend,
I wanna go, but I hate to leave you,
you know, I hate to leave you oh, oh.
Oh, you if you break my heart, I'll go,
but I'll be back again.

It's for you

I'd say some day,
I'm bound to give my heart away,
when I do, it's for you.
Love, true love,
seems to be all I'm thinking of,
but it's true, it's for you.
They said that love was a lie,
told me that I should never try to find
somebody who'd be kind, kind to only me.
So I just tell them, they're right, who
wants a fight?
Tell them, I quite agree, nobody'd love me,
then I look at you, and
love comes, love shows,
I give my heart and no-one knows that I do,
it's for you,
it's for you.

Released by Cilla Black, August 1964

❛Estoy celoso del
espejo.❜
John

Barbara Nessim

From a window

Late yesterday night, I saw a light shine from a
window,
and as I looked again, your face came into sight.
I couldn't walk on until you'd gone from your
window.
I had to make you mine, I knew you were the one.
Oh, I would be so glad just to have a love like that,
oh, I would be true and I'd live my life for you.
So meet me tonight, just where the light shines from
a window,
and as I take your hand, say that you'll be mine
tonight.
Oh, I would be so glad just to have a love like that,
oh, I would be so true and I'd live my life for you.
So meet me tonight, just where the light shines from
a window,
and as I take your hand, say that you'll be mine
tonight.

Released by Billy J Kramer and the Dakotas, August 1964

I don't want to see you again

I don't want to see you again.
I hear that love is planned,
how can I understand,
when someone says to me,
'I don't want to see you again.'?
Why do I cry at night?
Something wrong could be right.
I hear you say to me,
'I don't want to see you again.'
As you turned your back on me,
you hid the light of day.
I didn't have to play,
at being broken hearted.
I know that later on,
after love's been and gone,
I'd still hear someone say,
'I don't want to see you again.'
As you turned your back on me,
you hid the light of day.
I didn't have to play,
at being broken hearted.
I hear that love is planned,
how can I understand,
when someone says to me,
'I don't want to see you again.'?
I don't want to see you again.

Released by Peter and Gordon, September 1964

I feel fine

Baby's good to me, you know,
she's happy as can be, you know,
she said so.
I'm in love with her and I feel fine.
Baby says she's mine you know,
she tells me all the time you know,
she said so.
I'm in love with her and I feel fine.
I'm so glad that she's my little girl,
she's so glad she's telling all the world.
That her baby buys her things you know,
he buys her diamond rings you know,
she said so.
She's in love with me and I feel fine.
Baby says she's mine you know,
she tells me all the time you know,
she said so.
I'm in love with her and I feel fine.
I'm so glad that she's my little girl,
she's so glad she's telling all the world.
That her baby buys her things you know,
he buys her diamond rings you know,
she said so.
She's in love with me and I feel fine.

❝La escribí en una sesión de
grabación. La redondeamos
sobre la base del *riff* de
guitarra que está al comienzo
de la canción.**❞**
John

She's a woman

My love don't give me presents.
I know that she's no peasant,
only ever has to give me love forever and forever,
my love don't give me presents,
turn me on when I get lonely,
people tell me that she's only foolin',
I know she isn't.
She don't give the boys the eye,
she hates to see me cry,
she is happy just to hear me say that I
will never leave her.
She don't give the boys the eye,
she will never make me jealous,
gives me all her time as well as lovin',
don't ask me why.
She's a woman who understands.
She's a woman who loves her man.
My love don't give me presents.
I know that she's no peasant,
only ever has to give me love forever and forever,
my love don't give me presents,
turn me on when I get lonely,
people tell me that she's only foolin',
I know she isn't.
She's a woman who understands.
She's a woman who loves her man.
My love don't give me presents.
I know that she's no peasant,
only ever has to give me love forever and forever,
my love don't give me presents,
turn me on when I get lonely,
people tell me that she's only foolin',
I know she isn't.
She's a woman, she's a woman.

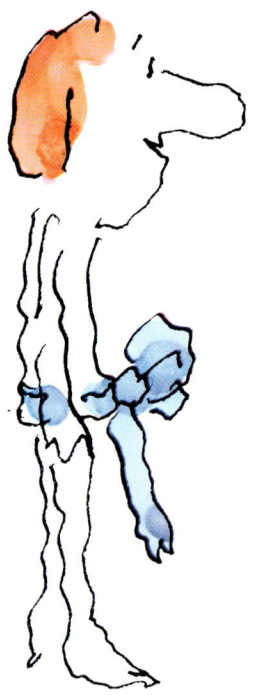

Eight days a week

Ooh I need your love babe, guess you know it's true,
hope you need my love babe just like I need you,
hold me, love me,
hold me, love me,
ain't got nothin' but love babe,
eight days a week.
Love you ev'ry day girl, always on my mind,
one thing I can say girl, love you all the time,
hold me, love me,
hold me, love me,
ain't got nothin' but love babe,
eight days a week.
Eight days a week I love you,
eight days a week is not enough to show I care.
Ooh I need your love babe, guess you know it's true,
hope you need my love babe just like I need you,
hold me, love me,
hold me, love me,
ain't got nothin' but love babe,
eight days a week.
Eight days a week I love you,
eight days a week is not enough to show I care.
Love you ev'ry day girl, always on my mind,
one thing I can say girl, love you all the time,
hold me, love me,
hold me, love me,
ain't got nothin' but love babe,
eight days a week.
Eight days a week. Eight days a week.

❛Lo único que queremos
hacer los cuatro es
dedicarnos al rock & roll,
pero no podemos por
Apple. Tenemos que
dedicarnos a los
negocios.❜
Ringo

I'm a loser

I'm a loser, I'm a loser,
And I'm not what I appear to be.
Of all the love I have won or have lost,
There is one love I should never have crossed.
She was a girl in a million my friend,
I should have known she would win in the end.
I'm a loser, and I lost someone who's near to me,
I'm a loser, and I'm not what I appear to be.
Although I laugh and I act like a clown,
Beneath this mask, I am wearing a frown,
My tears are falling like rain from the sky,
Is it for her or myself that I cry.
I'm a loser, and I lost someone who's near to me,
I'm a loser, and I'm not what I appear to be.
What have I done to deserve such a fate,
I realise I have left it far too late.
And so it's true pride comes before a fall,
I'm telling you so that you won't lose all.
I'm a loser, and I lost someone who's near to me,
I'm a loser, and I'm not what I appear to be.

No reply

This happened once before,
when I came to your door, no reply.
They said it wasn't you,
but I saw you peep through your window,
I saw the light, I saw the light,
I know that you saw me,
'cos I looked up to see your face.
I tried to telephone,
they said you were not home, that's a lie,
'cos I know where you've been,
I saw you walk in your door,
I nearly died, I nearly died,
'cos you walked hand in hand
with another man in my place.
If I were you I'd realise that I
love you more that any other guy,
and I'll forgive the lies that I
heard before when you gave me no reply.
I've tried to telephone,
they said you were not home, that's a lie,
'cos I know where you've been,
I saw you walk in your door,
I nearly died, I nearly died,
'cos you walked hand in hand
with another man in my place.
No reply, no reply.

**❛Los mejores compositores
desde Beethoven.❜**
Richard Buckle,
SUNDAY TIMES

I don't want to spoil the party

I don't want to spoil the party so I'll go,
I would hate my disappointment to show,
there's nothing for me here so I will disappear,
if she turns up while I'm gone please let me know.
I've had a drink or two and I don't care,
there's no fun in what I do if she's not there,
I wonder what went wrong I've waited far too long,
I think I'll talk a walk and look for her.
Though tonight she's made me sad,
I still love her.
If I find her I'll be glad,
I still love her.
I don't want to spoil the party so I'll go,
I would hate my disappointment to show,
there's nothing for me here so I will disappear,
if she turns up while I'm gone please let me know.
Though tonight she's made me sad,
I still love her.
If I find her I'll be glad,
I still love her.
I've had a drink or two and I don't care,
there's no fun in what I do if she's not there,
I wonder what went wrong I've waited far too long,
I think I'll take a walk and look for her.

❝Ésa es mía, muy personal.
En la primera época yo
escribía menos material
que Paul porque él era más
habilidoso con la guitarra
que yo. De hecho, me
enseñó bastantes cosas
sobre la guitarra.❞
John

I'll follow the sun

One day you'll look to see I've gone,
for tomorrow may rain so I'll follow the sun.
Some day you'll know I was the one,
but tomorrow may rain so I'll follow the sun.
And now the time has come and so my love I must go,
and though I lose a friend in the end you will know, oh
One day you'll look to see I've gone,
for tomorrow may rain so I'll follow the sun.
And now the time has come and so my love I must go,
and though I lose a friend in the end you will know, oh
One day you'll look to see I've gone,
for tomorrow may rain so I'll follow the sun.

❛Nuestra vida en la granja de Escocia
es la verdadera vida. Es muy duro
estar ahí pero es la vida con la que
siempre soñé. Me encanta la
naturaleza. Cuando era chico, en la
escuela nos llevaban a hacer paseos
por lugares naturales y me encantaba
que el director nos enseñara cosas
sobre las distintas aves.❜
Paul

Baby's in black

Oh dear, what can I do?
Baby's in black and I'm feeling blue,
Tell me, oh what can I do?
She thinks of him and so she dresses in black,
And though he'll never come back, she's dressed in black.
Oh dear, what can I do?
Baby's in black and I'm feeling blue,
Tell me, oh what can I do?
I think of her, but she only thinks of him,
and though it's only a whim, she thinks of him.
Oh how long will it take,
Till she sees the mistake she has made?
Dear what can I do?
Baby's in black and I'm feeling blue,
Tell me, oh what can I do?
Oh how long will it take,
Till she sees the mistake she has made?
Dear what can I do?
Baby's in black and I'm feeling blue,
Tell me, oh what can I do?
She thinks of him and so she dresses in black,
And though he'll never come back, she's dressed in black.
Oh dear, what can I do?
Baby's in black and I'm feeling blue,
Tell me, oh what can I do?

Every little thing

When I'm walking behind her,
people tell me I'm lucky,
yes I know I'm a lucky guy,
I remember the first time
I was lonely without her,
yes, I'm thinking about her now.
Ev'ry little thing she does,
she does for me, hey,
and you know the things she does,
she does for me, oh.
When I'm with her I'm happy,
Just to know that she loves me now.
There is one thing I am sure of,
I will love her forever,
for I know love will never die.
Ev'ry little thing she does,
she does for me, yeh,
and you know the things she does,
she does for me, oh.
Ev'ry little thing she does,
she does for me, yeh,
and you know the things she does,
she does for me, oh.

What you're doing

Look what you're doing, I'm feeling blue and lonely,
would it be too much to ask of you,
what you're doing to me?
You got me running and there's no fun in it,
why should it be so much to ask of you,
what you're doing to me?
I've been waiting here for you,
wond'ring what you're gonna do,
should you need a love that's true, it's me.
Please stop your lying, you've got me crying, girl,
why should it be so much to ask of you,
what you're doing to me?
I've been waiting here for you,
wond'ring what you're gonna do,
should you need a love that's true, it's me.
Please stop your lying, you've got me crying, girl,
why should it be so much to ask of you,
what you're doing to me?
What you're doing to me.

I'm down

You tell lies thinking I can't see,
You can't cry 'cos you're laughing at me,
I'm down (I'm really down),
I'm down (down on the ground),
I'm down (I'm really down).
How can you laugh,
when you know I'm down? (How can you laugh?).
Man buys ring woman throws it away,
same old thing happens ev'ry day,
I'm down (I'm really down),
I'm down (down on the ground),
I'm down (I'm really down).
How can you laugh,
when you know I'm down? (How can you laugh?).
We're all alone and there's nobody else,
you still moan 'Keep your hands to yourself',
I'm down (I'm really down),
I'm down (down to the ground),
I'm down (I'm really down).
How can you laugh,
when you know I'm down? (How can you laugh?).
Oh yeah.

Yes it is

If you wear red tonight,
remember what I said tonight,
for red is the colour my baby wore,
and what's more, it's true,
yes it is.
Scarlet were the clothes she wore,
ev'rybody knows I'm sure,
I would remember all the things we planned,
understand it's true,
yes, it is true,
yes it is.
I could be happy with you by my side,
if I could forget her,
but it's my pride,
yes it is, yes it is,
Please don't wear red tonight,
that is what I said tonight,
for red is the colour that will make me blue,
in spite of you, it's true,
yes it is, it's true,
yes it is.
I could be happy with you by my side,
if I could forget her,
but it's my pride,
yes it is, yes it is.
Please don't wear red tonight,
this is what I said tonight,
for red is the colour that will make me blue,
in spite of you it's true,
yes it is, it's true.

❛Somos discretos,
genuinos y británicos
hasta la médula. Una vez
me preguntaron por qué
me ponía anillos en los
dedos y, cuando contesté
que era porque no me los
podía poner en la nariz,
no me creyeron.❜
Ringo

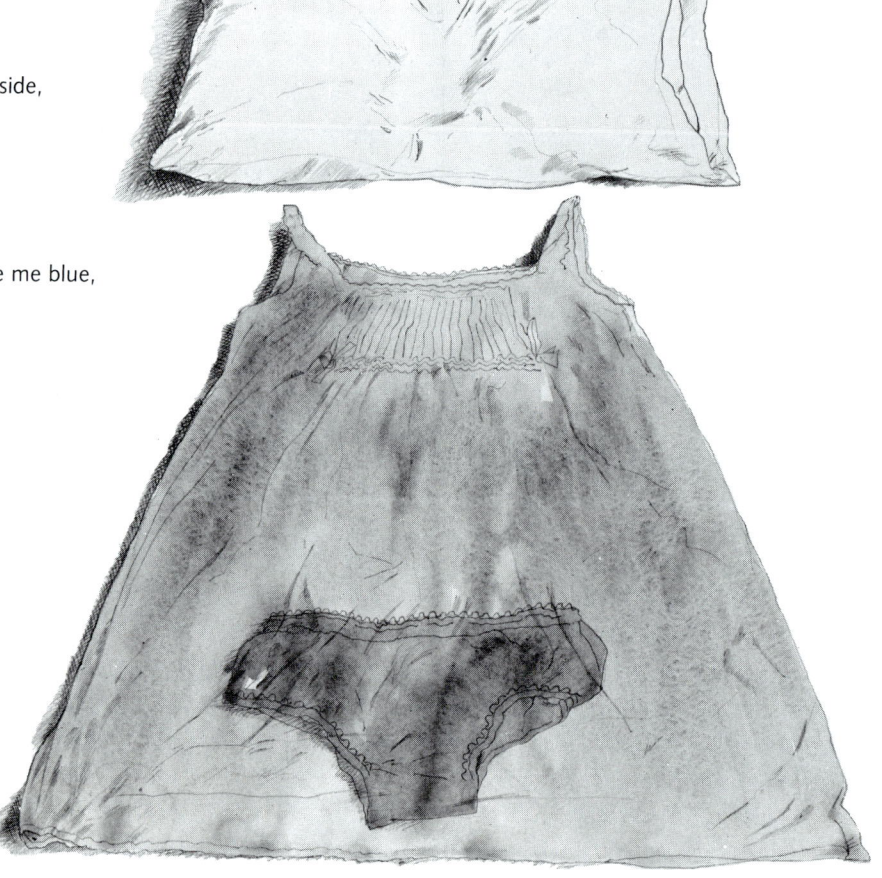

Help

Help! I need somebody,
help! Not just anybody,
help! You know I need someone,
help!
When I was younger, so much younger than today,
I never needed anybody's help in any way,
but now those days are gone I'm not so self assured,
now I find I've changed my mind I've
opened up the doors.
Help me if you can, I'm feeling down,
and I do appreciate you being around,
help me get my feet back on the ground,
won't you please please help me?
And now my life has changed in oh so many ways,
my independence seems to vanish in the haze,
but ev'ry now and then I feel so insecure,
I know that I just need you like I've never done before.
Help me if you can, I'm feeling down,
and I do appreciate you being around,
help me get my feet back on the ground,
won't you please please help me?
When I was younger, so much younger than today,
I never needed anybody's help in any way,
but now those days are gone I'm not so self assured,
now I find I've changed my mind I've
opened up the doors.
Help me if you can, I'm feeling down,
and I do appreciate you being around,
help me get my feet back on the ground,
won't you please please help me?
Help me. Help me.

❛'Help' era muy divertida, pero no
era nuestra película. Éramos una
especie de astros invitados. Era
divertida pero básicamente, como
una idea para una película, no era
la cosa apropiada para nosotros.❜
Paul

The night before

We said our goodbyes (on the night before),
love was in your eyes
now today I find, you have changed your mind,
treat me like you did the night before.
Were you telling lies (on the night before)?
Was I so unwise (on the night before)?
When I held you near, you were so sincere,
treat me like you did the night before.
Last night is the night I will remember you by,
when I think of things you did it makes me wanna cry.
We said our goodbyes (on the night before),
love was in your eyes
now today I find you have changed your mind,
treat me like you did the night before.
When I held you near, you were so sincere,
treat me like you did the night before.
Last night is the night I will remember you by,
when I think of things we did it makes me wanna cry.
Were you telling lies (on the night before)?
Was I so unwise?
When I held you near, you were so sincere,
treat me like you did the night before.

6¿Cada cuánto disfrutábamos
de una presentación? ¿Una
vez cada cuántas semanas de
gira? Todo eso que se dice de
los recitales y las discotecas
es un sueño... en realidad,
más bien una pesadilla. Una
de cada treinta
presentaciones nos daba
placer, y para eso había que
pasar las de Caín.9
John

You've got to hide your love away

Here I stand with head in hand,
turn my face to the wall.
If she's gone I can't go on,
feeling two foot small.
Ev'rywhere people stare,
each and ev'ry day.
I can see them laugh at me,
and I hear them say.
Hey, you've got to hide your love away.
Hey, you've got to hide your love away.
How can I even try,
I can never win,
hearing them, seeing them,
in the state I'm in.
How could she say to me
love will find a way?
Gather round all you clowns
let me hear you say.
Hey, you've got to hide your love away.
Hey, you've got to hide your love away.

Another girl

For I have got another girl, another girl,
you're making me say that I've got nobody but you,
but as from today well I've got somebody that's new,
I ain't no fool and I don't take what I don't want,
for I have got another girl, another girl.
She's sweeter than all the girls and I've met quite
a few,
nobody in the world can do what she can do,
and so I'm telling you this time you'd better stop,
for I have got another girl.
Another girl, who will love me till the end,
through thick and thin she will always be my friend.
I don't wanna say that I've been unhappy with you,
but as from today well I've seen somebody that's
new,
I ain't no fool and I don't take what I don't want,
for I have got another girl.
Another girl, who will love me till the end,
through thick and think she will always be my friend.
I don't wanna say that I've been unhappy with you,
but as from today well I've seen somebody that's
new,
I ain't no fool and I don't take what I don't want,
for I have got another girl.

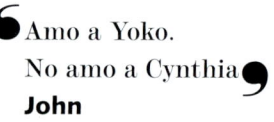

❝Amo a Yoko.
No amo a Cynthia❞
John

❝Ésa es mía. En aquella época
no me interesaban mucho las
letras. Me parecía que no eran
importantes. Dylan aparecía
con su último acetato y decía:
'Escucha las letras', y yo le
contestaba que no les
prestaba atención.❞
John

You're going to lose that girl

You're going to lose that girl,
you're going to lose that girl.
If you don't take her out tonight, she's
going to change her mind,
and I will take her out tonight, and I will
treat her kind.
You're going to lose that girl,
you're going to lose that girl.
If you don't treat her right, my friend,
you're going to find her gone,
'cos I will treat her right, and then you'll
be the lonely one.
You're going to lose that girl,
you're going to lose that girl.
I'll make a point of taking her away from you, yeah,
the way you treat her what else can I do?
You're going to lose that girl,
you're going to lose that girl.
I'll make a point of taking her away from you, yeah,
the way you treat her what else can I do?
If you don't take her out tonight, she's
going to change her mind,
and I will take her out tonight, and I will
treat her kind.
You're going to lose that girl,
you're going to lose that girl.

Ticket to ride

I think I'm gonna be sad,
I think it's today yeh,
The girl that's driving me mad,
Is going away.
She's got a ticket to ride,
She's got a ticket to ri-hi-hide,
She's got a ticket to ride, but she don't care.
She said that living with me,
Is bringing her down yeh,
For she would never be free,
When I was around.
She's got a ticket to ride,
She's got a ticket to ri-hi-hide,
She's got a ticket to ride, but she don't care.
I don't know why she's riding so high,
She ought to think twice,
She ought to do right by me,
Before she gets to saying goodbye,
She ought to think twice,
She ought to do right by me.
I think I'm gonna be sad,
I think it's today yeh,
The girl that's driving me mad,
Is going away.
She's got a ticket to ride,
She's got a ticket to ri-hi-hide,
She's got a ticket to ride, but she don't care.
I don't know why she's riding so high,
She ought to think twice,
She ought to do right by me,
Before she gets to saying goodbye,
She ought to think twice,
She ought to do right by me.
She said that living with me,
Is bringing her down yeh,
For she would never be free,
When I was around.
She's got a ticket to ride,
She's got a ticket to ri-hi-hide,
She's got a ticket to ride, but she don't care.
My baby don't care, my baby don't care.

It's only love

I get high when I see you go by,
my oh my,
when you sigh, my, my inside just dries,
butterflies,
why am I so shy when I'm beside you?
It's only love and that is all,
why should I feel the way I do?
It's only love and that is all,
but it's so hard loving you.
Is it right that you and I should fight
every night?
Just the sight of you makes night time bright,
very bright.
Haven't I the right to make it up, girl?
It's only love and that is all,
why should I feel the way I do?
It's only love and that is all,
but it's so hard loving you.
Yes, it's so hard loving you, oh.

❛No puedo perdonar a Paul
y a George por la forma en
que trataron a Yoko al
principio, pero tampoco
puedo dejar de quererlos.❜
John

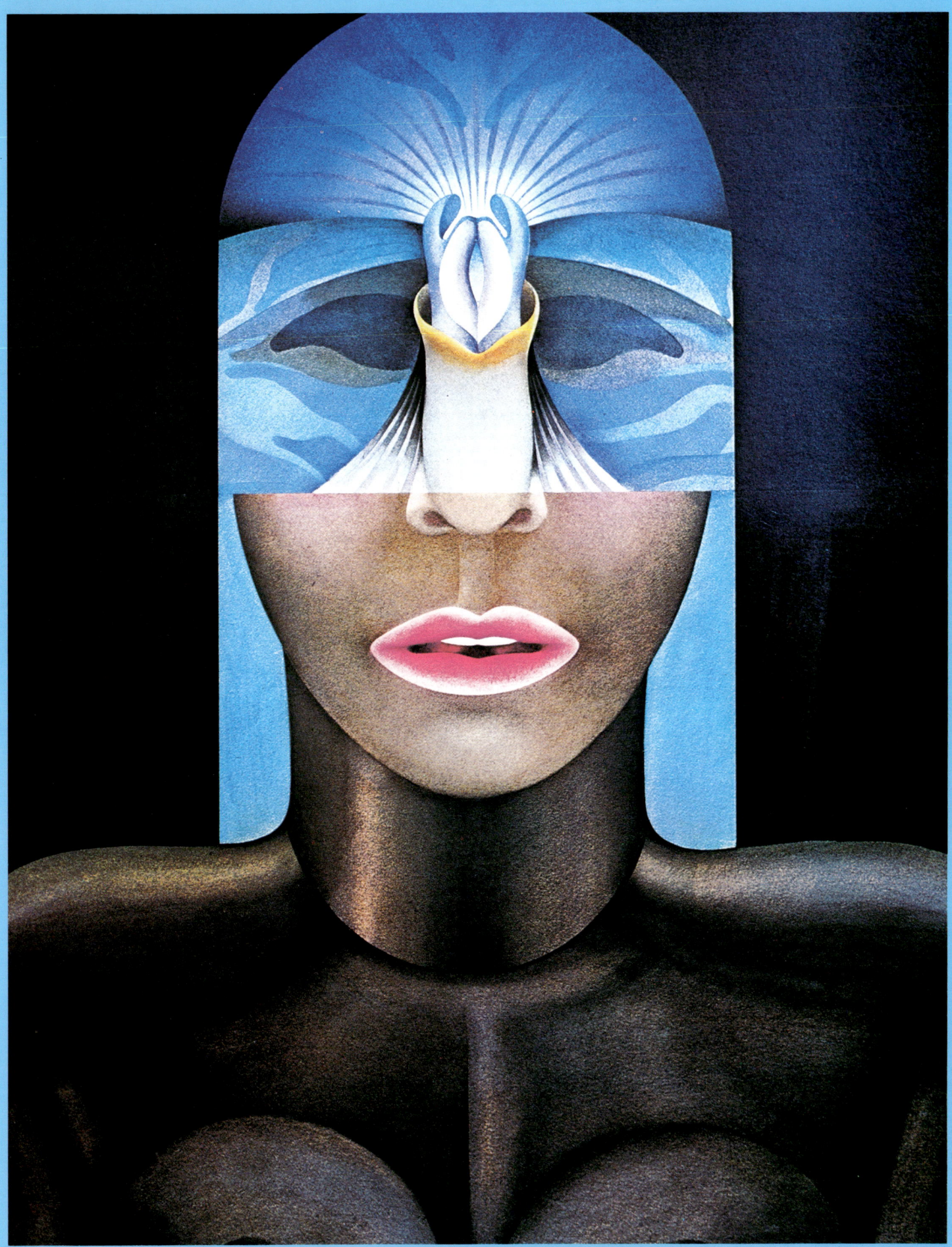

Tell me what you see

If you let me take your heart I will prove to you,
we will never be apart if I'm part of you,
open up your eyes now tell me what you see,
it is no surprise now what you see is me.
Big and black the clouds may be time will pass away,
if you put your trust in me I'll make bright your day.
Look into these eyes now, tell me what you see,
don't you realise now what you see is me.
Tell me what you see.
Listen to me one more time how can I get through,
can't you try to see that I'm trying to get to you,
open up your eyes now tell me what you see,
it is no surprise now, what you see is me.
Tell me what you see.
Listen to me one more time how can I get through,
Listen to me one more time how can I get through,
can't you try to see that I'm trying to get to you,
open up your eyes now tell me what you see,
it is no surprise what you see is me.

I've just seen a face

I've just seen a face I can't forget the time
or place where we met,
she's just the girl for me and I want the
world to see we've met.
mm mm
Had it been another day I might have
looked the other way and,
I'd have never been aware but as it is I'll
dream of her tonight.
da da
Falling, yes I'm falling,
and she keeps calling me back again.
I have never known the like of this I've
been alone and I have,
missed things and kept out of sight for
other girls were never quite like this.
da da
Falling, yes I'm falling,
and she keeps calling me back again.
mm mm
I've just seen a face I can't forget the time
or place where we met,
she's just the girl for me and I want the
world to see we've met.
mm mm
Falling, yes, I'm falling,
and she keeps calling me back again.

❛Me gustaría ser rico y famoso
pero invisible. Así no me
perdería el reconocimiento ni
la diversión pero a la vez,
cuando saliéramos, nadie
sabría quiénes somos.❜
John

Yesterday

Yesterday, all my troubles seemed so far away,
Now it looks as though they're here to stay,
Oh I believe in yesterday.
Suddenly, I'm not half the man I used to be,
There's a shadow hanging over me,
Oh yesterday came suddenly …
Why she had to go I don't know. She wouldn't say.
I said something wrong, now I long for yesterday.
Yesterday, love was such an easy game to play,
Now I need a place to hide away,
Oh, I believe in yesterday …

'Una mañana me desperté y me
senté al piano. Bueno, empiezo
a tocar y me sale esta tonada.
Porque bueno, esto es lo que
pasa, simplemente salen. Pero
no se me ocurría la letra, así
que en principio lo llamé
'Huevos revueltos'. Durante un
par de mañanas se llamó así.
Luego se me ocurrió 'Ayer' y las
palabras empezaron a salir, y
teníamos ya una canción.'
Paul

Parte II

La Gira Misteriosa del Sargento
1965 ➤ 1968

That means a lot

A friend says that your love won't mean a lot.
And you know that your love is all you got.
At times they go so fine
and at times they're not.
But when she says, she loves you,
that means a lot.
A friend says that a love is never true.
And you know that this could apply to you.
A church can mean so much,
when it's all you got.
But when she says, she loves you,
that means a lot.
Love can be deep inside,
love can be suicide.
Can't you see, you can't hide
what you feel when it's real.
When she says she loves you,
that means a lot.
Can't you see?

Released by P J Proby, September 1965

Day tripper

Got a good reason for taking the easy way out,
got a good reason for taking the easy way out – now,
she was a day tripper,
one way ticket, yeh,
it took me so long to find out, and I found out.
She's a big teaser, she took me half the way there,
she's a big teaser, she took me half the way there –
now,
she was a day tripper,
one way ticket, yeh,
it took me so long to find out, and I found out.
Tried to please her, she only played one night stands,
tried to please her, she only played one night stands
– now,
she was a day tripper,
Sunday driver, yeh,
it took me so long to find out, and I found out.
Day tripper, yeh.

"Drop me a line with all the news,
I've got a little bit behind The
Times down here!"

"I can't get my winkle out
Isn't it a sin?
The more I try to get it out
The further it goes in!"

"You'd never believe the liberties the men take down here. Perfect strangers too!"

"Oh, go on, Dick. The further your in the nicer it feels"

"I SUPPOSE YOU FIND THIS RATHER FLAT AFTER THE ALPS, MR. MOUNTWELL?"

"KIDS HIMSELF HE'S A GREAT LOVER—STARTS OFF WELL, BUT CAN'T KEEP IT UP!"

We can work it out

Try to see it my way,
do I have to keep on talking till I can't go on?
While you see it your way,
run the risk of knowing that our love may
soon be gone.
We can work it out. We can work it out.
Think of what you're saying,
you can get it wrong and still you think
that it's alright,
think of what I'm saying,
we can work it out and get it straight, or
say good-night.
We can work it out. We can work it out.
Life is very short, and there's no time,
for fussing and fighting, my friend,
I have always thought that it's a crime,
so I will ask you once again.
Try to see it my way,
only time will tell if I am right or I am wrong,
while you see it your way,
there's a chance that we may fall apart
before too long.
Life is very short, and there's no time,
for fussing and fighting, my friend,
I have always thought that it's a crime,
so I will ask you one again.
Try to see it my way,
only time will tell if I am right or I am wrong,
while you see it your way,
there's a chance that we may fall apart
before too long.
We can work it out. We can work it out.

'Le conocí en la fiesta de
Woolton, un pueblecito. Yo
era un gordo muchacho de
escuela y, cuando apoyó un
brazo en mi hombro, me di
cuenta de que estaba
borracho. Teníamos doce
años, entonces, pero a
pesar de sus patillas
acabamos siendo amigos
de la adolescencia.'
**Paul,
en su primer encuentro
con John.**

Drive my car

Asked a girl what she wanted to be,
she said, baby can't you see?
I wanna be famous, a star of the screen,
but you can do something in between.
Baby, you can drive my car, yes I'm
gonna be a star,
baby, you can drive my car, and maybe
I'll love you.
I told that girl that my prospects were good,
she said, baby it's understood,
working for peanuts is all very fine,
but I can show you a better time.
Baby, you can drive my car, yes I'm
gonna be a star,
baby, you can drive my car, and maybe
I'll love you.
Beep beep mm, beep beep yeh!
Baby, you can drive my car, yes I'm
gonna be a star,
baby, you can drive my car, and maybe
I'll love you.
I told that girl I could start right away,
and she said, listen, Babe, I've got
something to say,
got no car, and it's breaking my heart,
but I've found a driver, that's a start.
Baby, you can drive my car, yes I'm
gonna be a star,
baby, you can drive my car, and maybe
I'll love you.
Beep beep mm, beep beep yeh!

'La verdad es que no soy
un adicto a los coches. Me
da vergüenza si tengo que
entrar en un garaje y
luego señalar vagamente
al coche y decir mmm,
creo que el mmm, bueno,
mmm, que está
estropeado...'
Paul

Norwegian wood

I once had a girl,
or I should say
she once had me.
She showed me her room,
isn't it good?
Norwegian wood.
She asked me to stay and she told me to
sit anywhere,
so I looked around and I noticed there
wasn't a chair.
I sat on a rug
biding my time
drinking her wine.
We talked until two,
and then she said,
'It's time for bed'.
She told me she worked in the morning
and started to laugh,
I told her I didn't, and crawled off to
sleep in the bath.
And when I awoke
I was alone
this bird had flown,
so I lit a fire,
isn't it good?
Norwegian wood.

You won't see me

When I call you up your line's engaged.
I have had enough, so act your age,
we have lost the time that was so hard to find,
and I will lose my mind,
if you won't see me, you won't see me.
I don't know why you should want to hide,
but I can't get through my hands are tied,
I won't want to stay I don't have much to say,
but I can turn away,
and you won't see me, you won't see me.
Time after time you refuse to even listen,
I wouldn't mind if I knew what I was missing.
Though the days are few they're filled with tears,
and since I lost you it feels like years,
yes it seems so long girl since you've been gone,
I just can't go on,
if you won't see me, you won't see me.
Time after time you refuse to even listen,
I wouldn't mind if I knew what I was missing.
Though the days are few they're filled with tears,
and since I lost you it feels like years,
yes it seems so long girl since you've been gone,
I just can't go on,
if you won't see me, you won't see me.
Oo – Oo –

Nowhere Man

He's a real Nowhere Man,
sitting in his Nowhere Land,
making all his Nowhere plans for nobody.
Doesn't have a point of view,
knows not where he's going to,
isn't he a bit like you and me?
Nowhere Man please listen,
You don't know what you're missing.
Nowhere Man, the world is at your command.
He's as blind as he can be,
just sees what he wants to see,
Nowhere Man can you see me at all?
Nowhere Man don't worry,
take your time, don't hurry,
leave it all till somebody else,
lends you a hand.
Doesn't have a point of view,
knows not where he's going to,
isn't he a bit like you and me?
Nowhere Man please listen,
You don't know what you're missing.
Nowhere Man, the world is at your command.
He's a real Nowhere Man,
sitting in his Nowhere Land,
making all his Nowhere plans for nobody.
Making all his Nowhere plans for nobody.
Making all his Nowhere plans for nobody.

6 Me estaba sentando,
intentando pensar en una
canción, y me imaginé a mí
mismo sentado allí, sin hacer
nada y sin llegar a ninguna
parte. Una vez me imaginé
esto, no hubo problema. Salió
todo. No, ahora me acuerdo,
hasta me paré, harto y fui a
tumbarme, renunciando.
Entonces pensé en mí mismo
como en un hombre de
ninguna parte, sentado en su
tierra de ninguna parte. 9
John

Think for yourself

I've got a word or two
to say about the things that you do,
you're telling all those lies,
about the good things that we can have if we close
our eyes.
Do what you want to do,
and go where you're going to,
think for yourself,
'cos I won't be there with you.
I left you far behind
the ruins of the life that you had in mind.
And though you still can't see,
I know your mind's made up, you're
gonna cause more misery.
Do what you want to do,
and go where you're going to,
think for yourself,
'cos I won't be there with you.
Although you mind's opaque,
try thinking more,
if just for your own sake.
The future still looks good,
and you've got time to rectify
all the things that you should.
Do what you want to do,
and go where you're going to,
think for yourself,
'cos I won't be there with you.
Think for yourself,
'cos I won't be there with you.

6 Fue una maravillosa idea de
John plantar una bellota, y
la única forma de mejorar a
John es copiándolo
exactamente. 9
Yoko

The word

Say the word and you'll be free,
Say the word and be like me,
Say the word I'm thinking of,
Have you heard the word is love.
It's so fine, it's sunshine,
it's the word love.
In the beginning I misunderstood,
But now I've got it the word is good.
Say the word and you'll be free,
Say the word and be like me,
Say the word I'm thinking of,
Have you heard the word is love.
It's so fine, it's sunshine,
It's the word love.
Everywhere I go I hear it said,
In the good and the bad books that I have read.
Say the word and you'll be free,
Say the word and be like me,
Say the word I'm thinking of,
Have you heard the word is love.
It's so fine, it's sunshine,
It's the word love.
Now that I know what I feel must be right,
I mean to show ev'rybody the light,
Give the word a chance to say,
That the word is just the way,
It's the word I'm thinking of,
And the only word is love.
It's so fine it's sunshine,
It's the word love.
Say the word love,
Say the word love,
Say the word love,
Say the word love.

❝A John y a mí nos hubiese
gustado hacer canciones
con una sola nota como
'Larga, espigada Sally'.
Casi lo conseguimos en
'La Palabra'. La palabra
es amor.❞
Paul

Michelle

Michelle ma belle
These are words that go together well, my
Michelle,
Michelle ma belle,
Sont le mots qui vont tres bien ensemble
tres bien ensemble.
I love you, I love you, I love you,
That's all I want to say,
Until I find a way,
I will say the only words I know that you'll
understand.
Michelle ma belle,
Sont les mots qui vont tres bien ensemble
tres bien ensemble.
I need to, I need to, I need to,
I need to make you see,
oh what you mean to me,
Until I do I'm hoping you will know what I mean.
I love you.
I want you, I want you, I want you,
I think you know by now,
I'll get to you somehow,
Until I do I'm telling you so you'll understand.
Michelle ma belle,
Sont les mots qui vont tres bien ensemble
tres bien ensemble.
I will say the only words I know that you'll
understand,
my Michelle.

99

What goes on

What goes on in your heart,
what goes on in your mind?
You are tearing me apart,
when you treat me so unkind,
what goes on in your mind?
The other day I saw you,
as I walked along the road,
but when I saw him with you
I could feel my future fold.
It's so easy for a girl like you to lie,
tell me why?
What goes on in your heart,
what goes on in your mind?
You are tearing me apart,
when you treat me so unkind,
what goes on in your mind?
I met you in the morning,
waiting for the tides of time,
but now the tide is turning,
I can see that I was blind.
It's so easy for a girl like you to lie,
tell me why?
What goes on in your heart,
I used to think of no-one else,
but you were just the same,
you didn't even think of me
as someone with a name,
did you mean to break my heart and
watch me die,
tell me why?
What goes on in your heart,
what goes on in your mind?
You are tearing me apart,
when you treat me so unkind,
what goes on in your mind?

❝Deseaba siempre escribir canciones como los otros: y lo he intentado, pero es que no puedo. Para la letra no hay dificultad, pero cuando pienso en una tonada y se la canto a los otros, dicen siempre: 'Sí, suena a tal cosa', y cuando me lo muestran comprendo lo que quieren decir. Pero conseguí parte del crédito como compositor en una: se llama 'Qué pasa'.❞
Ringo

Girl

Is there anybody going to listen to my story,
all about the girl who came to stay?
She's the kind of girl you want so much it makes
you sorry,
still you don't regret a single day.
Ah girl, girl.
When I think of all the times I tried so hard to
leave her,
she will turn to me and start to cry,
and she promises the earth to me and I believe her,
after all this time, I don't know why,
Ah girl, girl.
She's the kind of girl who puts you down,
when friends are there, you feel a fool,
when you say she's looking good,
she acts as if it's understood,
she's cool – oh.
Ah girl, girl.
Was she told when she was young that pain would
lead to pleasure?
Did she understand it when they said
that a man must break his back to earn his day of
leisure,
will she still believe it when he's dead?
Ah girl, girl.

❛Esa canción hablaba de una
chica imaginaria. Cuando
Paul y yo escribíamos letras
en las viejas épocas nos
reíamos, como la gente que
estaba en el mundo de la
música popular. Fue más
adelante cuando empezamos
a tratar de que la letra
combinara con la melodía.
Ésta me gusta. Es una de las
mejores que escribí.❜
John

I'm looking through you

I'm looking through you, where did you go?
I thought I knew you, what did I know?
You don't look different, but you have changed,
I'm looking through you, you're not the same.
You lips are moving, I cannot hear,
your voice is soothing but the words aren't clear,
You don't sound different, I've learnt the game,
I'm looking through you, you're not the same.
Why, tell me why did you not treat me right?
Love has a nasty habit of disappearing overnight,
you're thinking of me the same old way,
you were above me, but not today.
The only difference is you're down there.
I'm looking through you and you're nowhere.
Why, tell me why did you not treat me right?
Love has a nasty habit of disappearing overnight,
I'm looking through you, where did you go?
I thought I knew you, what did I know?
You don't look different, but you have changed,
I'm looking through you, you're not the same.
Yeh, I tell you you've changed.

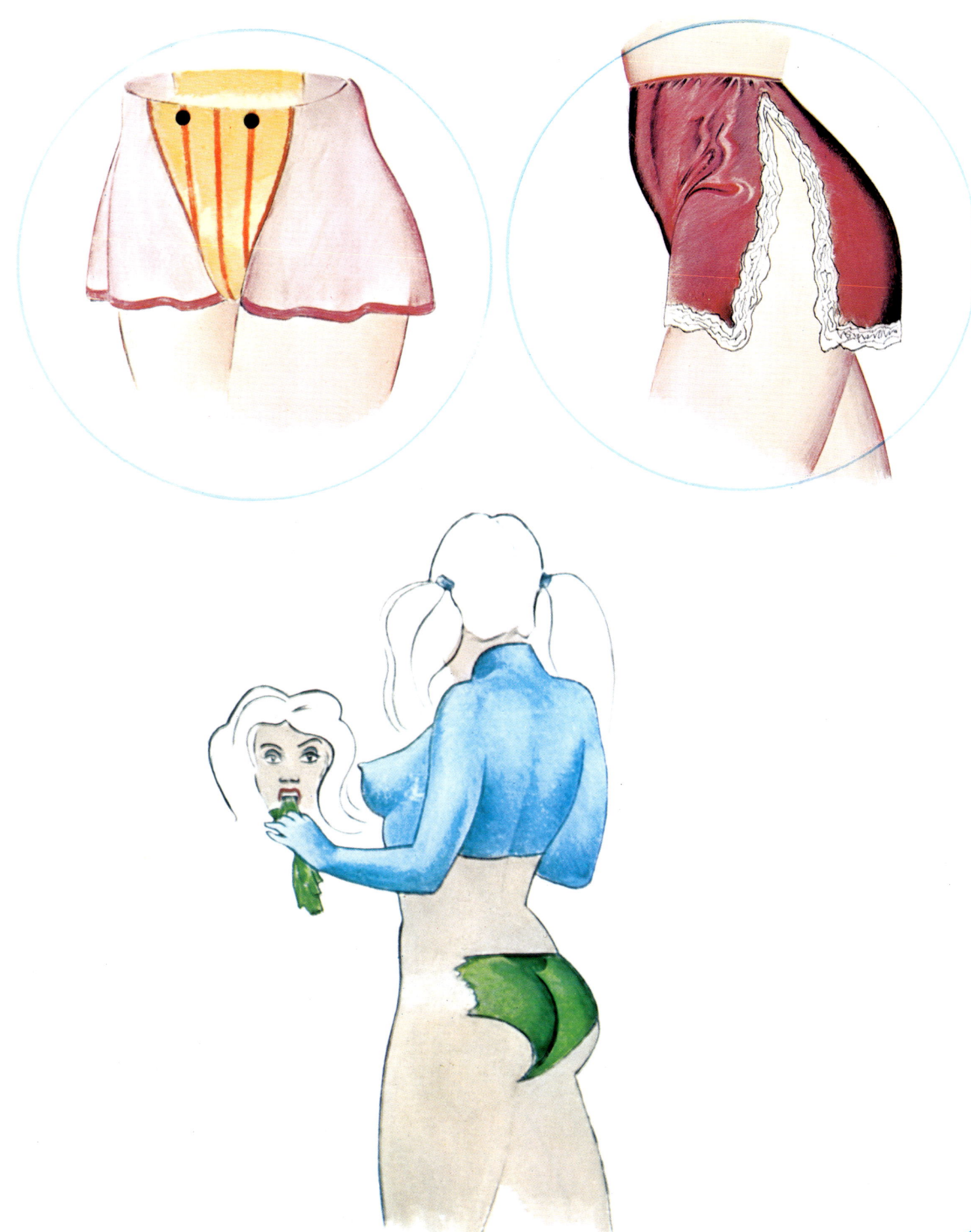

In my life

There are places, I'll remember
all my life, though some have changed,
some forever, not for better,
some have gone and some remain.
All these places had their moments,
with lovers and friends I can still recall,
some are dead and some are living,
in my life I've loved them all.
But of all these friends and lovers,
there is no one compared with you,
and these mem'ries lose their meaning
when I think of love as something new.
Though I know I'll never lose affection
for people and things that went before,
I know I'll often stop and think about them,
in my life I'll love you more.
Though I know I'll never lose affection
for people and things that went before,
I know I'll often stop and think about them
in my life I'll love you more.
In my life I'll love you more.

Wait

It's been a long time, now I'm coming back home,
I've been away now, oh how I've been alone,
wait till I come back to your side,
we'll forget the tears we cried.
But if your heart breaks, don't wait, turn me away,
and if your heart's strong, hold on, I won't delay,
wait till I come back to your side,
we'll forget the tears we cried.
I feel as though you ought to know
that I've been good, as good as I can be,
and if you do, I'll trust in you,
and know that you will wait for me.
It's been a long time, now I'm coming back home,
I've been away now, oh how I've been alone,
wait till I come back to your side,
we'll forget the tears we cried.
I feel as though you ought to know
that I've been good, as good as I can be,
and if you do, I'll trust in you,
and know that you will wait for me.
But if your heart breaks, don't wait, turn me away,
and if your heart's strong, hold on, I won't delay,
wait till I come back to your side,
we'll forget the tears we cried.
It's been a long time, now I'm coming back home,
I've been away now, oh how I've been alone.

Peter Le Vasseur 1969

Run for your life

I'd rather see you dead, little girl,
than to be with another man.
You'd better keep your head, little girl,
or I won't know where I am.
You'd better run for your life if you can, little girl,
hide your head in the sand, little girl.
Catch you with another man,
that's the end – ah, little girl.
Well you know that I'm a wicked guy
and I was born with a jealous mind,
and I can't spend my whole life tryin',
just to make you toe the line.
You'd better run for your life if you can, little girl,
hide your head in the sand, little girl,
catch you with another man,
that's the end – ah, little girl.
Let this be a sermon,
I mean everything I said,
baby, I'm determined,
and I'd rather see you dead.
You'd better run for your life if you can, little girl,
hide your head in the sand, little girl,
catch you with another man,
that's the end – ah, little girl,
I'd rather see you dead, little girl,
than to be with another man.
You'd better keep your head, little girl,
or I won't know where I am.
You'd better run for your life if you can, little girl,
hide your head in the sand, little girl,
catch you with another man,
that's the end – ah, little girl.

❝Siempre he detestado
'Salva el pellejo'.❞
John

Woman

Woman do you love me?
Woman if you need me then believe me
I need you to be my woman.
Woman do you love me?
Woman if you need me then believe me
I need you to be my woman.
And should you ask me how I'm doing
what shall I say, things are O.K.
Well I know that they're not
and I still may have lost you.
Woman do you love me?
Woman if you need me then believe me
I need you to be my woman.
And should you take your time and tell me
when we're alone, love will come home
I would give up my world
if you'll say that my girl is my woman.
I've got plenty of time,
help me just to get through it.
Once again you'll be mine
I still think we can do it.
And you know how much I love you.
Woman don't forsake me.
Woman if you take me then believe me
I'll take you to be my woman.

Released by Peter and Gordon, February 1966

❝Me resultaba muy difícil
escribir cuando estaba Yoko
sentada con nosotros. Tal vez
yo quería decir algo así como
'Te amo, mi amor' pero, como
Yoko nos estaba mirando,
siempre sentía que tenía que
salir con algo inteligente y
vanguardista. Es probable
que a ella le hubieran gustado
las cosas simples, pero yo
tenía miedo.❞
Paul

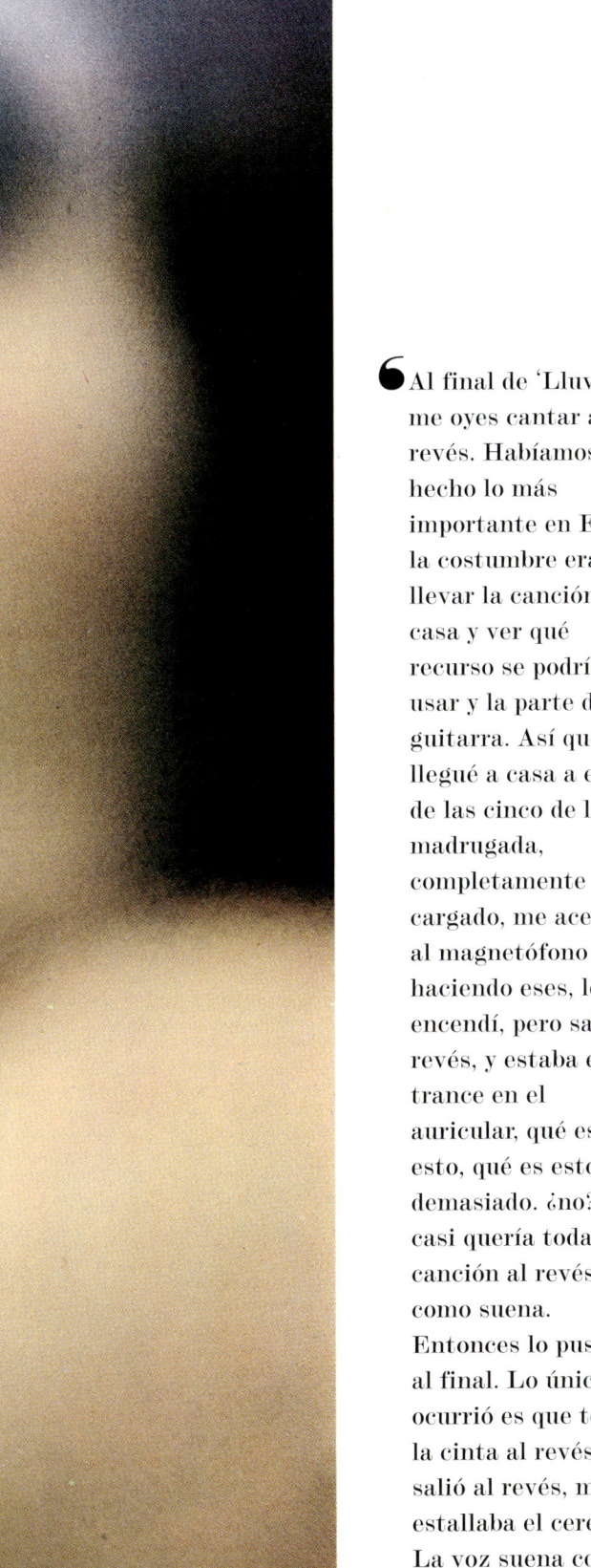

Paperback writer

Paperback writer, Paperback writer.
Dear Sir or Madam will you read my book,
It took me years to write will you take a look,
Based on a novel by a man named Lear,
And I need a job,
So I want to be a paperback writer,
Paperback writer.
It's a dirty story of a dirty man,
And his clinging wife doesn't understand.
His son is working for the Daily Mail,
It's a steady job,
But he wants to be a paperback writer,
Paperback writer.
It's a thousand pages give or take a few,
I'll be writing more in a week or two,
I can make it longer if you like the style,
I can change it round,
And I want to be a paperback writer,
Paperback writer.
If you really like it you can have the rights,
It could make a million for you overnight,
If you must return it you can send it here,
But I need a break,
And I want to be a paperback writer,
Paperback writer.

Rain

If the rain comes they run and hide their heads.
They might as well be dead,
If the rain comes, if the rain comes.
When the sun shines they slip in to the shade,
And sip their lemonade,
When the sun shines, when the sun shines.
Rain, I don't mind.
Shine, the weather's fine.
I can show you that when it starts to rain,
Everything's the same,
I can show you, I can show you.
Rain, I don't mind,
Shine, the weather's fine.
Can you hear me that when it rains and shines,
It's just a state of mind,
Can you hear me, can you hear me?

'Al final de 'Lluvia' me oyes cantar al revés. Habíamos hecho lo más importante en EMI y la costumbre era llevar la canción a casa y ver qué recurso se podría usar y la parte de la guitarra. Así que llegué a casa a eso de de las cinco de la madrugada, completamente cargado, me acerqué al magnetófono haciendo eses, lo encendí, pero salió al revés, y estaba en trance en el auricular, qué es esto, qué es esto. Es demasiado. ¿no?, y casi quería toda la canción al revés, así como suena. Entonces lo pusimos al final. Lo único que ocurrió es que tenía la cinta al revés y salió al revés, me estallaba el cerebro. La voz suena como un viejo indio.'
John,
ROLLING STONE

Taxman

Let me tell you how it will be,
There's one for you, nineteen to me,
'Cos I'm the Taxman,
Yeah, I'm the Taxman.
Should five per cent appear too small,
Be thankful I don't take it all,
'Cos I'm the Taxman,
Yeah, I'm the Taxman.
If you drive a car, I'll tax the street,
If you try and sit, I'll tax the seat,
If you get too cold, I'll tax the heat,
If you take a walk, I'll tax your feet.
Taxman.
'Cos I'm the Taxman,
Yeah, I'm the Taxman.
Don't ask me what I want it for
(Taxman Mister Wilson)
If you don't want to pay some more
(Taxman Mister Heath),
'Cos I'm the Taxman,
Yeah, I'm the Taxman.
Now my advice for those who die,
Declare the pennies on your eyes,
'Cos I'm the Taxman,
Yeah, I'm the Taxman.
And you're working for no-one but me,
Taxman.

❝Estoy en mis últimas
£50,000 esterlinas.❞
John

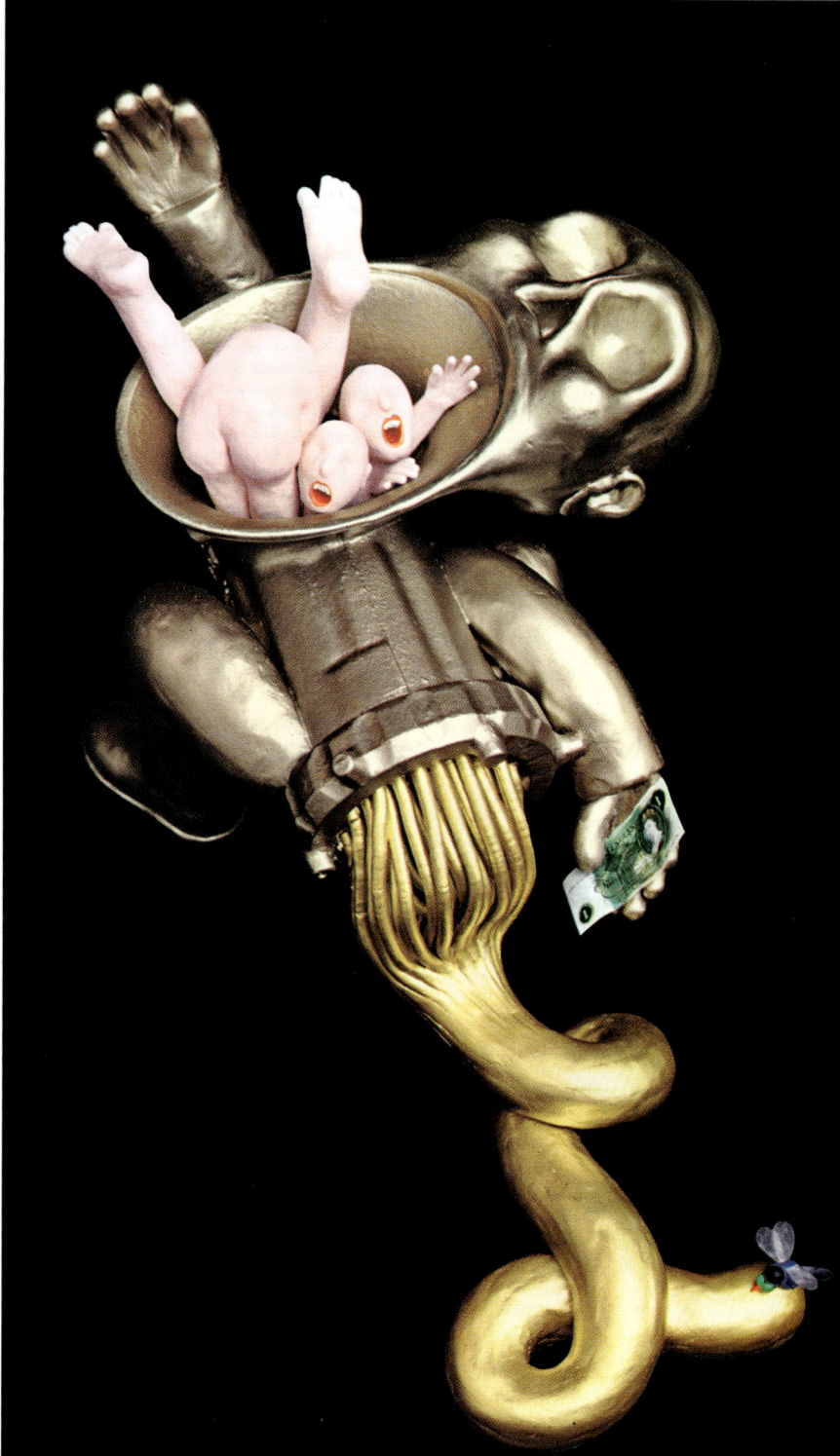

Eleanor Rigby

Ah, look at all the lonely people.
Ah, look at all the lonely people.
Eleanor Rigby picks up the rice in the church where a
wedding has been,
lives in a dream.
Waits at the window, wearing a face that she keeps
in a jar by the door,
Who is it for?
All the lonely people, where do they all come from?
All the lonely people, where do they all belong?
Father McKenzie, writing the words of a sermon that
no-one will hear,
No-one comes near.
Look at him working, darning his socks in the night
when there's nobody there,
What does he care?
All the lonely people, where do they all come from?
All the lonely people, where do they all belong?
Ah, look at all the lonely people.
Ah, look at all the lonely people.
Eleanor Rigby died in the church and was buried
along with her name.
Nobody came.
Father McKenzie, wiping the dirt from his hands as
he walks from the grave.
No-one was saved.
All the lonely people, where do they all come from?
All the lonely people, where do they all belong?

❛Creo que al principio era
Miss Daisy Hawkins
originalmente, pero quería un
nombre que fuese más real.
La idea vino así, de pronto:
'Eleanor Rigby recoge el
arroz y vive en un sueño'.
No consiguió nada, no lo ha
conseguido con nadie,
ni siquiera parecía
que iba a hacerlo.❜
Paul

I'm only sleeping

When I wake up early in the morning,
Lift my head, I'm still yawning.
When I'm in the middle of a dream,
Stay in bed, float up stream (float up stream),
Please don't wake me, no, don't shake me,
Leave me where I am, I'm only sleeping.
Everybody seems to think I'm lazy.
I don't mind, I think they're crazy
Running everywhere at such a speed,
Till they find there's no need (there's no need),
Please don't spoil my day, I'm miles away,
And after all, I'm only sleeping.
Keeping an eye on the world going by my window,
Taking my time, lying there and staring at the ceiling,
Waiting for a sleepy feeling.
Please don't spoil my day, I'm miles away,
And after all, I'm only sleeping.
Keeping an eye on the world going by my window,
Taking my time.
When I wake up early in the morning,
Lift my head, I'm still yawning.
When I'm in the middle of a dream,
Staying in bed, float up stream (float up stream),
Please don't wake me, no, don't shake me,
Leave me where I am, I'm only sleeping.

6En realidad se trata
todo de los
admiradores. Y,
naturalmente, nos
gustan. Pero a veces
queremos que nos dejen
tener cierta vida
privada: cuando ellos
pueden resultar
pesados. Pero imagino
que es parte
del trabajo.9
Paul

Love you to

Each day just goes so fast,
I turn around, it's past,
you don't get time to hang a sign on me.
Love me while you can,
before I'm a dead old man.
A life-time is so short,
a new one can't be bought,
but what you've got means such a lot to me.
Make love all day long,
make love singing songs.
Make love all day long,
make love singing songs.
There's people standing round,
who'll screw you in the ground,
they'll fill you in with all their sins,
you'll see.
I'll make love to you,
if you want me to.

6Empecé a escribir
canciones cuando tuve
más tiempo,
especialmente cuando
empecé a abandonar
las giras. Como tenía
tantas cosas de la
India en mi cabeza,
por fuerza tenían
que salir.9
George

Here there and everywhere

To lead a better life, I need my love to be here.
Here, making each day of the year,
changing my life with a wave of her hand.
Nobody can deny that there's something there.
There, running my hands through her hair,
both of us thinking how good it can be.
Someone is speaking but she doesn't know he's
there.
I want her ev'rywhere, and if she's beside me I know
I need never care,
but to love her is to meet her ev'rywhere,
knowing that love is to share,
each one believing that love never dies,
watching her eyes and hoping I'm always there.
I want her ev'rywhere, and if she's beside
me I know I need never care,
but to love her is to meet her ev'rywhere,
knowing that love is to share,
each one believing that love never dies,
watching her eyes and hoping I'm always there.
To be there and ev'rywhere,
here, there and ev'rywhere.

Yellow submarine

In the town where I was born,
lived a man who sailed the sea,
and he told us of his life,
in the land of submarines.
So we sailed on to the sun,
till we found the sea of green,
and we lived beneath the waves,
in our yellow submarine.
We all live in a yellow submarine,
yellow submarine, yellow submarine,
we all live in a yellow submarine,
yellow submarine, yellow submarine.
And our friends are all aboard,
many more of them live next door,
and the band begins to play.
We all live in a yellow submarine,
yellow submarine, yellow submarine,
we all live in a yellow submarine,
yellow submarine, yellow submarine.
As we live a life of ease,
everyone of us has all we need,
sky of blue and sea of green,
in our yellow submarine.
We all live in a yellow submarine,
yellow submarine, yellow submarine,
we all live in a yellow submarine,
yellow submarine, yellow submarine.

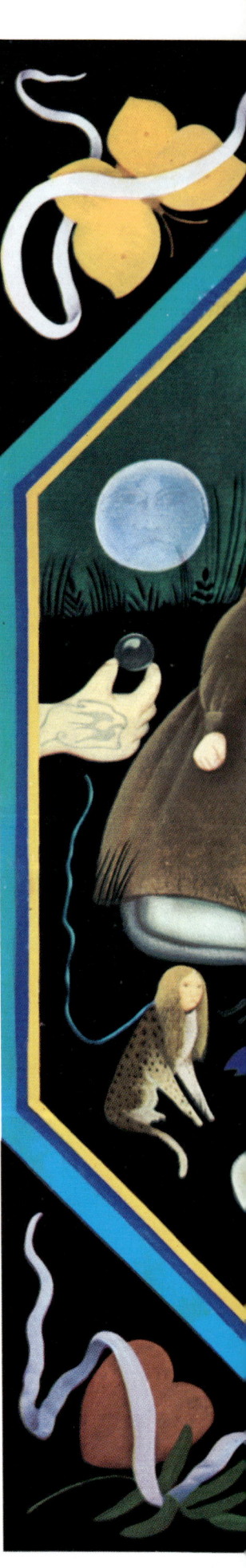

'Sabía que le iban a encontrar connotaciones ('Yellow Submarine'), pero en realidad era una canción para niños. Me gustaba la idea de que la cantasen los críos.'
Paul

She said she said

She said I know what it's like to be dead,
I know what it is to be sad,
and she's making me feel like I've never been born.
I said who put all those things in your hair,
things that make me feel that I'm mad,
and you're making me feel like I've never been born.
She said you don't understand what I said,
I said no no no you're wrong, when I was a boy,
ev'rything was right, ev'rything was right.
I said even though you know what you know,
I know that I'm ready to leave,
'cos you're making me feel like I've never been born.
She said you don't understand what I said,
I said no no no you're wrong, when I was a boy,
ev'rything was right, ev'rything was right.
I said even though you know what you know,
I know that I'm ready to leave,
'cos you're making me feel like I've never been born.
She said I know what it's like to be dead,
I know what it is to be sad,
I know what it's like to be dead.

❛Ésta me gusta. La escribí
pensando en una vez que me
di con ácido en Los Ángeles.
Era apenas la segunda vez
que nos dábamos. Lo
tomamos porque habíamos
empezado a escuchar cosas
que se decían y queríamos
saber cómo era. Peter Fonda
se nos acercó y empezó a
decirnos 'Yo sé cómo es
estar muerto' y cosas así.
En realidad nosotros no
queríamos saber, pero él
seguía sin parar… Bueno,
de ahí salió la canción, y es
linda.❜
John

Good day sunshine

Good day sunshine, good day sunshine,
good day sunshine.
I need to laugh, and when the sun is out,
I've got something I can laugh about.
I feel good in a special way,
I'm in love, and it's a sunny day.
Good day sunshine, good day sunshine,
good day sunshine.
We take a walk, the sun is shining down,
burns my feet as they touch the ground.
Good day sunshine, good day sunshine,
good day sunshine.
And then we lie beneath a shady tree,
I love her and she's loving me.
She feels good, she knows she's looking fine,
I'm so proud to know that she is mine.
Good day sunshine, good day sunshine,
good day sunshine.
Good day, good day sunshine.

❛No se olviden de
decir que llevaba una
gran sonrisa.❜
**Linda, a los
periodistas, después
de la boda de Paul.**

And your bird can sing

You tell me that you've ev'rything you want,
And your bird can sing,
But you don't get me,
You don't get me.
You say you've seen seven wonders,
And your bird is green,
But you can't see me,
You can't see me.
When your prized possessions start to wear you
down,
Look in my direction
I'll be round, I'll be round.
When your bird is broken
will it bring you down?
You may be awoken
I'll be round, I'll be round.
Tell me that you've heard ev'ry sound there is,
and your bird can sing,
But you can't hear me,
You can't hear me.

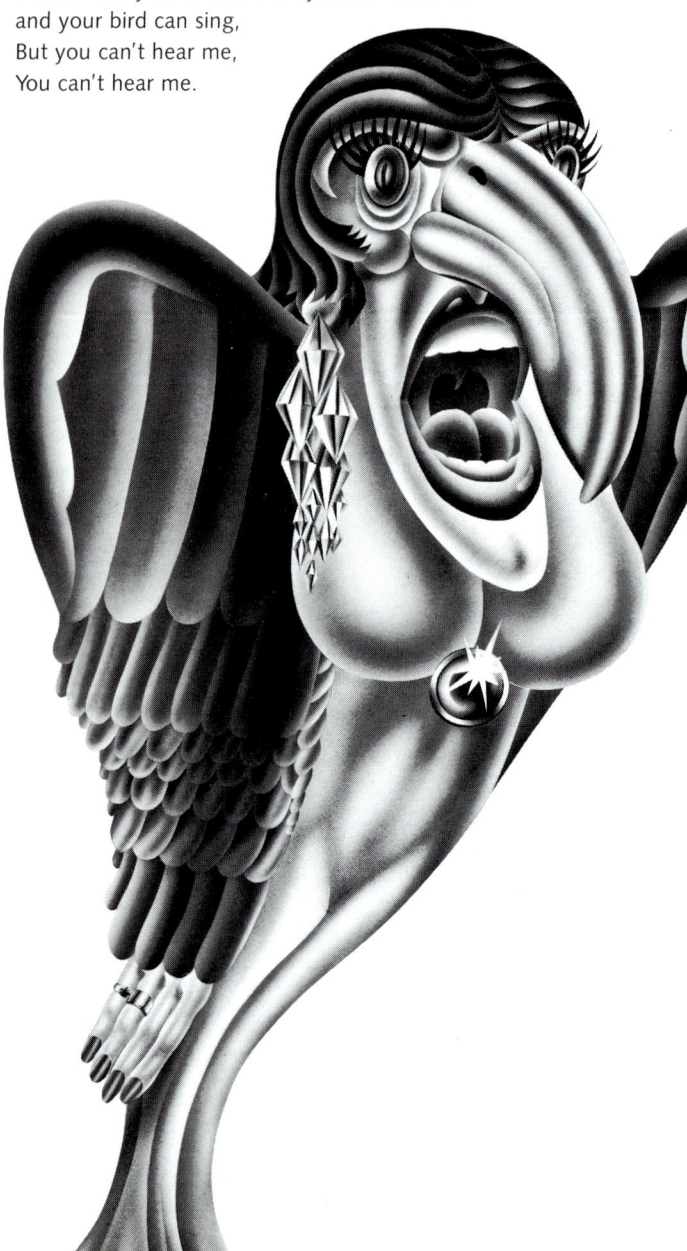

For no one

Your day breaks, your mind aches,
you find that all her words of kindness linger on,
when she no longer needs you.
She wakes up, she makes up,
she takes her time and doesn't feel she has to hurry,
she no longer needs you.
And in her eyes you see nothing,
no sign of love behind the tears cried for no one,
a love that should have lasted years.
You want her, you need her,
and yet you don't believe her,
when she says her love is dead,
you think she needs you.
And in her eyes you see nothing,
no sign of love behind the tears cried for no one,
a love that should have lasted years.
You stay home, she goes out,
she says that long ago she knew someone but now,
he's gone, she doesn't need him.
Your day breaks, your mind aches,
there will be times when all the things she
said will fill your head,
you won't forget her.
And in her eyes you see nothing,
no sign of love behind the tears cried for no one.
A love that should have lasted years.

Doctor Robert

Ring my friend I said you'd call Doctor Robert,
day or night he'll be there anytime at all,
Doctor Robert,
Doctor Robert, you're a new and better man,
he helps you to understand,
he does ev'rything he can, Doctor Robert.
If you are down he'll pick you up, Doctor Robert,
take a drink from his special cup, Doctor Robert,
Doctor Robert, he's a man you must believe,
helping ev'ry one in need,
no-one can succeed like Doctor Robert.
Well, well, well, you're feeling fine,
well, well, well, he'll make you, Doctor Robert.
My friend works with the National Health,
Doctor Robert,
don't pay money just to see yourself with
Doctor Robert,
Doctor Robert, you're a new and better man,
he helps you to understand,
he does ev'rything he can, Doctor Robert.
Well, well, well, you're feeling fine,
well, well, well, he'll make you Doctor Robert.
Ring my friend I said you'd call
Doctor Robert.

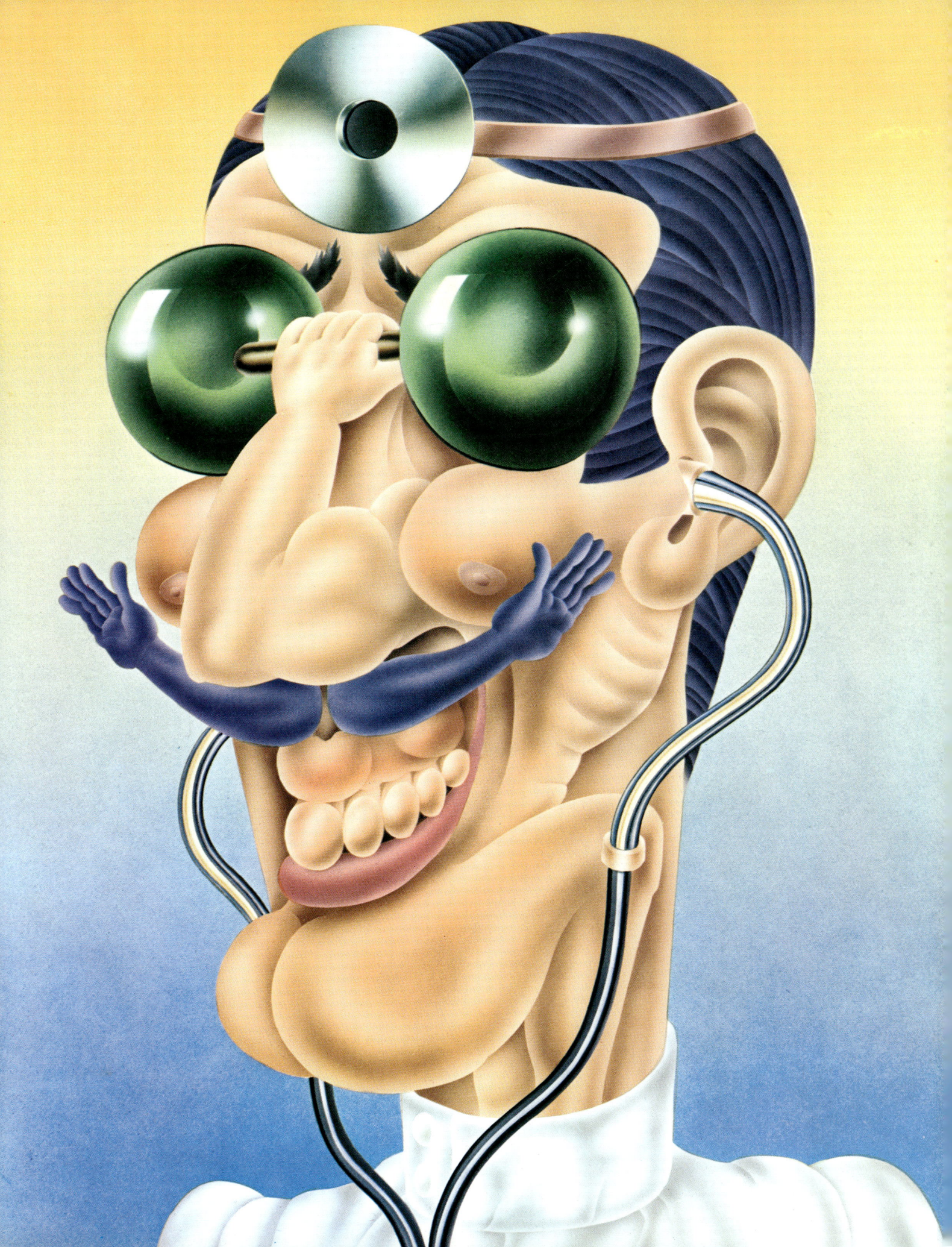

'Es que nosotros también
somos humanos. Claro
que me ofendo cuando
atacan a Yoko o dicen
que es fea o lo que sea.**'**
John

Got to get you into my life

I was alone, I took a ride,
I didn't know what I would find there.
Another road where maybe I
could see another kind of mind there.
Ooh then I suddenly see you,
ooh did I tell you I need you
ev'ry single day of my life?
You didn't run, you didn't lie,
you knew I wanted just to hold you,
and had you gone, you knew in time
we'd meet again for I had told you.
Ooh you were meant to be near me,
ooh and I want you to hear me,
say we'll be together ev'ry day.
Got to get you into my life.
What can I do, what can I be?
When I'm with you I want to stay there.
If I'm true I'll never leave,
and if I do I know the way there.
Ooh then I suddenly see you,
ooh did I tell you I need you
ev'ry single day of my life?
Got to get you into my life.
Got to get you into my life.
I was alone, I took a ride,
I didn't know what I would find there.
Another road where maybe I
could see another kind of mind there.
Ooh then I suddenly see you,
ooh did I tell you I need you?
ev'ry single day of my life?
What are you doing to my life?

'Estábamos influidos
por el fragmento de
nuestro Tamla
Motown sobre esto.
Como ves, estamos
influidos por cualquier
cosa que ocurra.'
John

I want to tell you

I want to tell you,
my head is filled with things to say,
when you're here,
all those words they seem to slip away.
When I get near to you,
the games begin to drag me down,
it's alright,
I'll make you maybe next time around.
But if I seem to act unkind,
it's only me, it's not my mind,
that is confusing things.
I want to tell you,
I feel hung up and I don't know why,
I don't mind, I could wait for ever,
I've got time.
Sometimes I wish I knew you well,
then I could speak my mind and tell you
maybe you'd understand.
I want to tell you,
I feel hung up and I don't know why,
I don't mind, I could wait for ever,
I've got time. I've got time.

Tomorrow never knows

Turn off your mind relax and float down-stream,
it is not dying, it is not dying,
lay down all thought surrender to the void,
it is shining, it is shining.
That you may see the meaning of within,
it is speaking, it is speaking,
that love is all and love is ev'ryone,
it is knowing, it is knowing.
When ignorance and haste may mourn the dead,
it is believing, it is believing.
But listen to the colour of your dreams,
it is not living, it is not living.
Or play the game existence to the end.
Of the beginning, of the beginning.
Of the beginning. Of the beginning.

Penny Lane

In Penny Lane there is a barber showing photographs
of ev'ry head he's had the pleasure to know.
And all the people that come and go
stop and say 'Hello'.
On the corner is a banker with a motorcar,
the little children laugh at him behind his back.
And the banker never wears a mac
In the pouring rain – very strange.
Penny Lane is in my ears and in my eyes,
there beneath the blue surburban skies
I sit, and meanwhile back
In Penny Lane there is a fireman with an hourglass
and in his pocket is a portrait of the Queen.
He likes to keep his fire engine clean,
it's a clean machine.
Penny Lane is in my ears and in my eyes,
a four of fish and finger pies
in summer meanwhile back
Behind the shelter in the middle of the roundabout
The pretty nurse is selling poppies from a tray.
And though she feels as if she's in a play
she is anyway.
In Penny Lane, the barber shaves another
customer, we see the banker sitting waiting for a trim
and then the fireman rushes in
from the pouring rain – very strange.
Penny Lane is in my ears and in my eyes,
there beneath the blue surburban skies
I sit, and meanwhile back
Penny Lane is in my ears and in my eyes,
there beneath the blue surburban skies …
Penny Lane!

‘Penny Lane es un redondel para
autobuses en Liverpool; y allí
hay una peluquería con la foto
de cada cabeza que el peluquero
ha tenido el placer de conocer.
No, esto no es cierto, no son
más que fotos de modelos, pero
todo el mundo que va y viene se
para y saluda. En parte es real,
en parte es nostalgia de un sitio
que es un gran sitio, con los
cielos azules del suburbio como
nosotros lo recordamos,
y está todavía allí.’
Paul

Strawberry Fields forever

Let me take you down,
'cos I'm going to Strawberry Fields.
Nothing is real
and nothing to get hungabout.
Strawberry Fields forever.
Living is easy with eyes closed
Misunderstanding all you see.
It's getting hard to be someone.
But it all works out,
it doesn't matter much to me.
Let me take you down,
'cos I'm going to Strawberry Fields.
Nothing is real
and nothing to get hungabout.
Strawberry Fields forever.
No one I think is in my tree,
I mean it must be high or low.
That is you can't you know tune in.
But it's all right.
That is I think it's not too bad.
Let me take you down,
'cos I'm going to Strawberry Fields.
Nothing is real
and nothing to get hungabout.
Strawberry Fields forever.
Always, no sometimes, think it's me,
but you know I know when it's a dream.
I think I know I mean a 'Yes'.
But it's all wrong.
That is I think I disagree.
Let me take you down,
'cos I'm going to Strawberry Fields.
Nothing is real
and nothing to get hungabout.
Strawberry Fields forever.
Strawberry Fields forever.

‘¿Te acuerdas cuando todo
el mundo empezó a
analizar las canciones de
los Beatles? – Me parece
que nunca he comprendido
de qué trataban algunas
de ellas.’
Ringo

Sergeant Pepper's Lonely Hearts Club Band

It was twenty years ago today, that
Sergeant Pepper taught the band to play
they've been going in and out of style
but they're guaranteed to raise a smile.
So may I introduce to you
the act you've known for all these years,
Sergeant Pepper's Lonely Hearts Club Band.
We're Sergeant Pepper's Lonely Hearts Club Band,
we hope you will enjoy the show,
We're Sergeant Pepper's Lonely Hearts Club Band,
sit back and let the evening go.
Sergeant Pepper's lonely, Sergeant Pepper's lonely,
Sergeant Pepper's Lonely Hearts Club Band.
It's wonderful to be here,
it's certainly a thrill.
You're such a lovely audience,
we'd like to take you home with us,
we'd love to take you home.
I don't really want to stop the show,
but I thought you might like to know,
that the singer's going to sing a song,
and he wants you all to sing along.
So may I introduce to you
the one and only Billy Shears
and Sergeant Pepper's Lonely Hearts Club Band.

6 Estaba pensando en aquel
momento en palabras
simpáticas como Sargento
Pepper y Club de los
Corazones Solitarios y por
ninguna razón salieron
todas juntas… En cierto
modo hay un poco de
charanga, pero también de
rock, proque tiene la cosa
de San Francisco. 9
Paul

With a little help from my friends

What would you do if I sang out of tune,
would you stand up and walk out on me.
Lend me your ears and I'll sing you a song,
and I'll try not to sing out of key.
I get by with a little help from my friends,
I get high with a little help from my friends,
I'm gonna try with a little help from my friends.
What do I do when my love is away.
(Does it worry you to be alone)
how do I feel by the end of the day
(are you sad because you're on your own)
no I get by with a little help from my friends,
I get high with a little help from my friends,
Oh, I'm gonna try with a little help from my friends.
Do you need anybody,
I need somebody to love.
Could it be anybody
I want somebody to love.
Would you believe in a love at first sight,
yes I'm certain that it happens all the time.
What do you see when you turn out the light,
I can't tell you, but I know it's mine.
Oh I get by with a little help from my friends.
I get high with a little help from my friends,
Oh I'm gonna try with a little help from my friends.
Do you need anybody,
I just need somebody to love,
Could it be anybody,
I want somebody to love.
Oh I get by with a little help from my friends,
Mm I'm gonna try with a little help from my friends,
Oh I get high with a little help from my friends,
Yes I get by with a little help from my friends.

6 Es que no soy muy
bueno cantando, porque
me falta variedad. Así
que ellos me escriben
canciones que son
bastante bajas y no
demasiado difíciles. 9
Ringo

Lucy in the sky with diamonds

Picture yourself in a boat on a river,
with tangerine trees and marmalade skies
Somebody calls you, you answer quite slowly,
a girl with kaleidoscope eyes.
Cellophane flowers of yellow and green,
towering over our head.
Look for the girl with the sun in her eyes,
and she's gone.
Lucy in the sky with diamonds,
Follow her down to a bridge by a fountain
where rocking horse people eat marshmallow pies,
everyone smiles as you drift past the flowers,
that grow so incredibly high.
Newspaper taxis appear on the shore,
waiting to take you away.
Climb in the back with your head in the clouds,
and you're gone.
Lucy in the sky with diamonds,
Picture yourself on a train in a station,
with plasticine porters with looking glass ties,
suddenly someone is there at the turnstile,
the girl with kaleidoscope eyes.
Lucy in the sky with diamonds.

‘Esta es asombrosa. La gente se acercaba y decía astutamente: ‘Justo, lo he adivinado, LSD’ y esto fue cuando los periódicos hablaban de la LSD, pero nosotros nunca pensamos en esto. Lo que ocurrió es que el hijo de John, Julian, hizo un dibujo en la escuela y lo trajo a casa, y tenía una compañera de colegio llamada Lucy y John dijo ‘¿Qué es esto? y él dijo: ‘Lucy en el cielo con diamantes’.**’**
Paul

Getting better

It's getting better all the time
I used to get mad at my school
the teachers who taught me weren't cool
Holding me down, turning me round
filling me up with your rules.
I've got to admit it's getting better
It's a little better all the time
I have to admit it's getting better
it's getting better since you've been mine.
Me used to be angry young man
me hiding my head in the sand
You gave me the word
I finally heard
I'm doing the best that I can.
I admit it's getting better
It's a little better all the time yes
I admit it's getting better
it's getting better since you've been mine.
I used to be cruel to my woman
I beat her and kept her apart from the
things that she loved
Man I was mean but I'm changing my scene
and I'm doing the best that I can.
I admit it's getting better
a little better all the time
yes I admit it's getting better
it's getting better since you've been mine.
Getting so much better all the time.

❛Mientras estábamos
en la India todos
ellos estaban
haciendo sus planes y
yo iba a lanzar a Yoko
y la hubiese lanzado
si no nos hubiéramos
enamorado. Pero no
resultó así. Y ahora
estamos juntos.
Sí ha resultado
mucho mejor, y cada
vez mejor…**❜**
John

Fixing a hole

I'm fixing a hole where the rain gets in
and stops my mind from wandering
where it will go.
I'm filling the cracks that ran through the
door
and kept my mind from wandering
where it will go.
And it really doesn't matter if I'm wrong
I'm right
where I belong I'm right
where I belong.
See the people standing there who
disagree and never win
and wonder why they don't get in my
door.
I'm painting my room in a colourful
way
and when my mind is wandering
there I will go.
And it really doesn't matter if I'm wrong
I'm right
where I belong I'm right
where I belong.
Silly people run around they worry me
and never ask me why they don't get past
my door.
I'm taking the time for a number of
things
that weren't important yesterday
and I still go.
I'm fixing a hole where the rain gets in
and stops my mind from wandering
where it will go.

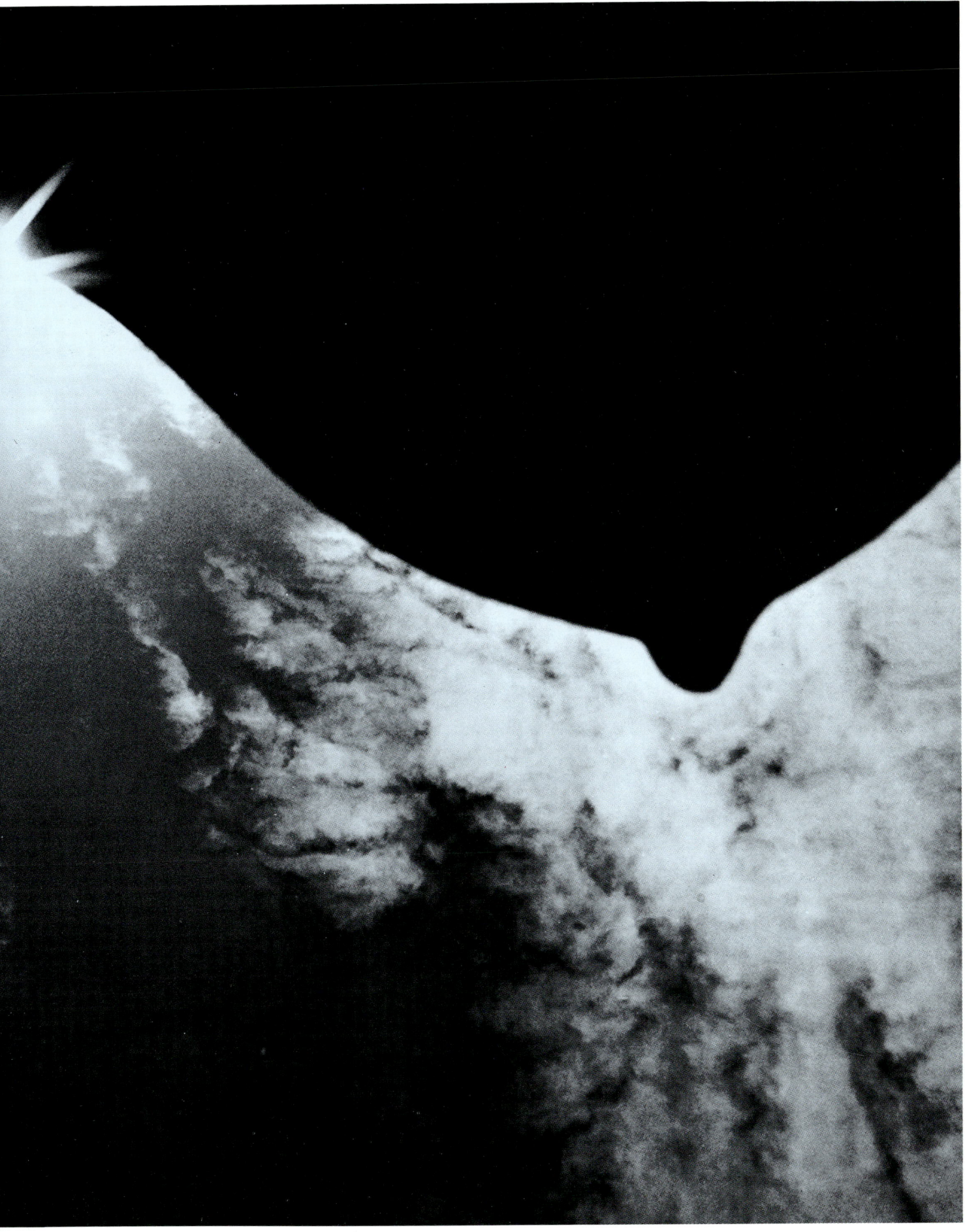

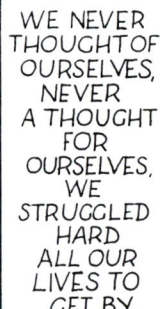

She's leaving home

Wednesday morning at five o'clock as the day begins
silently closing her bedroom door
leaving the note that she hoped would say more
she goes downstairs to the kitchen
clutching her handkerchief
quietly turning the backdoor key
stepping outside she is free.
She (We gave her most of our lives)
is leaving (Sacrificed most of our lives)
home (We gave her everything money could buy)
she's leaving home after living alone
for so many years. Bye, bye.
Father snores as his wife gets into her dressing gown
picks up the letter that's lying there
standing alone at the top of the stairs
she breaks down and cries to her husband
daddy our baby's gone.
Why should she treat us so thoughtlessly
how could she do this to me.
She (We never thought of ourselves)
is leaving (We struggled hard all our lives to get by)
she's leaving home after living alone
for so many years. Bye, bye.
Friday morning at nine o'clock she is far away
waiting to keep the appointment she made
meeting a man from the motor trade.
She (What did we do that was wrong)
is leaving (We didn't know it was wrong)
home (Fun is the one thing that money can't buy)
something inside that was always denied
for so many years. Bye, bye.
She's leaving home bye bye.

❛Había una noticia en el
DAILY MIRROR sobre una
chica que se fue de casa y
su padre dijo: 'Se lo dimos
todo, no sé por qué se fue
de casa.' Pero ellos no le
dieron tanto como dicen, ni
lo que ella quería cuando se
fue de casa.❜
Paul

Being for the benefit of Mr Kite!

For the benefit of Mr. Kite
there will be a show tonight on trampoline.
The Hendersons will all be there
late of Pablo Fanques Fair – what a scene.
Over men and horses hoops and garters
lastly through a hogshead of real fire!
In this way Mr. K. will challenge the world!
The celebrated Mr. K.
performs his feat on Saturday at Bishopsgate
the Hendersons will dance and sing
as Mr. Kite flies through the ring don't be late
Messrs. K. and H. assure the public
their production will be second to none
and of course Henry The Horse dances the waltz!
The band begins at ten to six
when Mr. K. performs his tricks without a sound
and Mr. H. will demonstrate
ten somersaults he'll undertake on solid ground.
Having been some days in preparation
a splendid time is guaranteed for all
and tonight Mr. Kite is topping the bill.

❛John tiene este viejo cartel
que dice arriba de todo:
'La feria de Pablo Fanques
presenta a los Henderson
en beneficio de Mr. Kite' y
allí están todas las partes
que suenan raras: 'Los
Henderson'. A quién se le
iba a ocurrir.❜
Paul

Within you without you

We were talking – about the space
between us all
And the people – who hide themselves
behind a wall of illusion
Never glimpse the truth – then it's far too
late – when they pass away.
We were talking – about the love we all
could share – when we find it
to try our best to hold it there – with our love
With our love – we could save the world –
if they only knew.
Try to realise it's all within yourself
no-one else can make you change
And to see you're really only very small,
and life flows on within you and without you.
We were talking – about the love that's
gone so cold and the people,
who gain the world and lose their soul –
they don't know – they can't see – are you
one of them?
When you've seen beyond yourself –
then you may find peace of mind, is
waiting there –
And the time will come when you see
we're all one,
and life flows on within you and without you.

When I'm sixty-four

When I get older losing my hair,
many years from now.
Will you still be sending me a Valentine
birthday greetings bottle of wine.
If I'd been out till quarter to three
would you lock the door.
Will you still need me, will you still feed me,
when I'm sixty-four.
You'll be older too,
and if you say the word,
I could stay with you.
I could be handy, mending a fuse
when your lights have gone.
You can knit a sweater by the fireside
Sunday morning go for a ride.
Doing the garden, digging the weeds,
who could ask for more.
Will you still need me, will you still feed me,
when I'm sixty-four.
Every summer we can rent a cottage,
in the Isle of Wight, if it's not too dear
we shall scrimp and save
grandchildren on your knee
Vera Chuck & Dave
send me a postcard, drop me a line,
stating point of view
indicate precisely what you mean to say
yours sincerely, wasting away
give me your answer, fill in a form
mine for evermore.
Will you still need me, will you still feed me
When I'm sixty-four.

❝Klaus (Voorman) tenía un armonio en su casa, que yo no había tocado antes. Estaba garabateando, tocando para distraerme, cuando, de pronto, empezó a salir 'Dentro de tí'. Primero vino la música y luego la primera frase. Salió de lo que habíamos estado haciendo aquella noche.❞
George

Lovely Rita

Lovely Rita meter maid.
Lovely Rita meter maid.
Lovely Rita meter maid.
Nothing can come between us,
when it gets dark I tow your heart away.
Standing by a parking meter,
when I caught a glimpse of Rita,
filling in a ticket in her little white book.
In a cap she looked much older,
and the bag across her shoulder
made her look a little like a military man.
Lovely Rita meter maid,
may I inquire discreetly,
when you are free,
to take some tea with me.
Took her out and tried to win her,
had a laugh and over dinner,
told her I would really like to see her again,
got the bill and Rita paid it,
took her home and nearly made it
sitting on a sofa with a sister or two.
Oh, lovely Rita meter maid,
where would I be without you.
Give us a wink and make me think of you.

❛Estaba dándole al piano en
Liverpool cuando alguien
me dijo que en América a
las mujeres de los
parquímetros las llaman
doncellas del contador.
Pensé que era fantástico y
se convirtió en 'Rita,
doncella del contador' y
luego en 'Linda Rita,
doncella del contador' y
estaba pensando que debería
ser una canción de odio…
pero luego pensé que sería
mejor amarla, y además si
era un poco extravagante
como un militar, con una
bolsa al hombro. Una que
marca el paso pero mona.❜
Paul

Good morning, good morning

Nothing to do to save his life call his wife in
nothing to say but what a day how's your boy been
nothing to do it's up to you
I've got nothing to say but it's O.K.
Good morning, good morning, good morning …
Going to work don't want to go feeling low down
heading for home you start to roam when you're in
town
everybody knows there's nothing doing
everything is closed it's like a ruin
everyone you see is half asleep.
And you're on your own you're in the street.
Good morning, good morning …
After a while you start to smile now you feel cool.
Then you decide to take a walk by the old school.
Nothing had changed it's still the same
I've got nothing to say but it's O.K.
Good morning, good morning, good morning …
People running round it's five o'clock.
Everywhere in town it's getting dark.
Everyone you see is full of life.
It's time for tea and meet the wife.
Somebody needs to know the time, glad that I'm here.
Watching the skirts start to flirt now you're in
gear.
Go to a show you hope she goes.
I've got nothing to say but it's O.K.
Good morning, good morning, good morning …

❝Suelo sentarme en el piano, trabajando en las canciones, con la tele a bajo volumen como fondo. Si estoy en baja forma y trabajando mal, entonces me llegan las palabras de la tele. Es lo que ocurrió cuando oí 'Buenos días, buenos días'… era un anuncio de Corn Flakes.❞
John

Sergeant Pepper's Lonely Hearts Club Band (Reprise)

We're Sergeant Pepper's Lonely Hearts Club Band
We hope you have enjoyed the show.
Sergeant Pepper's Lonely Hearts Club Band
We're sorry but it's time to go.
Sergeant Pepper's lonely,
Sergeant Pepper's lonely,
Sergeant Pepper's lonely,
Sergeant Pepper's lonely,
Sergeant Pepper's Lonely Hearts Club Band.
We'd like to thank you once again
Sergeant Pepper's one and only Lonely Hearts Club Band.
It's getting near the end
Sergeant Pepper's lonely
Sergeant Pepper's lonely
Sergeant Pepper's Lonely Hearts Club Band …

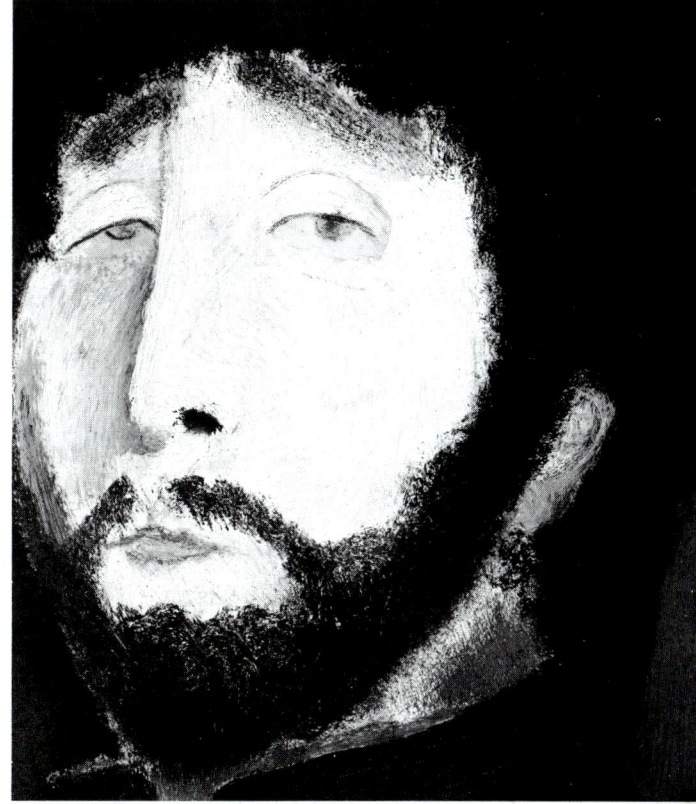

A day in the life

I read the news today oh boy
about a lucky man who made the grade
and though the news was rather sad
well I just had to laugh
I saw the photograph
He blew his mind out in a car
he didn't notice that the lights had changed
a crowd of people stood and stared
they'd seen his face before
nobody was really sure
if he was from the House of Lords.
I saw a film today oh boy
the English Army had just won the war
a crowd of people turned away
but I just had to look
having read the book.
I'd love to turn you on
Woke up, got out of bed,
dragged a comb across my head
found my way downstairs and drank a cup,
and looking up I noticed I was late.
Found my coat and grabbed my hat
made the bus in seconds flat
found my way upstairs and had a smoke,
and somebody spoke and I went into a dream
I heard the news today oh boy
four thousand holes in Blackburn, Lancashire
and though the holes were rather small
they had to count them all
now they know how many holes it takes
to fill the Albert Hall.
I'd love to turn you on.

All you need is love

Love, love, love, love, love, love, love, love, love.
There's nothing you can do that can't be done.
Nothing you can sing that can't be sung.
Nothing you can say but you can learn how to play
the game
It's easy.
There's nothing you can make that can't be made.
No one you can save that can't be saved.
Nothing you can do but you can learn how to be in
time.
It's easy.
All you need is love, all you need is love,
All you need is love, love, love is all you need.
Love, love, love, love, love, love, love, love, love.
All you need is love, all you need is love,
All you need is love, love, love is all you need.
There's nothing you can see that isn't shown.
Nowhere you can be that isn't where you're meant to
be.
It's easy.
All you need is love, all you need is love,
All you need is love, love, love is all you need.
All you need is love (all together now)
All you need is love (everybody)
All you need is love, love, love is all you need.

❝Vamos a mandar dos bellotas para la paz a cada dirigente del mundo de parte de John y Yoko. Quizás si las plantan y miran como crecen pueden meterse la idea en la cabeza.❞
John

Baby you're a rich man

How does it feel to be one of the beautiful people
Now that you know who you are
What do you want to be and have you travelled very far
Far as the eye can see.
How does it feel to be one of the beautiful people
How often have you been there often enough to know
What did you see when you were there nothing that doesn't show
Baby you're a rich man
Baby you're a rich man
Baby you're a rich man too
You keep all your money in a big brown bag inside a zoo
What a thing to do
Baby you're a rich man
Baby you're a rich man
Baby you're a rich man too.
How does it feel to be one of the beautiful people
Tuned to a natural E
Happy to be that way now that you've found another key
What are you going to play
Baby you're a rich man
Baby you're a rich man
Baby you're a rich man too
You keep all your money in a big brown bag inside a zoo
What a thing to do
Baby you're a rich man
Baby you're a rich man
Baby you're a rich man too…

❛Quiero el dinero
solamente para
ser rico.❜
John

Hello, Goodbye

You say yes, I say no,
You say stop, I say go, go, go.
Oh no.
You say goodbye and I say hello, hello, hello.
I don't know why you say goodbye I say hello, hello, hello.
I don't know why you say goodbye I say hello.
I say high, you say low.
You say why and I say I don't know.
Oh no.
You say goodbye and I say hello, hello, hello.
I don't know why you say goodbye I say hello, hello, hello.
I don't know why you say goodbye I say hello.
Why, why, why, why, why, why, do you
say goodbye, goodbye, bye, bye.
Oh no.
You say goodbye and I say hello, hello, hello.
I don't know why you say goodbye I say hello, hello, hello.
I don't know why you say goodbye I say hello.
You say yes, I say no (I say yes but I may mean no)
You say stop and I say go, go, go (I can stay till it's time to go)
Oh, oh no.
You say goodbye and I say hello, hello, hello.
I don't know why you say goodbye I say hello, hello, hello.
i don't know why you say goodbye I say hello, hello, hello.
I don't know why you say goodbye I say hello, hello, hello.
hello, hello, hello.
hello, hello, hello.
Hela, heba, helloa.

❛Aquellos de las filas más
baratas aplauden.
Los demás hacen sonar
sus joyas.❜
John

Magical Mystery Tour

Roll up – Roll up for the Mystery Tour.
Roll up, roll up for the Mystery Tour.
(roll up) and that's an invitation
Roll up for the Mystery Tour
(roll up) to make a reservation
Roll up for the Mystery Tour
the Magical Mystery Tour is waiting to take you away
waiting to take you away.
Roll up, roll up for the Mystery Tour.
Roll up, roll up for the Mystery Tour.
(roll up) for the Mystery Tour
(roll up) satisfaction guaranteed
Roll up for the Mystery Tour
the Magical Mystery Tour is hoping to take you away
hoping to take you away now
The Magical Mystery Tour
roll up, roll up for the Mystery Tour.
(roll up) and that's an invitation
Roll up for the Mystery Tour
the Magical Mystery Tour is coming to take you away
coming to take you away
the Magical Mystery Tour is dying to take you away
coming to take you away
the Magical Mystery Tour is dying to take you away
dying to take you away – take you today.

'Imagino que si lo miras
desde el punto de vista de
una buena diversión para
el día de San Esteban,
hemos metido la pata.
Mi padre me dio la mala
noticia esta mañana como
un sentenciador. Quizás
los periódicos tienen
razón; quizás nosotros
tenemos razón.'
Paul

Your Mother should know

Let's all get up and dance to a song that was a hit
before our Mother was born
Though she was born a long long time ago
your Mother should know – your Mother should know
sing it again.
Lift up your hearts and sing me a song that was a hit
before your Mother was born
Though she was born a long long time ago
your Mother should know – your Mother should know
your Mother should know – your Mother should know
sing it again
Though she was born a long long time ago
your Mother should know – your Mother should know
your Mother should know – your Mother should know
your Mother should know – your Mother should know.

I am the walrus

I am he
as you are he
as you are me
and we are all together.
See how they run
like pigs from a gun
see how they fly. I'm crying.
Sitting on a cornflake – waiting for a van to come.
Corporation teeshirt, stupid bloody
Tuesday man you been a naughty boy
you let your face grow long.
I am the eggman oh, they are the eggmen –
Oh I am the walrus GOO GOO G'JOOB.
Mr. City policeman sitting pretty little policeman in a row,
see how they fly
like Lucy in the sky
see how they run. I'm crying – I'm crying I'm crying.
Yellow matter custard dripping from a dead dog's eye.
Crabalocker fishwife pornographic
priestess boy you been a naughty girl,
you let your knickers down.
I am the eggman oh, they are the eggmen -
Oh I am the walrus. GOO GOO G'JOOB.
Sitting on an English garden waiting for the sun,
If the sun don't come, you get a tan from
standing in the English rain.
I am the eggman, oh, they are the eggmen –
Oh I am the walrus. G'JOOB, G'GOO, G'JOOB.
Expert texpert choking smokers
don't they think the joker laughs at you? Ha ha ha!
See how they smile
like pigs in a sty,
see how they snied. I'm crying
Semolina pilchards climbing up the Eiffel Tower.
Elementary penguin singing Hare Khrishna
man you should have seen them
kicking Edgar Allen Poe.
I am the eggman oh, they are the eggmen –
Oh I am the walrus GOO GOO GOO JOOB
GOO GOO GOO JOOB GOO GOO
GOOOOOOOOOOOJOOOOOB.

❛Todas estas absorciones
financieras y etcétera:
es exactamente como el
Monopolio.❜
John

The fool on the hill

Day after day, alone on a hill,
The man with the foolish grin is keeping perfectly still
But nobody wants to know him,
they can see that he's just a fool
and he never gives an answer.
But the fool on the hill sees the sun going down
and the eyes in his head set the world spinning
round.
Well on the way, head in a cloud,
the man of a thousand voices talking perfectly loud.
But nobody ever hears him
or the sound he appears to make
and he never seems to notice.
But the fool on the hill sees the sun going down
and the eyes in his head see the world spinning
round.
And nobody seems to like him,
they can tell what he wants to do
and he never shows his feelings.
But the fool on the hill sees the sun going down
and the eyes in his head see the world spinning
round.
He never listens to them,
he knows that they're the fools.
They don't like him.
The fool on the hill sees the sun going down
and the eyes in his head see the world spinning
round.

❝Cometimos un error, el
Maharishi es humano.
Durante algún tiempo
pensamos que no lo era.
Creemos en la meditación,
pero no en el Maharishi y su
ambiente. Hemos terminado
con aquella parte.❞
John

Blue Jay Way

There's a fog upon L.A.
And my friends have lost their way
we'll be over soon they said
now they've lost themselves instead.
Please don't be long please don't you be very long
please don't be long or I may be asleep
well it only goes to show
and I told them where to go
ask a policeman on the street
there's so many there to meet
Please don't be long please don't you be very long
please don't be long or I may be asleep
now it's past my bed I know
and I'd really like to go
soon will be the break of day
sitting here in Blue Jay Way
Please don't be long please don't you be very long
please don't be long or I may be asleep
Please don't be long please don't you be very long
please don't be long
Please don't be long please don't you be very long
please don't be long
Please don't be long please don't you be very long
please don't be long
don't be long – don't be long – don't be long
don't be long – don't be long – don't be long

❝Derek se retrasaba. Telefoneó
para decir que iba a llegar
tarde. Le dije que la casa
estaba en Blue Jay Day. Dijo
que la encontraría fácilmente,
que en todo caso podía
preguntar a un poli.❞
George

Lady Madonna

Lady Madonna children at your feet
wonder how you manage to make ends meet.
Who finds the money when you pay the rent?
Did you think that money was heaven sent?
Friday night arrives without a suitcase
Sunday morning creep in like a nun
Monday's child has learned to tie his bootlace.
See how they'll run.
Lady Madonna baby at your breast
wonder how you manage to feed the rest.
See how they'll run.
Lady Madonna lying on the bed
listen to the music playing in your head.
Tuesday afternoon is never ending
Wednesday morning papers didn't come
Thursday night your stockings needed mending.
See how they'll run.
Lady Madonna children at your feet
wonder how you manage to make ends meet.

The inner light

Without going out of my door
I can know all things on earth.
Without looking out of my window
I could know the ways of heaven.
The farther one travels,
The less one knows,
The less one knows.
Without going out of your door
You can know all things on earth.
Without looking out of your window
You can know the ways of heaven.
The farther one travels,
The less one knows,
The less one knows.
Arrive without travelling.
See all without looking.
(See all without looking).

> ❛La escribió George. Olvida la música India y escucha la melodía. ¿No te parece hermosa? Es realmente estupenda.❜
> **Paul**

Step inside love

Step inside love, let me find you a place,
where the cares of the day will be carried away
by the smile on your face.
We are together now and forever, come my way.
Step inside love and stay.
Step inside love, step inside love, step inside love.
I want you to stay.
You look tired love, let me turn down the light
come in out of the cold, rest your head on my shoulder
and love me tonight.
I'll always be here if you should need me,
night and day.
Step inside love and stay.
Step inside love, step inside love,
I want you to stay.
When you leave me, say you'll see me again,
for I'll know in my heart we will not be apart
and I'll miss you till then.
We'll be together now and forever, come my way.
Step inside love and stay.
Step inside love (I want you to).
Step inside love (I know you do).
I want you to stay.

Released by Cilla Black, March 1968

Parte III

Los Años de Apple
1968→1970

Hey Jude

Hey Jude don't make it bad,
take a sad song and make it better,
remember, to let her into your heart,
then you can start to make it better.
Hey Jude don't be afraid,
you were made to go out and get her,
the minute you let her under your skin,
then you begin to make it better.
And anytime you feel the pain,
Hey Jude refrain,
don't carry the world upon your shoulders.
For well you know that it's a fool,
who plays it cool,
by making his world a little colder.
Hey Jude don't let me down,
you have found her now go and get her,
remember (Hey Jude) to let her into your heart,
then you can start to make it better.
So let in out and let it in
Hey Jude begin,
you're waiting for someone to perform with.
And don't you know that it's just you.
Hey Jude, you'll do,
the movement you need is on your shoulder.
Hey Jude, don't make it bad,
take a sad song and make it better,
remember to let her under your skin,
then you'll begin to make it better.

❛Iba a ser 'Eh, Jules',
pero hubo un cambio.
Un día iba en coche a
Weybridge, a ver a
Cynthia (Lennon), y
Julián y yo
empezamos a cantar
'Eh, Jules, no lo eches
a perder' y entonces lo
cambié a 'Hey Jude'.
Ya sabes, como suele
ocurrir.**❜**
Paul

Revolution

You say you want a revolution
Well, you know
we all want to change the world.
You tell me that it's evolution,
Well, you know
we all want to change the world.
But when you talk about destruction,
Don't you know that you can count me out.
Don't you know that it's going to be alright,
Alright, alright.
You say you got a real solution
Well, you know
we'd all love to see the plan.
You ask me for a contribution,
Well, you know
we're doing what we can.
But if you want money for people with minds that
hate,
All I can tell you is brother you have to wait.
Don't you know it's going to be alright,
Alright, alright.
You say you'll change a constitution
well, you know
we all want to change your head.
You tell me it's the institution,
well, you know
you better free your mind instead.
But if you go carrying pictures of Chairman Mao,
You ain't going to make it with anyone anyhow.
Don't you know it's going to be alright,
alright, alright.

Back in the USSR

Flew in from Miami Beach BOAC.
Didn't get to bed last night.
On the way the paper bag was on my knee.
Man I had a dreadful flight.
I'm back in the USSR.
You don't know how lucky you are boy
Back in the USSR.
Been away so long I hardly knew the place.
Gee it's good to be back home.
Leave it till tomorrow to unpack my case.
Honey disconnect the phone.
I'm back in the USSR.
You don't know how lucky you are boy
Back in the US. Back in the US. Back in
the USSR.
Well the Ukraine girls really knock me out.
They leave the West behind.
And Moscow girls make me sing and shout
That Georgia's always on my mind.
I'm back in the USSR.
You don't know how lucky you are boys
Back in the USSR.
Show me round your snow peaked mountains way
down south
Take me to your daddy's farm
Let me hear your balalaikas ringing out
Come and keep your comrade warm.
I'm back in the USSR.
You don't know how lucky you are boys
Back in the USSR.

❝Mucha gente que se quejaba de que recibiésemos la MBE (Miembro del Imperio Británico) había recibido la suya por actos de heroísmo en la guerra: matando gente. Nosotros recibimos la nuestra por entretener a los demás. Yo diría que nos merecemos la nuestra más. ¿No te parece?❞
John

peter max

Dear Prudence

Dear Prudence, won't you come out to play.
Dear Prudence, greet the brand new day.
The sun is up, the sky is blue.
It's beautiful and so are you.
Dear Prudence won't you come out to play?
Dear Prudence open up your eyes.
Dear Prudence see the sunny skies.
The wind is low the birds will sing
That you are part of everything.
Dear Prudence won't you open up your eyes?
Look around round
Look around round round
Look around.
Dear Prudence let me see you smile.
Dear Prudence like a little child.
The clouds will be a daisy chain.
So let me see you smile again.
Dear Prudence won't you let me see you smile?

Glass onion

I told you about Strawberry Fields.
You know the place where nothing is real.
Well here's another place you can go
Where everything flows.
Looking through the bent-backed tulips
To see how the other half live
Looking through a glass onion.
I told you about the walrus and me – man.
You know that we're as close as can be – man.
Well here's another clue for you all
The walrus was Paul.
Standing on the cast iron shore – yeah.
Lady Madonna trying to make ends meet – yeah.
Looking through a glass onion.
Oh yeah oh yeah oh yeah
Looking through a glass onion.
I told you about the fool on the hill.
I tell you man he living there still.
Well here's another place you can be. Listen to me.
Fixing a hole in the ocean
Trying to make a dove-tail joint – yeah
Looking through a glass onion.

Ob-la-di, ob-la-da

Desmond has a barrow in the market place.
Molly is a singer in a band.
Desmond says to Molly – girl I like your face
And Molly says this as she takes him by the hand.
Ob-la-di ob-la-da life goes on bra
La-la how the life goes on
Ob-la-di ob-la-da life goes on bra
La-la how the life goes on
Desmond takes a trolley to the jewellers
stores,
Buys a twenty carat golden ring.
Takes it back to Molly waiting at the door
And as he gives it to her she begins to sing
In a couple of years they have built
A home sweet home
With a couple of kids running in the yard
Of Desmond and Molly Jones.
Happy ever after in the market place
Desmond lets the children lend a hand.
Molly stays at home and does her pretty face
And in the evening she still sings it with the band.
Happy ever after in the market place
Molly lets the children lend a hand.
Desmond stays at home and does his pretty face
And in the evening she's a singer with the band.
And if you want some fun – take Ob-la-di Ob-la-da.

Wild honey pie

Honey pie
Honey pie
Honey pie
Honey pie hello ….

❝Era apenas un fragmento de un tema instrumental sobre el que teníamos nuestras dudas pero, como a Patti le gustaba mucho, decidimos dejarlo en el disco.❞
Paul

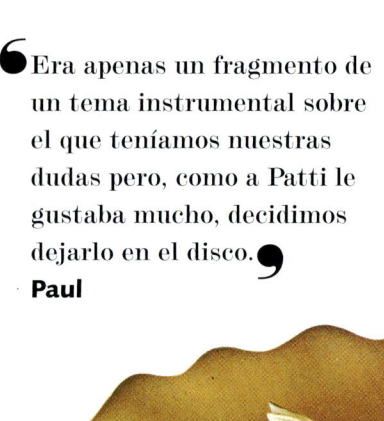

The continuing story of Bungalow Bill

Hey, Bungalow Bill
what did you kill
Bungalow Bill?
He went out tiger hunting with his elephant and gun.
In case of accidents he always took his mom.
He's the all American bullet-headed saxon mother's son.
All the children sing
Hey, Bungalow Bill
What did you kill
Bungalow Bill?
Deep in the jungle where the mighty tiger lies
Bill and his elephants were taken by surprise.
So Captain Marvel zapped in right between the eyes.
All the children sing
Hey, Bungalow Bill
What did you kill
Bungalow Bill?
The children asked him if to kill was not a sin.
Not when he looked so fierce, his mother butted in.
If looks could kill it would have been us
instead of him.
All the children sing
Hey, Bungalow Bill
What did you kill
Bungalow Bill?

❝El problema es que tanta gente del mundo de la música 'pop' y de los discos está dirigida por tipos que no tienen idea de lo que se trata.❞
Paul

Happiness is a warm gun

She's not a girl who misses much.
Do do do do do do do do
She's well acquainted with the touch of
the velvet hand
Like a lizard on a window pane.
The man in the crowd with the
multicoloured mirrors
On his hobnail boots
Lying with his eyes while his hands are busy
Working overtime
A soap impression of his wife which he ate
And donated to the National Trust.
I need a fix 'cause I'm going down.
Down to the bits that I left uptown.
I need fix 'cause I'm going down.
Mother Superior jump the gun
Mother Superior jump the gun
Mother Superior jump the gun
Mother Superior jump the gun
Happiness is a warm gun
Happiness is a warm gun
When I hold you in my arms
And I feel my finger on your trigger
I know no one can do me no harm
because happiness is a warm gun.
Yes it is.

❛Creo que es mi preferido en el álbum de los Beatles.❜
Paul

I'm so tired.

Martha my dear

Martha my dear though I spend my days
in conversation
Please
Remember me Martha my love
Don't forget me Martha my dear
Hold your head up you silly girl look what
you've done
When you find yourself in the thick of it
Help yourself to a bit of what is all around you
Silly girl.
Take a good look around you
Take a good look you're bound to see

That you and me were meant to be for each other
Silly girl.
Hold your hand out you silly girl see what you've
done
When you find yourself in the thick of it
Help yourself to a bit of what is all around you
Silly girl.
Martha my dear you have always been
my inspiration
Please
Be good to me Martha my love
Don't forget me Martha my dear.

I'm so tired

I'm so tired, I haven't sleep a wink,
I'm so tired, my mind is on the blink.
I wonder should I get up and fix myself a
drink.
No, no, no.
I'm so tired I don't know what to do.
I'm so tired my mind is set on you.
I wonder should I call you but I know
what you'd do.
You'd say I'm putting you on.
But it's no joke, it's doing me harm.
You know I can't sleep, I can't stop my
brain
You know it's three weeks, I'm going
insane.
You know I'd give you everything I've got
for a little peace of mind.
I'm so tired, I'm feeling so upset
Although I'm so tired I'll have another cigarette
And curse Sir Walter Raleigh
He was such a stupid git.

❛Viajar de un sitio para otro fue agotador. Apenas si vimos nada de América, porque teníamos que quedarnos en las habitaciones del hotel todo el tiempo. Y estábamos siempre derrengados.❜
Ringo

FOLON

Blackbird

Blackbird singing in the dead of night
Take these broken wings and learn to fly.
All your life
You were only waiting for this moment to arise.
Blackbird singing in the dead of night
Take these sunken eyes and learn to see.
All your life
You were only waiting for this moment to be free.
Blackbird fly, Blackbird fly
Into the light of the dark black night.
Blackbird fly, Blackbird fly
Into the light of the dark black night.
Blackbird singing in the dead of night
Take these broken wings and learn to fly.
All your life
You were only waiting for this moment to arise
You were only waiting for this moment to arise
You were only waiting for this moment to arise

Rocky Raccoon

Now somewhere in the black mountain hills of
Dakota
There lived a young boy named Rocky Raccoon.
And one day his woman ran off with another guy.
Hit young Rocky in the eye Rocky didn't like that.
He said I'm gonna get that boy.
So one day he walked into town
Booked himself a room in the local saloon.
Rocky Raccoon checked into his room
Only to find Gideon's Bible.
Rocky has come equipped with a gun
To shoot off the legs of his rival.
His rival it seems had broken his dreams
By stealing the girl of his fancy.
Her name is Magill and she called herself Lill
but everyone knew her as Nancy.
Now she and her man who called himself Dan
Were in the next room at the hoe down.
Rocky bust in and grinning a grin.
He said Danny boy this is a showdown
But Daniel was hot – he drew first and shot
And Rocky collapsed in the corner.
Now the doctor came in stinking of gin
And proceeded to lie on the table.
He said Rocky you met your match.
And Rocky said, Doc it's only a scratch
And I'll be better, I'll be better doc as
soon as I am able.
Now Rocky Raccoon he fell back in his room
Only to find Gideon's Bible.
Gideon checked out and he left in no doubt
To help with good Rocky's revival.

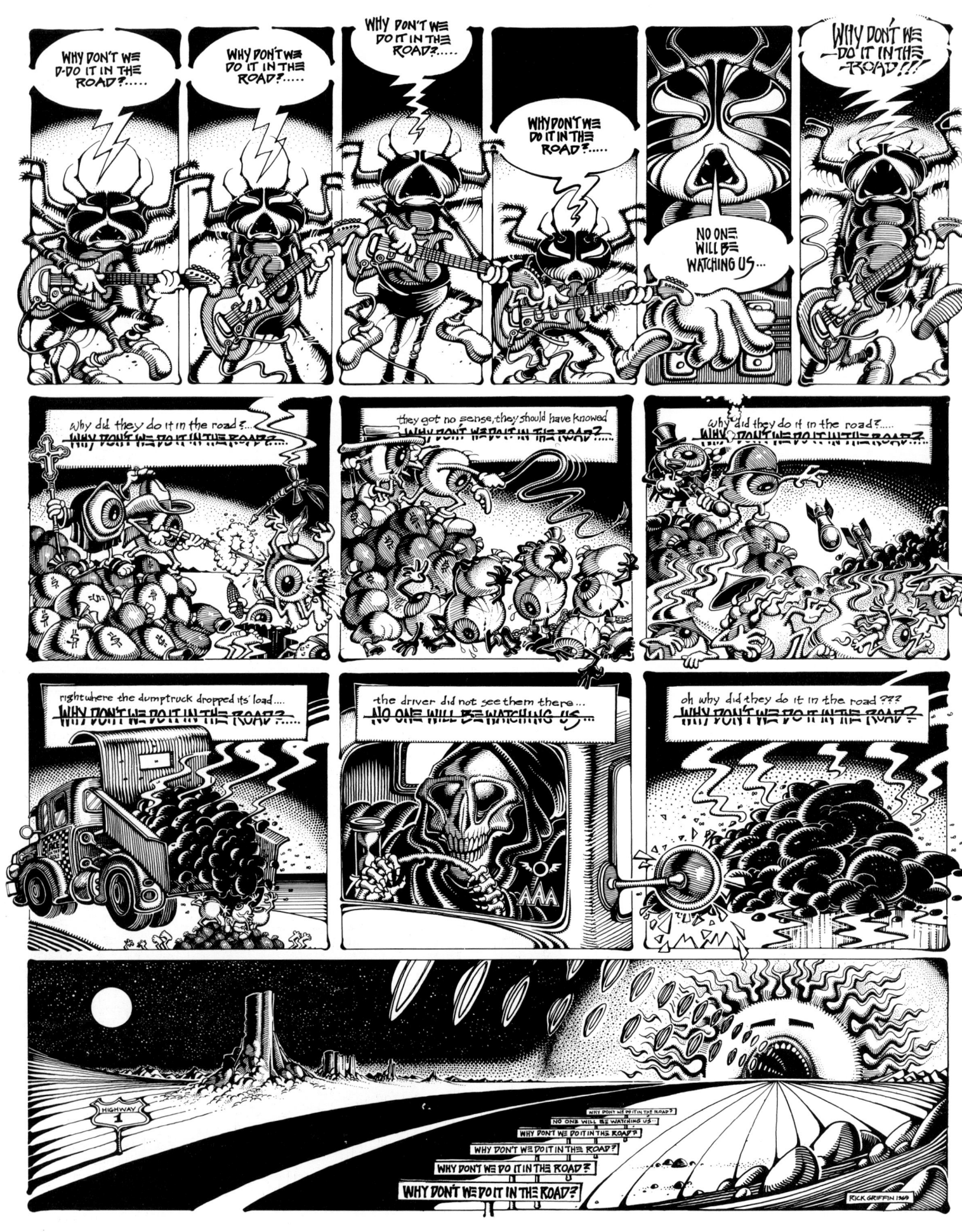

Why don't we do it in the road?

Why don't we do it in the road?
No one will be watching us.
Why don't we do it in the road?

I will

Who knows how long I've loved you.
You know I love you still.
Will I wait a lonely lifetime
If you want me to – I will.
For if I ever saw you
I didn't catch your name.
But it never really mattered
I will always feel the same.
Love you forever and forever.
Love you with all my heart.
Love you whenever we're together.
Love you when we're apart.
And when at last I find you
Your song will fill the air.
Sing it loud so I can hear you.
Make it easy to be near you
For the things you do endear you to me
You know I will.
I will.

❝Me di cuenta de su presencia hacía tiempo. Hacía tiempo que hablamos de casarnos. La semana pasada, en lugar de hablar de ello decidimos hacerlo. Linda lo hizo más temprano que más tarde.❞
Paul

Julia

Half of what I say is meaningless
But I say it just to reach you, Julia.
Julia, Julia, oceanchild, calls me
So I sing a song of love, Julia
Julia, seashell eyes, windy smile, calls me
So I sing a song of love, Julia.
Her hair of floating sky is shimmering,
glimmering,
In the sun.
Julia, Julia, morning moon, touch me
So I sing a song of love, Julia.
When I cannot sing my heart
I can only speak my mind, Julia.
Julia, sleeping sand, silent cloud, touch me
So I sing a song of love, Julia.
Hum hum hum hum … calls me
So I sing a song of love for Julia, Julia, Julia.

Tenía 62 años el día que estrenaron 'Qué dura noche la de aquel día' y fuimos todos al Dorchester. Luego Paul me dió un paquete enorme: lo abrí y había un cuadro de un caballo. Y entonces dije: 'Muy bonito', pero pensé: '¿Para qué quiero un cuadro de un caballo?' Paul debió haber visto mi cara cuando dijo: 'No es sólo un cuadro papá. Te he comprado el maldito caballo'.
John

Birthday

You say it's your birthday.
It's my birthday too – yeah.
They say it's your birthday.
We're gonna have a good time.
I'm glad it's your birthday
Happy birthday to you.
Yes we're going to a party party
Yes we're going to a party party
Yes we're going to a party party.
I would like you to dance – Birthday
Take a cha-cha-cha-chance – Birthday
I would like you to dance – Birthday dance
You say it's your birthday.
It's my birthday too – yeah.
You say it's your birthday.
We're gonna have a good time.
I'm glad it's your birthday
Happy birthday to you.

Yer blues

Yes I'm lonely wanna die
Yes I'm lonely wanna die.
If I ain' t dead already.
Ooh girl you know the reason why.
In the morning wanna die.
In the evening wanna die.
If I ain't dead already.
Ooh girl you know the reason why.
My mother was of the sky.
My father was of the earth.
But I am of the universe
And you know what it's worth.
I'm lonely wanna die.
If I ain't dead already.
Ooh girl you know the reason why.
The eagle picks my eye.
The worm he licks my bone.
I feel so suicidal
Just like Dylan's Mr. Jones.
Lonely wanna die.
If I ain't dead already.
Ooh girl you know the reason why.
Black cloud crossed my mind.
Blue mist round my soul.
Feel so suicidal
Even hate my rock and roll.
Wanna die yeah wanna die.
If I ain't dead already.
Ooh girl you know the reason why.

❝Ahora somos más
populares que
Jesucristo. No sé
quién se pasará antes.
Rock and roll o
Cristianismo. Jesús
estaba bien, pero sus
discípulos eran bastos
y ordinarios. Son ellos
deformándolo, que lo
estropean para mí.❞
John

Mother Nature's son

Born a poor young country boy –
Mother Nature's son.
All day long I'm sitting singing songs
for everyone.
Sit beside a mountain stream – see her waters rise.
Listen to the pretty sound of music as she flies.
Find me in my field of grass –
Mother Nature's son.
Swaying daisies sing a lazy song beneath the sun.
Mother Nature's son.

❝En realidad no he
hecho nunca nada
para crear lo que
ha ocurrido. Pero
yo no hecho nada
para que esto
ocurriera, aparte
de decir 'Sí'.❞
Ringo

Everybody's got something to hide except for me and my monkey

Come on come on come on come on
Come on is such a joy
Come on is such a joy
Come on take it easy
Come on take it easy.
Take it easy take it easy.
Everybody's got something to hide except for me
and my monkey.
The deeper you go the higher you fly.
The higher you fly the deeper you go.
So come on come on
Come on is such a joy
Come on take it easy
Come on take it easy.
Take it easy take it easy.
Everybody's got something to hide except for me
and my monkey.
Your inside is out and your outside is in.
Your outside is in and your inside is out.
So come on come on
Come on is such a joy
Come on is such a joy
Come on take it easy
Come on take it easy.
Take it easy take it easy.
Everybody's got something to hide except for me
and my monkey.

❝ Yo soy muy tímida, John
también es tímido. **❞**
Yoko

Sexy Sadie

Sexy Sadie what have you done.
You made a fool of everyone.
You made a fool of everyone.
Sexy Sadie ooh what have you done.
Sexy Sadie you broke the rules.
You layed it down for all to see.
You layed it down for all to see.
Sexy Sadie ooh you broke the rules.
One sunny day the world was waiting for a lover.
She came along to turn on everyone.
Sexy Sadie the greatest of them all.
Sexy Sadie how did you know.
The world was waiting just for you.
The world was waiting just for you.
Sexy Sadie oooh how did you know.
Sexy Sadie you'll get yours yet.
However big you think you are.
However big you think you are.
Sexy Sadie ooh you'll get yours yet.
We gave her everything we owned just to
sit at her table
Just a smile would lighten everything
Sexy Sadie she's the latest and the greatest of
them all.
She made a fool of everyone
Sexy Sadie.
However big you think you are
Sexy Sadie.

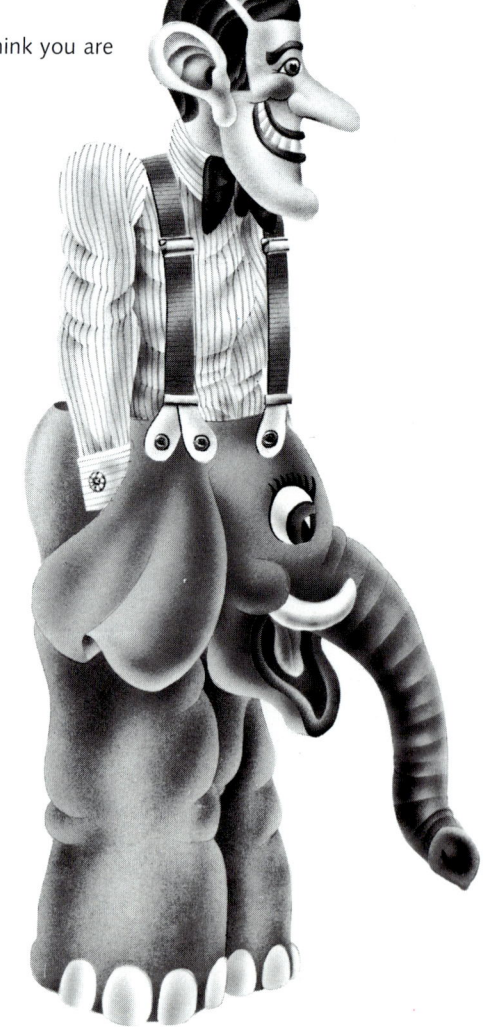

Helter skelter

When I get to the bottom I go back to the
top of the slide
Where I stop and I turn and I go for a ride
till I get to the bottom and I see you again.
Do you, don't you want me to love you.
I'm coming down fast but I'm miles above you.
Tell me tell me tell me come on tell me the answer.
You may be a lover but you ain't no dancer.
Helter skelter helter skelter
Helter skelter.
Will you, won't you want me to make you.
I'm coming down fast but don't let me break you.
Tell me tell me tell me the answer.
You may be a lover but you ain't no dancer.
Look out helter skelter helter skelter
Helter skelter
Look out, 'cause here she comes.
When I get to the bottom I go back to the
top of the slide
Where I stop and I turn and I go for a ride
And I get to the bottom and I see you again.
Well do you, don't you want me to make you.
I'm coming down fast but don't let me break you.
Tell me tell me tell me the answer.
You may be a lover but you ain't no dancer.
Look out helter skelter helter skelter
Helter skelter
Look out helter skelter
She's coming down fast
Yes she is yes she is.

Honey pie

She was a working girl
North of England way.
Now she's hit the big time
In the USA.
And if she could only hear me
This is what I'd say.
Honey pie you are making me crazy.
I'm in love but I'm lazy.
So won't you please come home.
Oh honey pie my position is tragic.
Come and show me the magic
of your Hollywood Song.
You became a legend of the silver screen
And now the thought of meeting you
Makes me weak in the knee.
Oh honey pie you are driving me frantic.
Sail across the Atlantic
To be where you belong.
Will the wind that blew her boat
Across the sea
Kindly send her sailing back to me.
Honey pie you are making me crazy.
I'm in love but I'm lazy.
So won't you please come home.

**❝Creo que la
gente piensa que
soy lindo.❞
Paul**

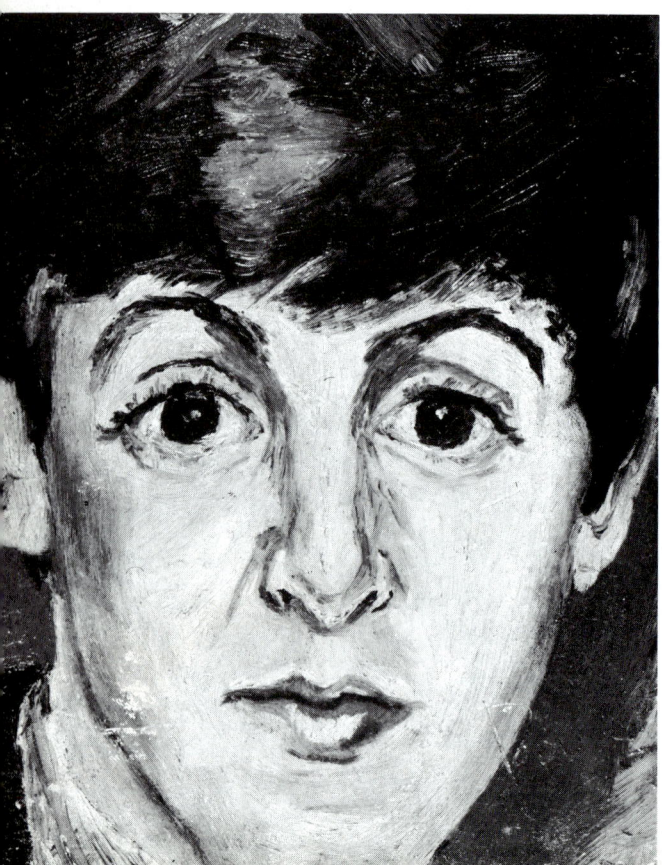

Cry baby cry

Cry baby cry.
Make your mother sigh.
She's old enough to know better.
The king of Marigold was in the kitchen
Cooking breakfast for the queen.
The queen was in the parlour
Playing piano for the children of the king.
Cry baby cry.
Make your mother sigh.
She's old enough to know better. So cry baby cry.
The king was in the garden
Picking flowers for a friend who came to play.
The queen was in the playroom
Painting pictures for the children's holiday.
Cry baby cry.
Make your mother sigh.
She's old enough to know better. So cry baby cry.
The duchess of Kirkcaldy always smiling
And arriving late for tea.
The duke was having problems
With a message at the local bird and bee.
Cry baby cry.
Make your mother sigh.
She's old enough to know better. So cry baby cry.
At twelve o'clock a meeting round the table
For a seance in the dark.
With voices out of nowhere
Put on specially by the children for a lark.
Cry baby cry.
Make your mother sigh.
She's old enough to know better.
So cry baby cry cry cry cry baby.
Make your mother sigh.
She's old enough to know better.
Cry baby cry cry cry cry
Make your mother sigh.
She's old enough to know better.
So cry baby cry.

❛Ya terminó todo. Es el final,
de alguna manera, ¿no?❜
Diane Robbins

Good night

Now it's time to say good night
Good night sleep tight.
Now the sun turns out his light
Good night sleep tight.
Dream sweet dreams for me
Dream sweet dreams for you.
Close your eyes and I'll close mine
Good night sleep tight.
Now the moon begins to shine
Good night sleep tight.
Dream sweet dreams for me
Dream sweet dreams for you.
Close your eyes and I'll close mine
Good night sleep tight.
Now the sun turns out his light
Good night sleep tight.
Dream sweet dreams for me.
Dream sweet dreams for you.
Good night good night everybody
Everybody everywhere.
Good night.

Only a Northern Song

If you're listening to this song
You may think the chords are going wrong
But they're not; we just wrote them like that
When you're listening late at night
You may think the band are not quite right
But they are, they just play it like that
It doesn't really matter what chords I play
What words I say or time of day it is
As it's only a Northern song
It doesn't really matter what clothes I wear
Or how I fare or if my hair is brown
When it's only a Northern song.
If you think the harmony
Is a little dark and out of key
You're correct, there's nobody there.
And I told you there's no one there.

All Together Now

One, two, three, four,
Can I have a little more,
Five, six, seven, eight, nine, ten,
I love you.
A, B, C, D,
Can I bring my friend to tea,
E, F, G, H, I, J,
I love you.
Bom bom bom bom-pa bom
Sail the ship bom-pa bom
Chop the tree bom-pa bom
Skip the rope bom-pa bom
Look at me.
All together now, All together now,
All together now, All together now,
Black, white, green, red,
Can I take my friend to bed,
Pink, brown, yellow, orange and blue,
I love you.
All together now, All together now,
All together now, All together now,
Bom bom bom bom bom-pa bom
Sail the ship bom-pa bom
Chop the tree bom-pa bom
Skip the rope bom-pa bom
Look at me
All together now, All together now,
All together now, All together now,
All together now!

> ❛El caso es que somos la misma persona. No somos más que cuatro partes de uno.❜
> **Paul**

Excuse me -
but don't you know
any Southern
Songs?

Calman

Hey bulldog

Sheep dog standing in the rain.
Bull frog doing it again.
Some kind of happiness is measured out in miles.
What makes you think you're something
special when you smile.
Child-like yeah, no one understands.
Jack-knife in your sweaty hands.
Some kind of innocence is measured out in years.
You don't know what it's like to listen to your fears.
You can talk to me,
You can talk to me,
You can talk to me,
If you're lonely you can talk to me (yeah!)
Big man walking in the park
Wigwam frightened of the dark
Some kind of solitude is measured out in you.
You think you know it but you haven't got a clue.
You can talk to me,
You can talk to me,
You can talk to me,
If you're lonely you can talk to me (yeah!)
Hey bulldog, hey bulldog, hey bulldog
Hey, bulldog, Woof!
Wha'd'ya say?
I said woof!
d'y'know any more?
Wowu-wa Ah!

❛Paul dijo que deberíamos
hacer una verdadera
canción en el estudio
para ahorrar el tiempo.
¿Podría despacharla
enseguida? Tenía
algunas palabras en casa
y las traje conmigo.❜
John

It's all too much

It's all too much
It's all too much
When I look into your eyes
Your love is there for me
And the more I go inside
The more there is to see.
It's all too much for me to take
The love that's shining all around you
Everywhere it's what you make
for us to take it's all too much.
Floating down the stream of time
From life to life with me
Makes no difference where you are
or where you'd like to be.
It's all too much for me to take
The love that's shining all around here.
All the world is birthday cake
so take a piece but not too much.
Sail me on a silver sun
Where I know that I am free
Show me that I'm everywhere
and get me home for tea.
It's all too much for me to take
There's plenty there for everybody
The more you give the more you get
The more it is and it's too much.
It's all too much for me to see
The love that's shining all around you
The more I learn the less I know
But what I do is all too much.
It's all too much for me to take
The love that's shining all around you
Everywhere it's what you make
for us to take it's all too much.
It's much, it's much.
It's too much
Ah! it's too much
You are too much ah!
We are dead ah!
Too much, too much, too much-a-FADE

❛George estos días
saca canciones como
'Dulce Mick'.❜
John

Goodbye

Please don't wake me until late tomorrow comes,
And I will not be late.
Late today when it becomes tomorrow.
I will leave to go away.
Goodbye, goodbye, goodbye, goodbye my love
goodbye.
Songs that lingered on my lips excite me now
And linger on my mind.
Leave your flowers at my door
I'll leave them for the one who waits behind.
Far away my lover sings a lonely song
And calls me to his side.
When the song of lonely love
Invites me on I must go to his side.
Goodbye, goodbye, goodbye, goodbye my love
goodbye.

Released by Mary Hopkin, April 1969

Don't let me down

Don't let me down
Don't let me down
Don't let me down
Don't let me down
Nobody ever loved me like she does
Ooh she does. Yes she does
And if somebody loved me
Like she do to me
Ooh she do me. Yes she does
Don't let me down
Don't let me down
Don't let me down
Don't let me down
I'm in love for the first time
Don't you know it's going to last
It's a love that lasts forever
It's a love that has no past
Don't let me down
Don't let me down
Don't let me down
Don't let me down
And from the first time that she really done me
Ooh she done me. She done me good
I guess nobody ever really done me
Ooh she done me
She done me good
Don't let me down
Don't let me down
Don't let me down
Don't let me down

❛No tengo intenciones de ser una pulga amaestrada. Yo era el tejedor de sueños, pero aunque voy a seguir haciendo cosas, no tengo intenciones de correr a treinta mil kilómetros por hora tratando de demostrar quién soy. No quiero morir a los cuarenta.❜
John

❛Nunca firmé un contrato con los Beatles. Di mi palabra sobre lo que me proponía hacer, y esto bastaba. Mantuve estas condiciones y nadie se preocupó nunca de que las firmase.❜
Brian Epstein

The ballad of John and Yoko

Standing in the dock at Southampton,
Trying to get to Holland or France.
The man in the mac said you've got to go back,
You know they didn't even give us a chance.
Christ! You know it ain't easy,
You know how hard it can be.
The way things are going,
They're going to crucify me.
Finally made the plane into Paris,
Honeymooning down by the Seine.
Peter Brown called to say,
You can make it OK,
You can get married in Gibraltar near Spain.
Christ! You know it ain't easy,
You know how hard it can be.
The way things are going,
They're going to crucify me.
Drove from Paris to the Amsterdam Hilton,
Talking in our beds for a week.
The newspapers said, say what're you doing in bed,
I said we're only trying to get us some peace.
Christ! You know it ain't easy,
You know how hard it can be.
The way things are going,
They're going to crucify me.
Saving up your money for a rainy day,
Giving all your clothes to charity.
Last night the wife said,
Oh boy, when you're dead you don't take
nothing with you but your soul –
Think!
Made a lightning trip to Vienna,
Eating choc'late cake in a bag.
The newspapers said,
She's gone to his head,
They look just like two Gurus in drag.
Christ! You know it ain't easy,
You know how hard it can be.
The way things are going,
They're going to crucify me.
Caught the early plane back to London,
Fifty acorns tied in a sack.
The men from the press said we wish you success,
It's good to have the both of you back.
Christ! You know it ain't easy,
You know how hard it can be.
The way things are going,
They're going to crucify me.

❝¿Cómo me voy a sentir solo si estoy con Yoko noche y día? Me siento solo en el sentido universal, pero no hay deseos externos. Somos lo mejor que podemos darnos el uno al otro.❞
John

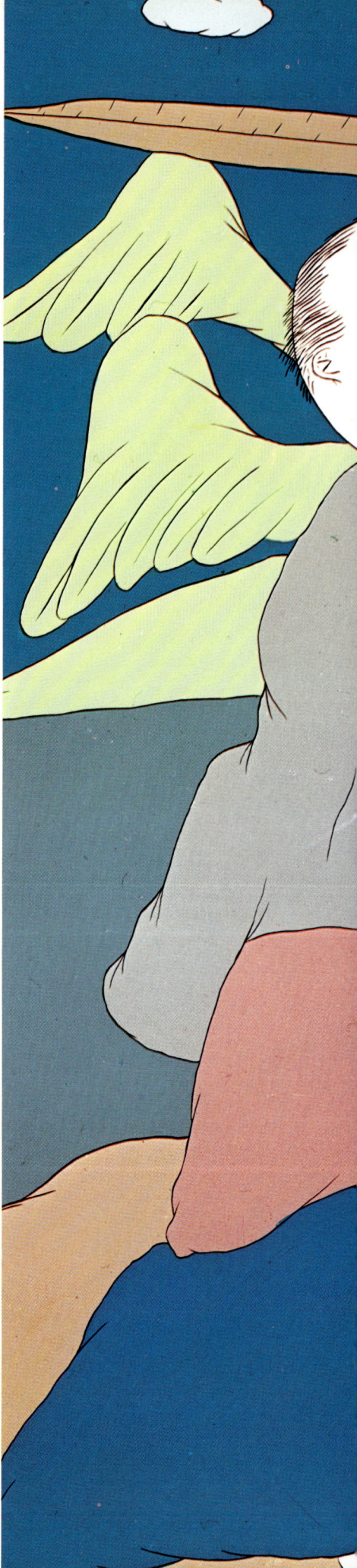

Give peace a chance

Two one two three four
Ev'rybody's talking about
Bagism, Shagism, Dragism, Madism,
Ragism, Tagism,
This-ism, That-ism, Is-m is-m is-m.
All we are saying is give peace a chance,
All we are saying is give peace a chance.
C'mon.
Ev'rybody's talking about Ministers, Sinisters,
Banisters
And canisters, Bishops, and Fishops,
Rabbis and Pop eyes, Bye bye, bye byes.
All we are saying is give peace a chance,
All we are saying is give peace a chance.
Let me tell you now
Revolution, Evolution, mastication, flagellation,
regulations, integrations,
meditations, United Nations,
Congratulations.
Oh let's stick to it,
John and Yoko, Timmy Leary, Rosemary,
Tommy Smothers, Bobby Dylan, Tommy Cooper,
Derek Taylor, Norman Mailer, Alan Ginsberg,
Hare Krishna, Hare Krishna.

Released by Plastic Ono Band, July 1969

'En realidad, la palabra que usé
en el disco fue 'masturbación',
pero poco antes había tenido
problemas con 'The Ballad of
John and Yoko' ('La balada de
John y Yoko') y no quería más
líos, así que puse 'masticación'
cuando escribí la letra.
Esquivé el bulto, pero me
pareció más importante el
mensaje sobre la paz que
divertirme con una palabra.**'**
John

Come together

He got O-no sideboard
He one spinal cracker
He bag production
He got walrus gumboot
Here come flat top
He come grooving up slowly
He got joo joo eyeball
He one holy roller
He got hair down to his knee.
Got to be a joker he just do what he please.
He wear no shoe shine
He got toe jam football
He got funny finger
He shoot Coca Cola
He say I know you, you know me.
One thing I can tell you is you got to be free.
Come together right now over me.
Come together.
He got feet down below his knee.
Hold you in his armchair you can feel his disease.
Come together right now over me.
Come together.
He roller coaster
He got early warning
He got muddy water
He one Mojo filter
He say one and one and one is three.
Got to be goodlooking 'cos he's so hard to see.
Come together right now over me.
Come together.

'Ésta es otra de las que más me
gustan. Al principio iba a ser
una canción de campaña, pero
al final no se dio así. Muchas
veces me preguntan cómo
escribo. Escribo de distintas
maneras: con piano, guitarra…
cualquier combinación posible,
en realidad. No es fácil.**'**
John

Maxwell's silver hammer

Joan was quizzical studied paraphysical
science in the home
Late night all alone with a test-tube,
oh oh, oh oh.
Maxwell Edison majoring in medicine calls
her on the phone,
Can I take you out to the pictures Joan.
But as she's getting ready to go, a knock
came on the door.
Bang bang Maxwell's silver hammer came
down upon her head,
Bang bang Maxwell's silver hammer made
sure that she was dead.
Back in school again, Maxwell plays the
fool again, teacher gets annoyed,
Wishing to avoid an unpleasant scene,
She tells Max to stay when the class has gone away,
So he waits behind,
Writing fifty times I must not be so
But when she turns her back on the boy,
he creeps up from behind,
Bang bang Maxwell's silver hammer came
down upon her head,
Bang bang Maxwell's silver hammer made
sure that she was dead.
P.C. thirty-one said, we've caught a dirty one,
Maxwell stands alone
Painting testimonial pictures oh oh oh oh
Rose and Valerie screaming from the gallery
say he must go free.
The judge does not agree and he tells them so oh oh.
But as the words are leaving his lips, a
noise comes from behind,
Bang bang Maxwell's silver hammer came
down upon his head,
Bang bang Maxwell's silver hammer made
sure that he was dead.
Silver hammer man.

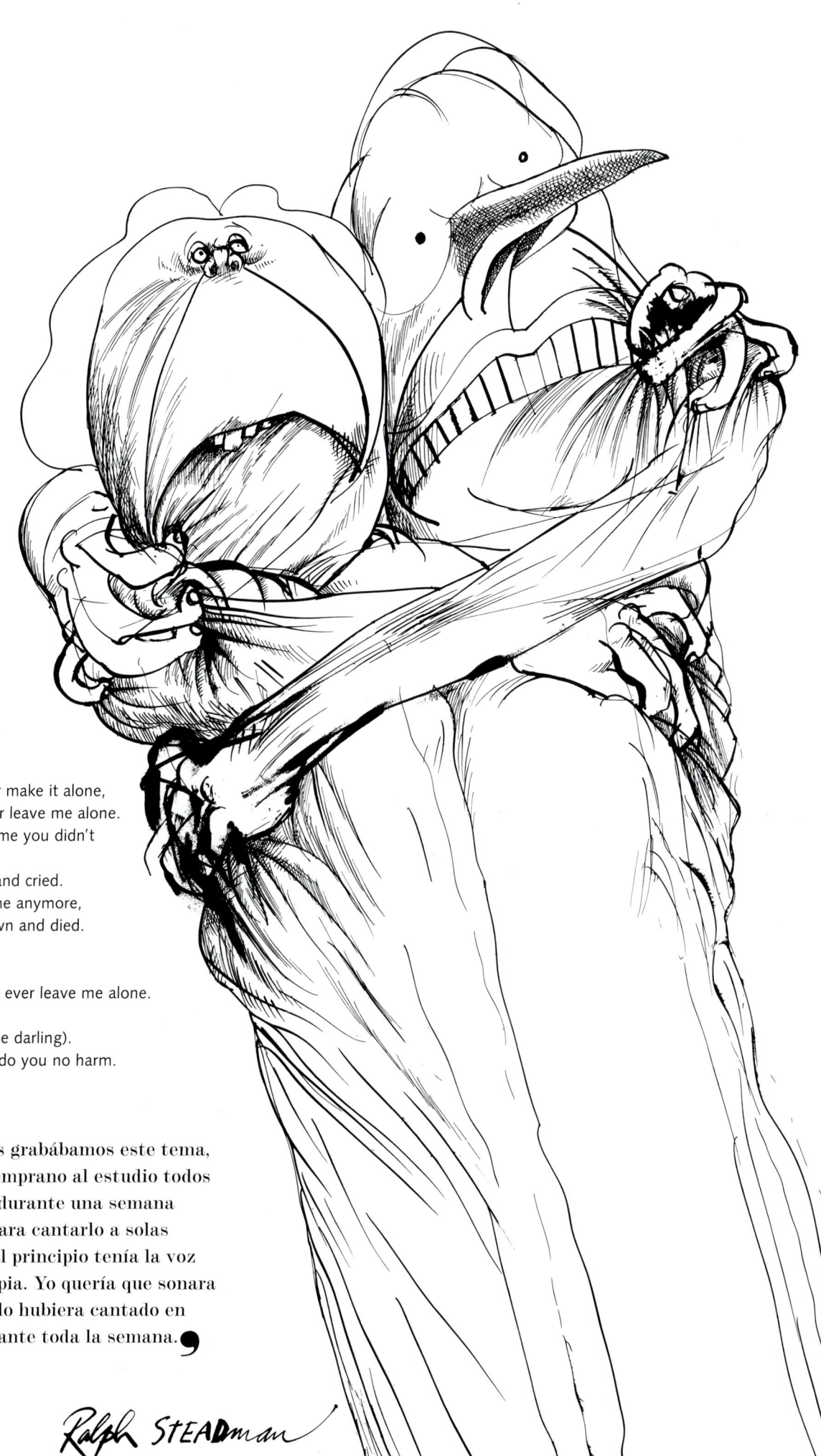

Oh! darling

Oh darling please believe me,
I'll never do you no harm,
Oh! darling, if you leave me I'll never make it alone,
Believe me when I beg you don't ever leave me alone.
(Believe me darling). When you told me you didn't
need me anymore,
Well you know I nearly broke down and cried.
When you told me you didn't need me anymore,
Oh well you know I nearly broke down and died.
Oh! darling, if you leave me,
I'll never make it alone.
Believe me when I tell you, you don't ever leave me alone.
Oh! darling please believe me,
I'll never let you down (Oh believe me darling).
Believe me when I tell you, I'll never do you no harm.
I'll never do you no harm.

❛Mientras grabábamos este tema,
llegué temprano al estudio todos
los días durante una semana
entera para cantarlo a solas
porque al principio tenía la voz
muy limpia. Yo quería que sonara
como si lo hubiera cantado en
vivo durante toda la semana.❜
Paul

Ralph STEADman

MAP XII.

THE SKY.

Nov. 22, at 10 o'clock.	Dec. 3, at 9¼ o'clock.	Dec. 14, at 8½ o'clock.
Nov. 25, at 9¾ o'clock.	Dec. 7, at 9 o'clock.	Dec. 17, at 8¼ o'clock.
Nov. 29, at 9½ o'clock.	Dec. 10, at 8¾ o'clock.	Dec. 21, at 8 o'clock.

IN THE EVENING.

Because

Because the world is round it turns me on.
Because the world is round – Ah – love is old,
love is new,
Love is all, love is you.
Because the wind is high it blows my mind.
Because the wind is high – Ah – love is old,
love is new,
Love is all, love is you.
Because the sky is blue it makes me cry.
Because the sky is blue – Ah – love is old,
love is new,
Love is all, love is you.

❝Se trata de Yoko y yo, en
las primeras épocas. Yoko
estaba tocando unos
acordes de Beethoven y le
pedí que los tocara al revés.
En realidad es la 'Sonata
claro de luna' al revés.❞
John

I want you

I want you
I want you so bad
I want you,
I want you so bad
it's driving me mad, it's driving me mad.
I want you
I want you so bad babe
I want you,
I want you so bad
It's driving me mad, it's driving me mad.
Yeah.
I want you
I want you so bad babe
I want you,
I want you so bad
It's driving me mad, it's driving me mad.
I want you
I want you so bad
I want you,
I want you so bad
It's driving me mad, it's driving me mad.
Yeah.
She's so heavy heavy.

❝Se trata de Yoko,
que es muy pesada,
y yo no tenía nada
para decir acerca
de ella más que
'Te necesito, ella
es tan pesada'.
Dijeron que la
letra no era muy
buena, pero yo
no quería decir
nada más.❞
John

Sun king

Ah – here comes the Sun king.
Ev'rybody's laughing,
Ev'rybody's happy.
Here comes the Sun king.
Quando paramucho mi amore defelice corazon
Mundo pararazzi mi amore chicka ferdy parasol
Cuesto obrigado tanta mucho que can eat it carousel.

> ❛Los Beatles no son ricos
> personalmente en la
> medida que cree la
> mayoría de la gente.
> Puede ser que Dios no
> haya creado las manzanas
> verdes, pero las empresas
> de los Beatles lo valen.
> Sin embargo,
> individualmente no tienen
> tanto dinero, aunque
> merecerían tenerlo.❜
> **Allen Klein**

You never give me your money

You never give me your money
You only give me your funny paper
And in the middle of negotiations you break down
I never give you my number
I only give my situation
And in the middle of investigation I break down.
Out of college money spent
See no future pay no rent.
All the money's gone, nowhere to go.
Any Jobber got the sack,
Monday morning turning back.
Yellow lorry slow, nowhere to go.
But oh – that magic feeling nowhere to go.
One sweet dream
Pick up the bags and get in the limousine.
Soon we'll be away from here.
Step on the gas and wipe that tear away,
One sweet dream came true today, came true today.
One, two, three, four, five, six, seven,
All good children go to heaven.

> ❛La escribí cuando
> teníamos
> problemas
> monetarios
> en Apple.❜
> **Paul**

Mean Mr Mustard

Mean Mister Mustard sleeps in the park,
shaves in the dark
trying to save paper.
Sleeps in a hole in the road
Saving up to buy some clothes.
Keeps a ten bob note up his nose,
Such a mean old man, such a mean old man.
His sister Pam works in a shop,
She never stops, she's a go getter.
Takes him out to look at the Queen,
Only place that he's ever been.
Always shouts out something obscene,
Such a dirty old man, dirty old man.

**❛Es una de las que escribimos
en la India.❜**
John

Polythene Pam

Well you should see Polythene Pam
She's so goodlooking but she looks like a man.
Well you should see her in drag.
Dressed in her polythene bag.
Yes you should see Polythene Pam – Yeh.
Get a dose of her in jackboots and kilt
She's killer diller when she's dressed to the hilt.
She's the kind of a girl that makes the
News of the World.
Yes you could say that she was attractively built – Yeh.

**❛La escribí en la India y,
cuando la grabé, canté
con un marcado acento
de Liverpool porque se
suponía que trataba de
una prostituta mítica de
Liverpool que se ponía
botas militares y falda
escocesa.❜**
John

She came in through the bathroom window

Oh look out
She came in through the bathroom window,
Protected by a silver spoon
But now she sucks her thumb and wonders
by the banks of her own lagoon
Didn't anybody tell her
Didn't anybody see
Sundays on the phone to Monday
Tuesdays on the phone to me.
She said she'd always been a dancer
She worked at fifteen clubs a day
And though she thought I knew the answer
Well I knew I could not say.
And so I quit the police department
And got myself a steady job
And though she tried her best to help me
She could steal but she could not rob.

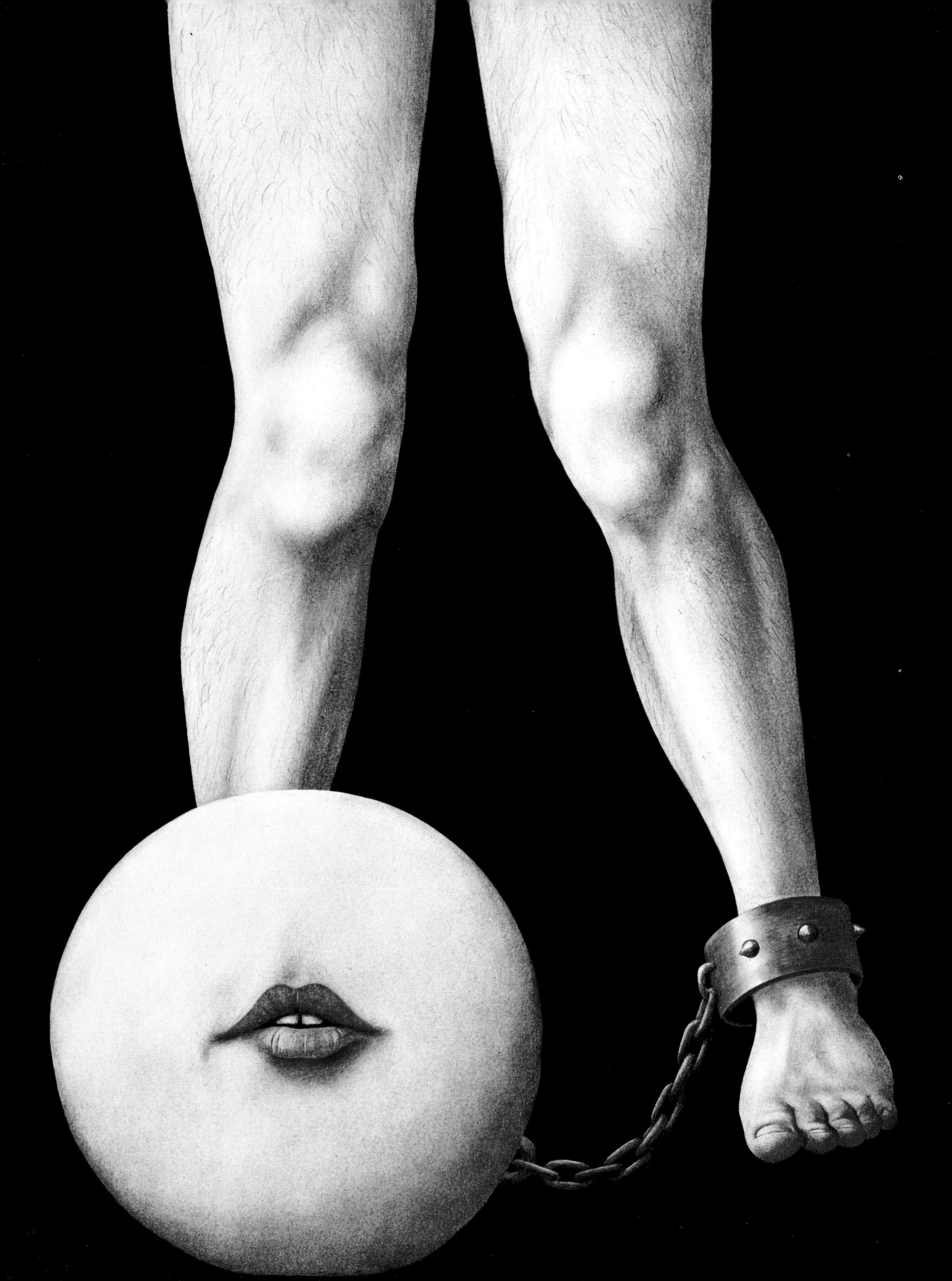

Golden slumbers

Once there was a way to get back homeward.
Once there was a way to get back home.
Sleep pretty darling do not cry,
And I will sing a lullaby.
Golden Slumbers fill your eyes,
Smiles awake you when you rise.
Sleep pretty darling do not cry,
And I will sing a lullaby.

'Estaba en la casa
de mi padre, en
Cheshire,
jugueteando al
piano y de
casualidad
encontré
la melodía
tradicional
'Sueños dorados'
en un cancionero
de Ruth
(su hermanastra).
Me pareció
interesante escribir
mi propia
'Sueños dorados'.'
Paul

Carry that weight

Boy – you're gonna carry that weight,
Carry that weight a long time.
I never give you my pillow,
I only send you my invitations,
And in the middle of the celebrations
I break down.

'Sólo los británicos
odian a los Beatles.'
George

The end

Oh yeah alright, are you gonna be in my dreams tonight.
And in the end the love you take is equal to the love you make.
Ah –

 Yo no dejé a los Beatles. Los Beatles dejaron a los Beatles, pero ninguno quiere ser el primero en decir que terminó la fiesta. **Paul**

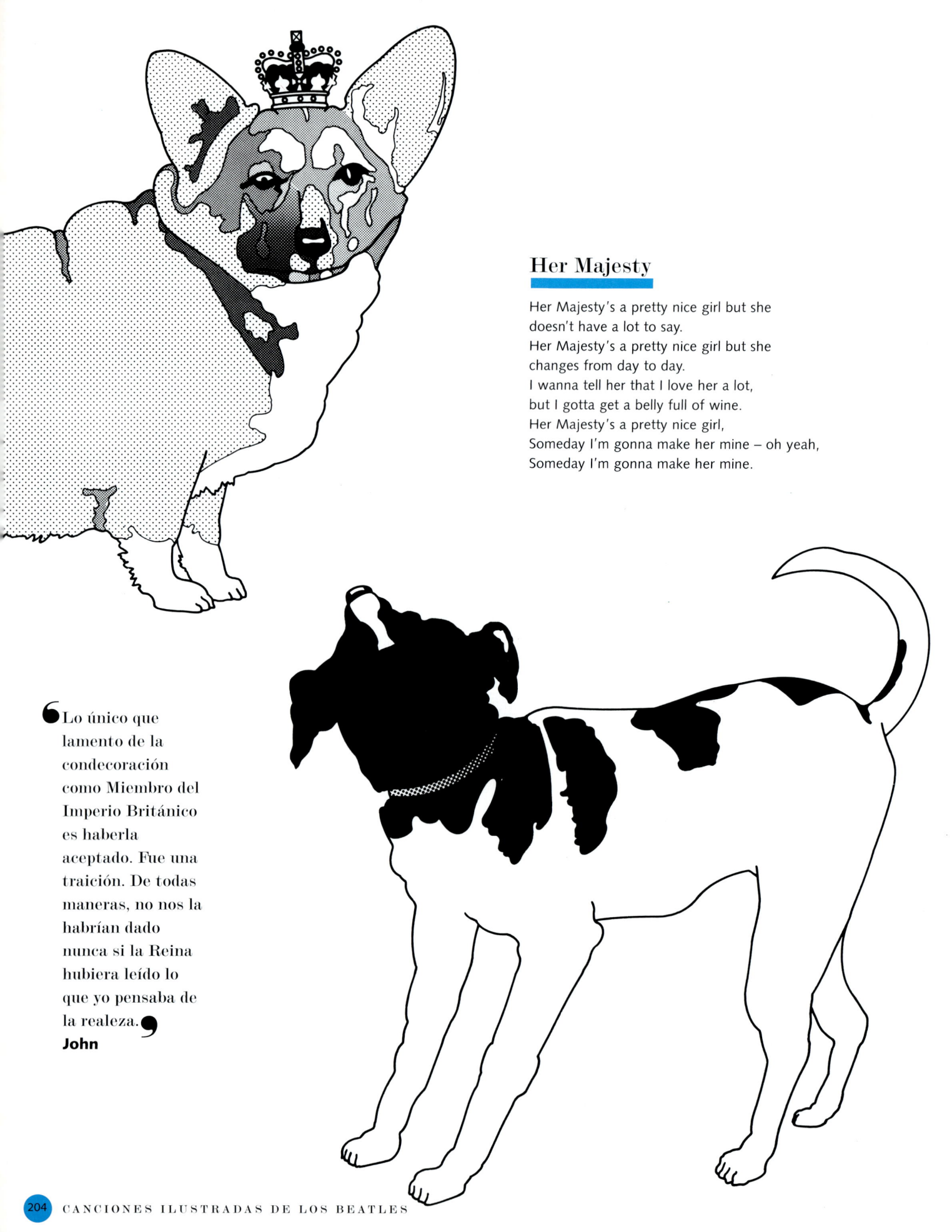

Her Majesty

Her Majesty's a pretty nice girl but she
doesn't have a lot to say.
Her Majesty's a pretty nice girl but she
changes from day to day.
I wanna tell her that I love her a lot,
but I gotta get a belly full of wine.
Her Majesty's a pretty nice girl,
Someday I'm gonna make her mine – oh yeah,
Someday I'm gonna make her mine.

❛Lo único que
lamento de la
condecoración
como Miembro del
Imperio Británico
es haberla
aceptado. Fue una
traición. De todas
maneras, no nos la
habrían dado
nunca si la Reina
hubiera leído lo
que yo pensaba de
la realeza.❜
John

Cold turkey

Temperature's rising
Fever is high
Can't see no future
Can't see no sky.
My feet are so heavy
So is my head
I wish I was a baby
I wish I was dead.
Cold turkey has got me on the run.
Body is aching
Goose-pimple bone
Can't see no body
Leave me alone.
My eyes are wide open
Can't get to sleep
One thing I'm sure of
I'm in at the deep freeze.
Cold turkey has got me on the run.
Cold turkey has got me on the run.
Thirty six hours
Rolling in pain
Praying to someone
Free me again.
Oh I'll be a good boy
Please make me well
I promise you anything
Get me out of this hell.
Cold turkey has got me on the run.

Released by Plastic Ono Band, October 1969

❝Esta canción
que escribí
habla de dejar
las drogas y del
dolor que
implica.**❞**
John

Come and get it

If you want it, here it is,
Come and get it,
Make your mind up fast,
If you want it any time
I can give it
But you better hurry 'cos it may not last.
Did I hear you say that there must be a catch
Will you walk away from a fool and his money?
If you want it, here it is,
Come and get it
But you better hurry 'cos it's going fast.
Sonny if you want it, here it is,
Come and get it,
But you better hurry 'cos it's going fast.
You'd better hurry 'cos it's going fast –
Do –.

Released by Badfinger, December 1969

6 Paul me dijo que
había escrito un
tema para la
película 'The Magic
Christian' y que los
de Badfinger lo
podían grabar si lo
hacían exactamente
como él quería. 9
**Bill Collins,
representante de
Badfinger**

You know my name

You know my name
Look up the number
You know my name
Look up the number
You you know you know my name
You you know you know my name
Good evening and welcome to Slaggers
featuring Denis O'Bell
Come on Ringo let's hear it for Denis
Good evening
You know my name
Better look up my number
You know my name
(That's right) look up my number
You you know you know my name
You you know you know my name
You know my name
Ba ba ba ba ba ba ba ba ba
Look up my number
You know my name
That's right look up the number
Oh you know you know
You know my name you know you know you know my name
Huh huh huh huh
You know my name
Ba ba ba pum
Look up the number
You know my name
Look up the number
You-a you know you know my name
Baby you-a you know you know my name
You know you know my name you know you know my name
Go on Denis let's hear it for Denis O'Bell
You know you know you know my name you know you know
you know my name
Prrr you know my name and the number
You know my name and the number you know you know my
name
Look up the number
You know my number three you know my number two
You know my number three you know my number four
You know my name you know my number too
You know my name you know my number
What's up with you?
You know my name
That's right
Yeah

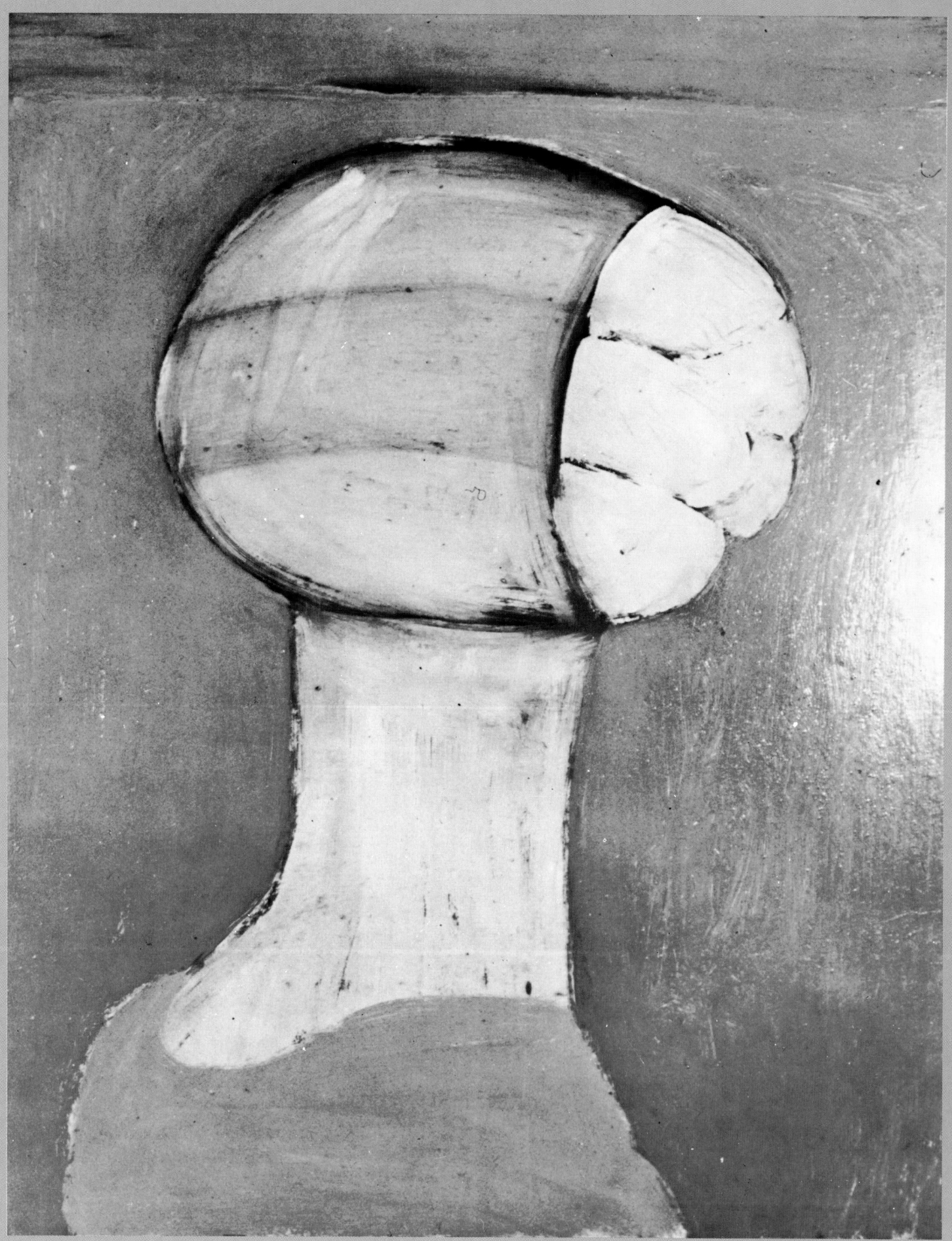

Two of us

Two of us riding nowhere
Spending someone's hard earned pay.
You and me Sunday driving,
Not arriving on our way back home.
We're on our way home,
We're on our way home,
We're going home.
You and I have memories
Longer than the road that stretches out ahead.
Two of us sending postcards
Writing letters on my wall.
You and me burning matches,
Lifting latches on our way back home.
We're on our way home,
We're on our way home,
We're going home.
Two of us wearing raincoats
Standing solo in the sun.
You and me chasing paper,
Getting nowhere on our way back home.
We're on our way home,
We're on our way home,
We're going home.

*❛Tengo una esposa
fantástica y la amo más
ahora que el día en que
nos casamos; tengo dos
hijos maravillosos y
una linda casa. Éstos
son momentos
preciados para mí.❜*
Paul

Dig a pony

I dig a pony
Well you can celebrate anything you want
Yes you can celebrate anything you want
Ooh.
I do a road hog
Well you can penetrate any place you go,
Yes you can penetrate any place you go
I told you so, all I want is you.
Ev'rything has got to be just like you want it to.
Because –
I pick a moon dog
Well you can radiate ev'rything you are
Yes you can radiate ev'rything you are –
Ooh.
I roll a stoney
Well you can imitate ev'ryone you know
Yes you can imitate ev'ryone you know.
I told you so, all I want is you.
Ev'rything has got to be just like you want it to.
Because –
I feel the wind blow
Well you can indicate ev'rything you see
Yes you can indicate ev'rything you see –
Ooh.
I dug a pony
Well you can syndicate any boat you row
Yes you can syndicate any boat you row.
I told you so, all I want is you.
Ev'rything has got to be just like you want it to.
Because –

'Grabar tenía la
ventaja de que
nos permitía ir
componiendo a medida
que tocábamos. '
George Martin

Across the universe

Words are flying out like endless rain into a paper
cup,
They slither while, they pass, they slip away across
the universe.
Pools of sorrow, waves of joy are drifting through my
open mind,
possessing and caressing me.
Jai Guru De Va Om
Nothing's gonna change my world
Nothing's gonna change my world.
Images of broken light which dance before me like a
million eyes,
That call me on and on across the universe,
Thoughts meander like a restless wind
inside a letter box they
tumble blindly as they make their way
across the universe
Jai Guru De Va Om
Nothing's gonna change my world
Nothing's gonna change my world.
Sounds of laughter shades of earth are ringing
through my open views inciting and inviting me.
Limitless undying love which shines around me like a
million suns, it calls me on and on across the universe
Jai Guru De Va Om
Nothing's gonna change my world
Nothing's gonna change my world.

❝Era una de mis
canciones preferidas,
pero salió en tantas
formas que no tuvo
buenos resultados
como disco. Primero la
cedí a la Fundación
Vida Silvestre, pero no
hicieron demasiado con
la canción, y después la
pusimos en el disco
'Let It Be'.❞
John

Dig it

Like a rolling stone
A like a rolling stone
Like the FBI and the CIA
And the BBC … BB King,
And Doris Day.
Matt Busby.
Dig it, dig it, dig it,
Dig it, dig it, dig it, dig it, dig it, dig it, dig it, dig it.

❝La inventé en el
momento. ¿Se nota?
Sí, ¿no?❞
John

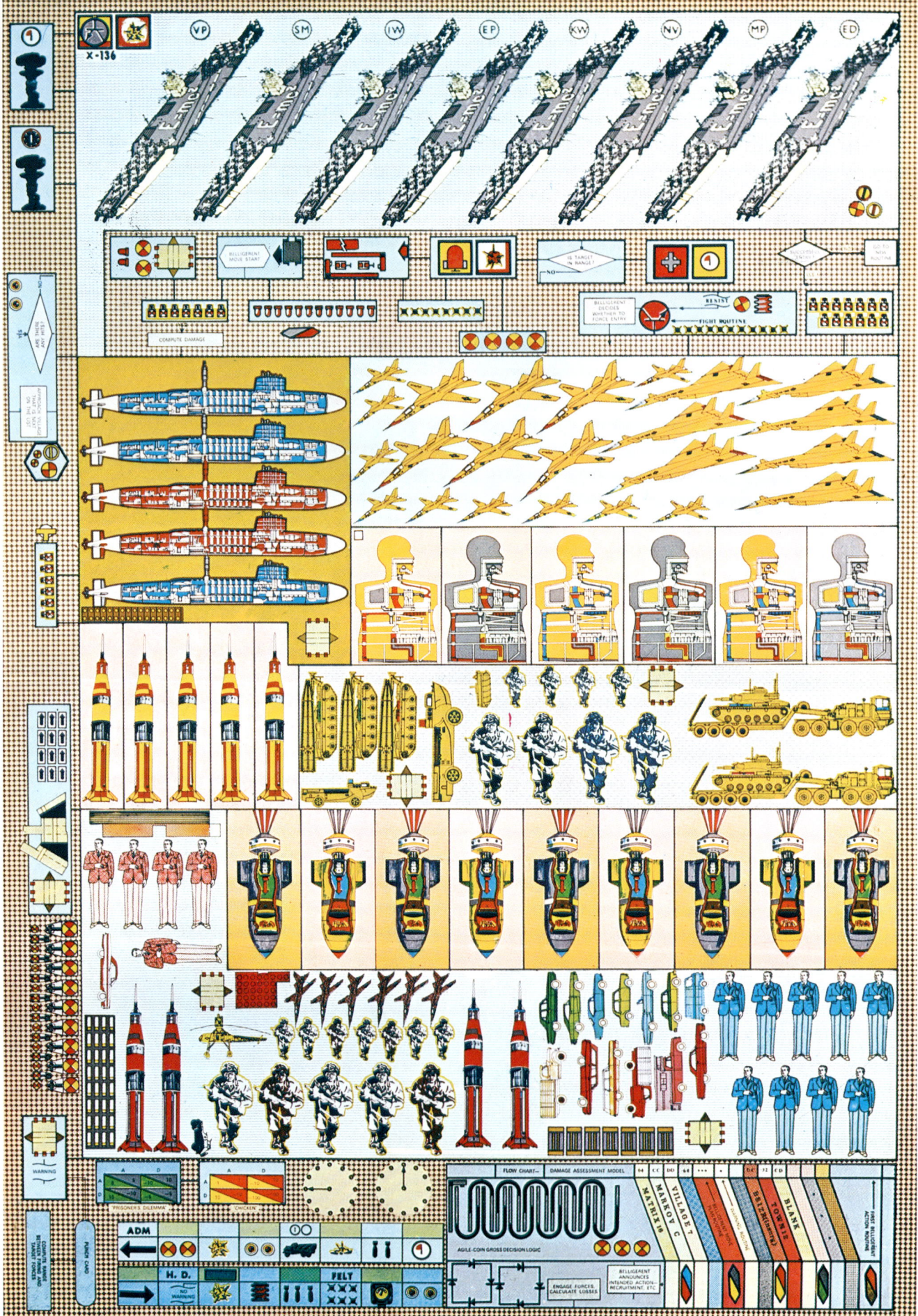

Let it be

When I find myself in times of trouble
Mother Mary comes to me
Speaking words of wisdom, let it be.
And in my hour of darkness
She is standing right in front of me
Speaking words of wisdom, let it be.
Let it be, let it be.
Whisper words of wisdom, let it be.
And when the broken hearted people
Living in the world agree,
There will be an answer, let it be.
For though they may be parted there is
Still a chance that they will see
There will be an answer, let it be.
Let it be, let it be. Yeah
There will be an answer, let it be.
And when the night is cloudy,
There is still a light that shines on me,
Shine until tomorrow, let it be.
I wake up to the sound of music,
Mother Mary comes to me,
Speaking words of wisdom, let it be.
Let it be, let it be.
There will be an answer, let it be.
Let it be, let it be,
Whisper words of wisdom, let it be.

I've got a feeling

I've got a feeling, a feeling deep inside
Oh yeah, Oh yeah.
I've got a feeling, a feeling I can't hide
Oh no, Oh no, Oh no,
Yeah I've got a feeling.
On please believe me
I'd hate to miss the train
Oh yeah, Oh yeah.
And if you leave me I won't be late again
Oh no, Oh no, Oh no.
Yeah I've got a feeling yeah.
All these years I've been wandering around,
wondering how come nobody told me
All that I was looking for was somebody
who looked like you.
Ev'rybody had a hard year
Ev'rybody had a good time
Ev'rybody had a wet dream,
Ev'rybody saw the sunshine
Oh yeah, Oh yeah, Oh yeah.
Ev'rybody had a good year,
Ev'rybody let their hair down,
Ev'rybody pulled their socks up,
Ev'rybody put their foot down.
Oh yeah, Oh yeah, Oh yeah.

One after 909

My baby says she's trav'ling on the One after
Nine-O-Nine,
I said move over honey I'm travelling on that line.
I said move over once, move over twice,
Come on baby don't be cold as ice.
I said I'm trav'ling on the One after Nine-O-Nine.
I begged her not to go and I begged her on
my bended knees,
You're only fooling around, you're fooling
around with me.
I said move over once, move over twice,
Come on baby don't be cold as ice.
I said I'm trav'ling on the One after Nine-O-Nine.
I've got my bag,
run to the station.
Railman says you've got the wrong location.
I've got my bag,
run right home.
Then I find I've got the number wrong,
Well I said I'm trav'ling on the One after
Nine-O-Nine.
I said move over honey I'm travelling on that line.
I said move over once, move over twice,
Come on baby don't be cold as ice.
I said we're trav'ling on the One after
Nine-O,
I said we're trav'ling on the One after
Nine-O,
I said we're trav'ling on the One after
Nine-O-Nine.

❝Una de las primeras
canciones que escribí.
La recuperamos para
la película 'Let It Be'.❞
John

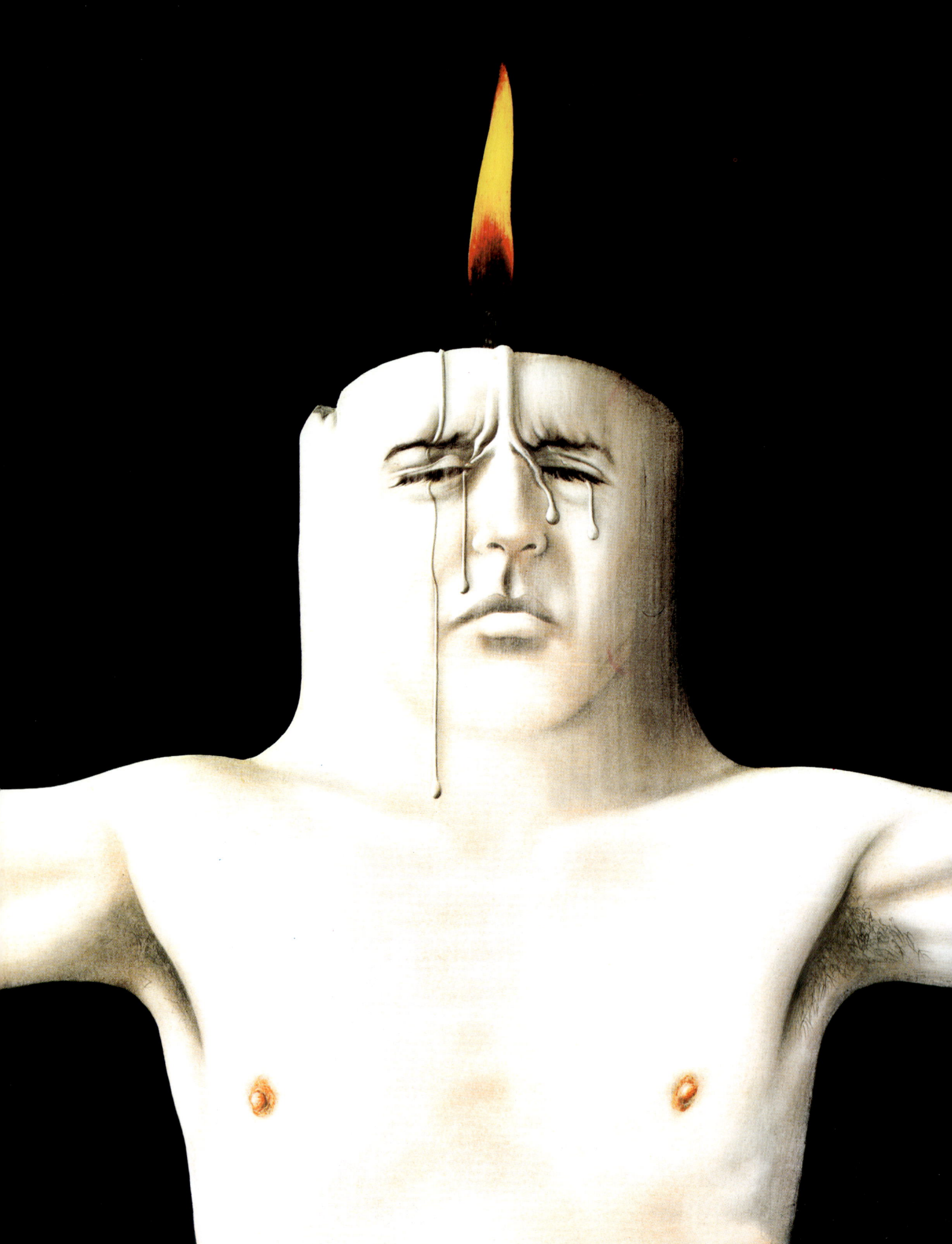

The long and winding road

The long and winding road that leads to your door,
Will never disappear, I've seen that road before
It always leads me here, leads me to your door.
The wild and windy night that the rain washed away,
Has left a pool of tears crying for the day.
Why leave me standing here, let me know the way.
Many times I've been alone and many times I've cried,
Anyway you'll never know the many ways I've tried,
but
Still they lead me back to the long and winding road,
You left me standing here a long, long time ago.
Don't leave me waiting here, lead me to your door.
Da da, da da –

Get back

(1)
Jojo was a man who thought he was a loner
But he knew it couldn't last.
Jojo left his home in Tucsan, Arizona
For some California Grass.
Get back, get back.
Get back to where you once belonged
Get back, get back.
Get back to where you once belonged.
Get back Jojo. Go home
Get back, get back.
Back to where you once belonged
Get back, get back.
Back to where you once belonged.
Get back Jo.
(2)
Sweet Loretta Martin thought she was a woman
But she was another man
All the girls around her say she's got it coming
But she gets it while she can.
Get back, get back.
Get back to where you once belonged
Get back, get back.
Get back to where you once belonged.
Get back Loretta. Go home
Get back, get back.
Get back to where you once belonged
Get back, get back.
Get back to where you once belonged.
Get back Loretta
Your mother's waiting for you
Wearing her high-heel shoes
And her low-neck sweater
Get on home Loretta
Get back, get back.
Get back to where you once belonged.

Estábamos sentados en el estudio y nos la sacamos de la manga… empezamos a escribir en aquel mismo momento… cuando acabamos la grabamos en los Apple Studios e hicimos una canción de relleno.
Paul

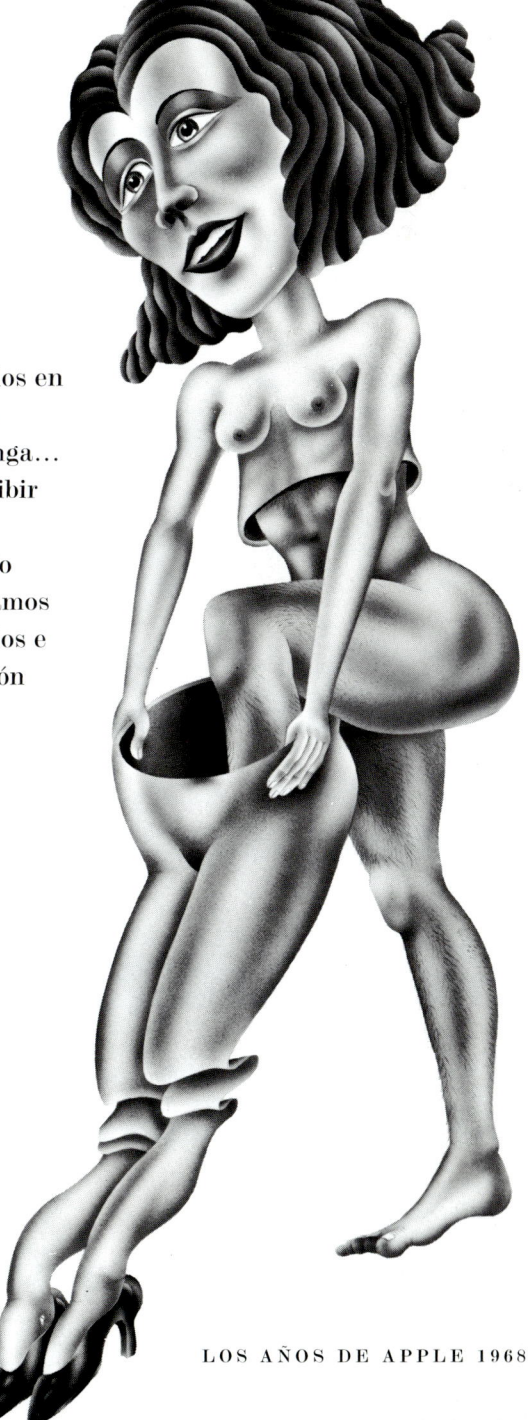

I saw her standing there
(La vi allí de pie)

Bueno, tenía apenas diecisiete años,
ya sabes lo que quiero decir,
y su modo de mirar era un modo
incomparable.
Cómo podía pues bailar con otra,
oh, cuando la vi allí de pie.
Bueno, ella me miró,
y yo podía verlo
que tardaría poco en enamorarme
de ella,
ella no bailaría con otro,
oh, cuando la vi allí bailando.
Bueno, el corazón me dio un vuelco cuando
crucé
aquella habitación,
y tomé su mano en la mía.
Oh, bailamos durante toda la noche,
apretados el uno contra el otro,
y tardé poco en enamorarme de ella,
ahora nunca bailaré con otra,
oh, cuando la vi allí de pie.
Bueno, el corazón me dio un vuelco cuando
crucé
aquella habitación,
y tomé su mano en la mía.
Oh, bailamos durante toda la noche,
apretados el uno contra el otro
y tardé poco en enamorarme de ella,
ahora nunca bailaré con otra,
oh, desde que la vi allí de pie.
Oh, desde que la vi allí de pie.

Misery
(Tristeza)

El mundo me está tratando mal, qué tristeza.
Soy el tipo de persona que nunca solía llorar,
el mundo me está tratando mal, qué tristeza.
Ahora la he perdido, no hay duda,
no voy a verla más,
voy a ser un pesado, qué tristeza.
Recordaré todas las cositas
que hemos hecho,
no puede ver que será la única,
la sola,
que me la devuelvan, porque todos pueden
ver
que sin ella estaré tan triste.
Recordaré todas las cositas
que hemos hecho.
Ella las recordará y será la única,
la sola,
que me la devuelvan, porque todos pueden
ver
que sin ella estaré tan triste.
Oh, tan triste. Oh, tan triste.

Ask me why
(Pregúntame por qué)

Te amo
porque me dices cosas que quiero saber *
y es verdad que eso demuestra
que sé que no debería estar nunca, nunca,

nunca deprimido.
Ahora que eres mía
todavía lloro de felicidad
y a su tiempo vas a entender por qué
si lloro no es porque esté triste
sino porque eres el único amor que tuve en
mi vida.
No puedo creer que me haya pasado.
No concibo más infelicidad.
Pregúntame por qué,
te diré que te amo y que todo el tiempo
pienso en ti.

* (N. de la T.): La letra dice "'cause" en lugar de "can't".

Please please me
(Por favor déjame contento)

Anoche le dije estas palabras a mi chica:
sé que ni siquiera lo intentas, nena,
vamos, vamos, vamos, vamos,
por favor déjame contento, sí, como yo te
dejo contenta.
No necesitas que te indique cómo se hace,
amor,
¿por qué siempre tengo que estar diciendo,
amor,
vamos, vamos, vamos, vamos,
por favor déjame contento, sí, como yo te
dejo contenta?
No quiero parecer quejoso
pero sabes que siempre llueve en mi corazón.
Siempre te dejo contenta,
es muy difícil razonar contigo.
Sí, ¿por qué me haces poner triste?
Anoche le dije estas palabras a mi chica:
sé que ni siquiera lo intentas, nena,
vamos, vamos, vamos, vamos,
por favor déjame contento, sí, como yo te
dejo contenta.

Love me do
(Ámame, sí)

Amor, ámame, sí,
lo sabes que te amo.
Te seré siempre fiel
así que, por favor, ámame, sí, quién en
ámame sí.
Amor, ámame, sí,
lo sabes que te amo.
Te seré siempre fiel
así que, por favor, ámame, sí, quién en
ámame sí.
Alguien a quien amar, alguien nuevo.
Alguien a quien amar, alguien como tú.
Amor, ámame, sí,
lo sabes que te amo.
Te seré siempre fiel
así que, por favor, ámame, sí, quién en
ámame sí.
Amor, ámame, sí,
lo sabes que te amo.
Te seré siempre fiel
así que, por favor, ámame, sí, quién en
ámame sí.

P.S. I love you
(P.D. Te amo)

Mientras escribo esta carta, manda saludos a
ti,
recuerda que siempre estaré enamorado
de ti.
Conserva estas pocas palabras
hasta que estemos juntos
conserva todo mi amor para siempre.
P.D. Te, te, te, te amo.
Volveré de nuevo a casa contigo, amor
hasta el día que vuelva amor.
P.D. Te, te, te, te amo.
Mientras escribo esta carta, manda saludos a
ti,
recuerda que siempre estaré enamorado
de ti.
Conserva estas pocas palabras
hasta que estemos juntos
conserva todo mi amor para siempre.
P.D. Te, te, te, te amo.
Mientras escribo esta carta, manda saludos a
ti,
(sabes que lo quiero)
recuerda que siempre estaré enamorado
de ti.
Volveré de nuevo a casa contigo, amor
hasta el día que vuelva amor.
P.D. Te, te, te, te amo.
Te amo.

Do you want to know a secret?
(¿Quieres conocer un secreto?)

Nunca vas a saber todo lo que te quiero,
nunca vas a saber todo lo que me importas.
Escucha, ¿quieres saber un secreto?
¿Prometes no decir nada?
Más cerca, déjame susurrarte al oído,
decir las palabras que me encanta oír:
estoy enamorado de ti.
Escucha, ¿quieres saber un secreto?
¿Prometes no decir nada?
Más cerca, déjame susurrarte al oído,
decir las palabras que me encanta oír:
estoy enamorado de ti.
Hace una o dos semanas que sé el secreto,
no lo sabe nadie, sólo nosotros dos.
Escucha, ¿quieres saber un secreto?
¿Prometes no decir nada?
Más cerca, déjame susurrarte al oído,
decir las palabras que me encanta oír:
estoy enamorado de ti.

There's a place
(Hay un sitio)

Allí, hay un sitio
donde puedo ir
cuando estoy deprimido,
cuando estoy melancólico,
y es mi mente,
y no existe el tiempo,
cuando estoy solo.
Pienso en ti
y las cosas que haces

giran en mi cabeza,
las cosas que has dicho,
como no amo más que a ti.
En mi alma no hay tristeza,
¿no sabes que es así?
no habrá un mañana triste,
¿no sabes que es así?
Allí, hay un sitio
donde puedo ir
cuando estoy deprimido,
cuando estoy melancólico,
y es mi mente,
y no existe el tiempo,
cuando estoy solo.
Allí, hay un sitio,
hay un sitio.

From me to you
(De mí para ti)

Cualquier cosa que quieras,
cualquier cosa que yo pueda hacer,
sólo ven a verme y te lo enviaré,
con amor de mí para ti.
Tengo todo lo que quieres
como un corazón que es muy fiel,
sólo ven a verme y te lo enviaré,
con amor de mí para ti.
Tengo brazos que desean rodearte
y dejarte junto a mí,
tengo labios que desean besarte
y dejarte conforme.
Cualquier cosa que quieras,
cualquier cosa que yo pueda hacer,
sólo ven a verme y te lo enviaré,
con amor de mí para ti.
Sólo ven a verme y te lo enviaré,
con amor de mí para ti.
Tengo brazos que desean rodearte
y dejarte junto a mí,
tengo labios que desean besarte
y dejarte conforme.
Cualquier cosa que quieras,
cualquier cosa que yo pueda hacer,
sólo ven a verme y te lo enviaré,
con amor de mí para ti.

Thank you girl
(Gracias, nena)

Oh, oh,
tú me haces bien, me alegraste cuando
estuve triste
y eternamente estaré enamorado de ti
y lo único que tengo que decirte es gracias,
nena, gracias, nena.
Tengo mucho para decir sobre nuestro amor.
Chiquita, sé que hay que ser tonto para
dudar de nuestro amor
y lo único que tengo que decirte es gracias,
nena, gracias, nena.
Gracias, nena, por amarme como me amas
(como me amas),
con un amor tan grande que no se puede
creer

y lo único que tengo que decirte es gracias,
nena, gracias, nena.
Oh, oh,
tú me haces bien, me alegraste cuando
estuve triste
y eternamente estaré enamorado de ti
y lo único que tengo que decirte es gracias,
nena, gracias, nena.
Oh, oh.

I'll be on my way
(Estaré en mi camino)

El sol desaparece.
Termina el día.
Cuando la luz de verano
dé paso a la luna
me iré.
Un solo beso y después partiré.
No escondas las lágrimas que no se ven.
Cuando la luz de verano
dé paso a la luna
me iré.
Adonde no sople el viento
y corran ríos de oro,
hacia allí partiré.
Ellos tenían razón y yo no:
el amor verdadero no duró mucho.
Cuando la luz de verano
dé paso a la luna
me iré.
Adonde no sople el viento
y corran ríos de oro,
hacia allí partiré.
Ellos tenían razón y yo no:
el amor verdadero no duró mucho.
Cuando la luz de verano
dé paso a la luna
me iré.

En la punta de la lengua
(Tip of my tongue)

Cuando te quiero hablar
a veces me lleva un par de semanas
pensar qué te quiero decir
pero al final las palabras me quedan en la
punta de la lengua.
Cuando el cielo no está tan azul
no me queda nada que hacer
más que pensar algo distinto para decirte
pero al final las palabras me quedan en la
punta de la lengua.
La gente dice que me siento solo
y eres la única que sabe que no es verdad.
Sabes que estoy esperando la oportunidad
de probarte mi amor.
Pronto llegará el momento
y una vez que lo diga
vamos a casarnos y a vivir unidos
y no voy a tener más palabras en la punta de
la lengua,
nunca más voy a tener palabras en la punta
de la lengua.

Mala conmigo
(Bad to me)

Si alguna vez me dejas, me pondré muy
triste.
No me dejes nunca, estoy muy enamorado
de ti.
Los pájaros se sentirían solos y tristes en el
cielo
si supieran que perdí a mi amada,
se pondrían tristes si eres mala conmigo.
Las hojas suspirarían suavemente en los
árboles
si la brisa les dijera que me dejaste llorando,
se pondrían tristes, no seas mala conmigo.
Pero sé que no me vas a dejar porque me lo
dijiste
y yo no tengo intenciones de dejarte ir
siempre y cuando dejes en claro que no vas a
ser mala conmigo.
Entonces los pájaros no se sentirán solos y
tristes en el cielo
porque saben que tengo a mi amada,
estarán contentos de que no seas mala
conmigo.
Pero sé que no me vas a dejar porque me lo
dijiste
y yo no tengo intenciones de dejarte ir
siempre y cuando dejes en claro que no vas a
ser mala conmigo.
Entonces los pájaros no se sentirán solos y
tristes en el cielo
porque saben que tengo a mi amada,
estarán contentos de que no seas mala
conmigo.

She loves you
(Ella te ama)

Ella te ama, sí, sí, sí,
Ella te ama, sí, sí, sí,
Ella te ama, sí, sí, sí.
Crees que has perdido a tu amor,
bueno, pues la vi ayer, sí, sí,
es en ti que piensa,
y me dijo que tenía que decir, sí, sí.
Dice que te ama,
y sabes que eso no es mala señal,
sí, ella te ama,
y sabes que deberías estar contento.
Dijo que la habías herido de tal modo
que casi perdió el juicio,
y ahora dice que lo sabe,
que no eres de los que hiere.
Dice que te ama,
y sabes que eso no es mala señal,
sí, ella te ama,
y sabes que deberías estar contento.
Te ama, sí, sí, sí,
te ama, sí, sí, sí,
y con un amor tal,
sabes que deberías estar contento.
Sabes que te toca a ti,
creo que sería lo justo,
también a ti puede herirte el orgullo,
pídele perdón,
porque ella te ama,

y sabes que eso no es mala señal,
sí, ella te ama
y sabes que deberías estar contento.
Ella te ama, sí, sí, sí,
ella te ama, sí, sí, sí.
Con un amor tal,
sabes que deberías estar contento.
Con un amor tal,
sabes que deberías estar contento.
Con un amor tal,
sabes que deberías estar contento.
Sí, sí, sí,
sí, sí, sí.

I'll get you
(Te conquistaré)

Sí, sí.
Imagina que estoy enamorado de ti.
Es fácil porque ya lo sé,
imaginé que estaba enamorado de ti
ya muchas, muchas, muchas veces.
No soy de aparentar
pero te conquistaré al final.
Sí, seguro, te conquistaré al final, sí, sí.
Pienso en ti día y noche,
te necesito porque es verdad,
cuando pienso en ti se puede decir
que nunca, nunca, nunca, nunca estoy triste.
Así que te aviso, amiga mía,
que te conquistaré, te conquistaré al final.
Sí, seguro, te conquistaré al final, sí, sí.
Bueno, llegará un momento
en que te haga cambiar de parecer
así que más vale que te resignes a estar
conmigo, sí.
Imagina que estoy enamorado de ti.
Es fácil porque ya lo sé,
imaginé que estaba enamorado de ti
ya muchas, muchas, muchas veces.
No soy de aparentar
pero te conquistaré al final.
Sí, seguro, te conquistaré al final, sí, sí.

Amor de los amados
(Love of the loved)

Cada vez que te miro a los ojos
encuentro que ahí está el paraíso
y cuando miro veo el amor de los amados.
Algún día todos verán que desde el principio
mi lugar está en el fondo de tu corazón
y en tu corazón veo el amor de los amados.
Aunque ya lo dije todo, lo voy a seguir
diciendo
ahora que estoy seguro de que me amas
y sé que desde hoy lo voy a ver en el modo
que tienes de mirarme y decirme que me
amas.
Entonces, que llueva, qué me importa,
en el fondo de tu corazón voy a seguir ahí
y cuando estoy ahí veo el amor de los
amados.
Aunque ya lo dije todo, lo voy a seguir
diciendo

ahora que estoy seguro de que me amas
y sé que desde hoy lo voy a ver en el modo
que tienes de mirarme y decirme que me
amas.
Entonces, que llueva, qué me importa,
en el fondo de tu corazón voy a seguir ahí
y cuando estoy ahí veo el amor de los
amados.
Veo el amor de los amados.

Hello little girl
(Hola muchachita)

Cuando te veo todos los días digo mm mm
hola chiquita,
cuando pasas por aquí digo mm mm hola
chiquita.
Si te veo pasar grito mm mm hola chiquita,
cuando trato de que me mires grito mm mm
hola chiquita.
Te mando flores pero no te importa,
parecería que nunca me vieras ahí parado.
A veces me pregunto en qué estarás
pensando,
espero que sea en mí
(amor, amor, amor).
Así que espero que llegue el día en que digas
mm mm
que eres mi chiquita.
Cuando te veo todos los días digo mm mm
hola chiquita,
cuando pasas por aquí digo mm mm hola
chiquita.
Si te veo pasar grito mm mm hola chiquita,
cuando trato de que me mires grito mm mm
hola chiquita.
No es la primera vez que me pasa,
hace mucho que me siento solo
y es tan raro ver
que estoy por volverme loco.
Así que espero que llegue el día en que digas
mm mm
que eres mi chiquita.
Eres mi chiquita.

It won't be long
(No falta mucho)

No falta mucho, sí, sí,
no falta mucho, sí, sí,
no falta mucho, sí, sí,
para que yo te pertenezca.
Todas las noches mientras los demás se
divierten
aquí estoy, sentado completamente solo.
No falta mucho, sí, sí,
no falta mucho, sí, sí,
no falta mucho, sí, sí,
para que yo te pertenezca.
Desde que me dejaste estoy tan solo,
ahora vuelves, vuelves a casa.
Voy a portarme bien, como corresponde,
vuelves a casa, vuelves a casa.
Todas las noches me caen lágrimas de los
ojos,

todos los días no hago otra cosa que llorar.
No falta mucho, sí, sí.
Desde que me dejaste estoy tan solo,
ahora vuelves, vuelves a casa.
Voy a portarme bien, como corresponde,
vuelves a casa, vuelves a casa.
Todos los días vamos a ser felices, estoy
seguro,
ahora que sé que no vas a volver a dejarme.
No falta mucho, sí, sí.

All I've got to do
(Todo lo que tengo que hacer)

Siempre que quiero tenerte a mi lado, sí,
todo lo que tengo que hacer
es llamarte por teléfono y tú vendrás
corriendo a casa.
Sí, es todo lo que tengo que hacer.
Y cuando quiero besarte, sí,
todo lo que tengo que hacer
es susurrarte al oído las palabras que deseas
oír,
y te estaré besando.
Y lo mismo ocurre conmigo siempre
que me necesites un poco.
Estaré aquí, sí, estaré, siempre que me llames,
debes venir, sí, debes
venir.
Y cuando quiero besarte, sí,
todo lo que tengo que hacer
es llamarte por teléfono y tú vendrás
corriendo a casa.
Sí, es todo lo que tengo que hacer.
Y lo mismo ocurre conmigo siempre
que me necesites un poco.
Estaré aquí, sí, estaré, siempre que me llames,
debes venir, sí, debes
venir.

Little child
(Chiquita)

Chiquita, chiquita,
chiquita, ¿quieres bailar conmigo?
Me siento muy triste y solo,
corazón, arriésgate conmigo.
Chiquita, chiquita,
chiquita, ¿quieres bailar conmigo?
Me siento muy triste y solo,
corazón, arriésgate conmigo.
Si quieres que alguien te haga sentir muy
bien
nos vamos a divertir cuando seas mía,
completamente mía,
así que vamos, vamos, vamos.
Chiquita, chiquita,
chiquita, ¿quieres bailar conmigo?
Me siento muy triste y solo,
corazón, arriésgate conmigo.
Cuando estás a mi lado eres la única,
no te escapes, ven aquí, vamos,
así que vamos, vamos, vamos.
Chiquita, chiquita,
chiquita, ¿quieres bailar conmigo?

Me siento muy triste y solo,
corazón, arriésgate conmigo.
Sí, corazón, arriésgate conmigo.

All my loving
(Todo mi amor)

Cierra los ojos y te daré un beso,
mañana te voy a extrañar.
Recuerda que voy a ser siempre fiel
y mientras esté lejos
te voy a escribir todos los días
y te voy a mandar todo mi amor.
Voy a imaginar que estoy besando
los labios que extraño
y desearé que se hagan realidad mis sueños
y mientras esté lejos
te voy a escribir todos los días
y te voy a mandar todo mi amor.
Todo mi amor te voy a mandar,
todo mi amor, querida, seré fiel.
Cierra los ojos y te daré un beso,
mañana te voy a extrañar.
Recuerda que voy a ser siempre fiel
y mientras esté lejos
te voy a escribir todos los días
y te voy a mandar todo mi amor.
Todo mi amor te voy a mandar,
todo mi amor, querida, seré fiel.
Todo mi amor te voy a mandar.

Hold me tight
(Tenme fuerte)

Se está tan bien ahora, tenme fuerte,
dime que soy el único,
y entonces tal vez
no seré nunca más el solitario.
Así que tenme fuerte, esta noche, esta noche,
eres tú,
tú, tú, tú, -uu-uu-uu-uu.
Tenme fuerte,
déjame seguir amándote,
esta noche, esta noche,
haciendo el amor solamente a ti,
así que tenme fuerte, esta noche, esta noche,
eres tú,
tú, tú, tú, -uu-uu-uu-uu.
No sabes lo que significa tenerte
fuerte,
estar aquí solo esta noche contigo,
se está tan bien ahora, se está tan bien
ahora.
Tenme fuerte
dime que soy el único,
y luego tal vez
no seré nunca más el único,
así que tenme fuerte, esta noche, esta noche,
eres tú,
tú, tú, tú, -uu-uu-uu-uu.

No sabes lo que significa tenerte
fuerte,
estar aquí solo esta noche contigo,
se está tan bien ahora, se está tan bien
ahora.
Tenme fuerte,
déjame seguir amándote,
esta noche, esta noche,
haciendo el amor solamente a ti,
así que tenme fuerte, esta noche, esta noche,
eres tú,
tú, tú, tú,-uu-uu-uu-uu.

I wanna be your man
(Quiero ser tu hombre)

Quiero ser tu amante, corazón,
quiero ser tu hombre,
quiero ser tu amante, corazón,
quiero ser tu hombre.
Dime que me amas, corazón,
como no ama nadie,
te amo como nadie, corazón,
como no ama nadie.
Quiero ser tu hombre,
quiero ser tu hombre.
Dime que me amas, corazón,
dime que entiendes,
dime que me amas, corazón,
quiero ser tu hombre.
Quiero ser tu amante, corazón,
quiero ser tu hombre,
quiero ser tu amante, corazón,
quiero ser tu hombre.
Quiero ser tu hombre,
quiero ser tu hombre,
quiero ser tu hombre.
Quiero ser tu amante, corazón,
quiero ser tu hombre,
quiero ser tu amante, corazón,
quiero ser tu hombre.
Dime que me amas, corazón,
como no ama nadie,
te amo como nadie, corazón,
como no ama nadie.
Quiero ser tu hombre,
quiero ser tu hombre.

Not a second time
(Por segunda vez no)

Sabes que me hiciste llorar,
no creo que tenga sentido pensar por qué
lloré por ti.
Y ahora cambiaste de parecer,
no veo por qué yo tenga que hacer lo mismo.
Lloré, se terminó.
Ay, me dices lo mismo de siempre,
me pregunto por qué.
Me lastimaste en aquel momento, ahora
volviste,
no, no, por segunda vez no.
Sabes que me hiciste llorar,
no creo que tenga sentido pensar por qué
lloré por ti.
Y ahora cambiaste de parecer,
no veo por qué yo tenga que hacer lo mismo.
Lloré, se terminó.
Ay, me dices lo mismo de siempre,

me pregunto por qué.
Me lastimaste en aquel momento, ahora
volviste,
no, no, por segunda vez no.

I want to hold your han1d
(Quiero tener tu mano)

Oh, sí, voy a decirte algo
que creo entenderás,
así que voy a decírtelo:
quiero tener tu mano,
quiero tener tu mano,
quiero tener tu mano.
Oh, por favor, dime
que me dejarás ser tu hombre,
y, por favor, dime
que me dejarás tener tu mano,
déjame pues tener tu mano,
quiero tener tu mano.
Y cuando te toco
me siento feliz por dentro,
es una sensación tal
que no puedo ocultar mi amor,
no puedo ocultarlo, no puedo ocultarlo.
Sí, tienes ese algo,
creo que comprenderás,
cuando siento ese algo
quiero tener tu mano,
quiero tener tu mano,
quiero tener tu mano.
Y cuando te toco
me siento feliz por dentro,
es una sensación tal
que no puedo ocultar mi amor,
no puedo ocultarlo, no puedo ocultarlo.
Sí, tienes ese algo,
creo que comprenderás,
cuando siento ese algo
quiero tener tu mano,
quiero tener tu mano,
quiero tener tu mano.

This boy
(Este chico)

Ese chico se llevó a mi amor.
Algún día lo va a lamentar
pero este chico quiere recuperarte.
Ese chico no es bueno para ti,
aunque tal vez él también quiera estar
contigo,
este chico quiere recuperarte.
Ah, y este chico sería feliz
sólo con amarte, pero ah, mi vida,
ese chico no será feliz
hasta que te vea llorar.
Este chico soportaría el dolor,
sentiría siempre lo mismo
si este chico te recupera.
Este chico. Este chico.

I'll keep you satisfied
(Te mantendré satisfecha)

No necesitas que nadie te abrace,
aquí estoy con los brazos abiertos,
dame amor y recuerda lo que te dije:
te mantendré satisfecha.
No necesitas que nadie te bese,
todos los días estaré aquí contigo,
no te vayas, tengo miedo de extrañarte,
te mantendré satisfecha.
Es fácil conseguir algo sencillo como el amor
en cualquier momento
pero es distinto con un chico como yo y un
amor como el mío
así que confía en todo lo que te dije
y acepta que conmigo junto a ti
no necesitas que nadie te abrace,
te mantendré satisfecha.
Es fácil conseguir algo sencillo como el amor
en cualquier momento
pero es distinto con un chico como yo y un
amor como el mío
así que confía en todo lo que te dije
y acepta que conmigo junto a ti
no necesitas que nadie te abrace,
te mantendré satisfecha.
Dame amor y recuerda lo que te dije:
te mantendré satisfecha.

I'm in love
(Estoy enamorado)

Tengo que decirte algo: estoy enamorado,
quería decirte algo: estoy enamorado.
Me vas a creer cuando te diga que
estoy enamorado de ti.
Eres mi tipo,
me haces sentir orgulloso,
me das ganas de gritar a viva voz.
Sí, estoy diciéndoles a todos mis amigos que
estoy enamorado.
Noche tras noche no puedo dormir porque
pienso en ti
y en todas y cada una de las cosas que haces.
Sí, estoy diciéndoles a todos mis amigos que
estoy enamorado.
Sí, estoy contentísimo,
estoy enamorado de una chica fantástica
y nunca me había sentido tan bien.
Si esto es amor, dame más, dame más.
Noche tras noche no puedo dormir porque
pienso en ti
y en todas y cada una de las cosas que haces.
Sí, estoy diciéndoles a todos mis amigos que
estoy enamorado.
Sí, estoy diciéndoles a todos mis amigos que
estoy enamorado,
estoy enamorado.
Sí, estoy diciéndoles a todos mis amigos que
estoy enamorado.

World without love
(Mundo sin amor)

Por favor, enciérrenme
y no dejen que entre la luz
aquí dentro, donde me escondo con mi
soledad.
No me importa lo que digan los demás,
no quiero quedarme en un mundo sin amor.
Los pájaros desafinan
y los nubarrones tapan la luna.
Estoy bien, aquí me quedaré con mi soledad,
no me importa lo que digan los demás,
no quiero quedarme en un mundo sin amor.
Entonces espero y dentro de un tiempo
mi amor me va a sonreír.
Tal vez ella llegue, no sé cuándo,
en ese momento me daré cuenta
así que hasta entonces…
Enciérrenme
y no dejen que entre la luz
aquí dentro, donde me escondo con mi
soledad.
No me importa lo que digan los demás,
no quiero quedarme en un mundo sin amor.
Entonces espero y dentro de un tiempo
mi amor me va a sonreír.
Tal vez ella llegue, no sé cuándo,
en ese momento me daré cuenta
así que hasta entonces…
Enciérrenme
y no dejen que entre la luz
aquí dentro, donde me escondo con mi
soledad.
No me importa lo que digan los demás,
no quiero quedarme en un mundo sin amor.
No me importa lo que digan los demás,
no quiero quedarme en un mundo sin amor.

One and one is two
(Uno más uno son dos)

Uno más uno son dos,
¿qué puedo hacer
ahora que me enamoré de ti?
Deseo todos los días
oírte decir
haces realidad mis sueños.
¿No sientes cuando te abrazo
que todo lo que hago
demuestra mi amor? y quiero dejar en claro
que
uno más uno son dos.
Uno más uno son dos,
¿qué puedo hacer
ahora que me enamoré de ti?
Deseo todos los días
oírte decir
haces realidad mis sueños.
¿No ves que te amo desde el primer
momento?
¿No me amas también?
Te amo, pero me haces mal
de tanto que te necesito.
Uno más uno son dos,
¿qué puedo hacer
ahora que me enamoré de ti?

Deseo todos los días
oírte decir
haces realidad mis sueños.
Si dices que vas a ser mía
todo está bien.
El mundo parecería hermoso
si fueras mía esta noche.
Uno más uno son dos,
¿qué puedo hacer
ahora que me enamoré de ti?
Deseo todos los días
oírte decir
haces realidad mis sueños.

Nobody I know
(No conozco a nadie)

No conozco a nadie que pueda amarme más
que tú,
puedes darme tanto amor que parece
imposible.
Escucha al pájaro que lo canta al árbol,
y cuando lo hayas oído
dime si estás de acuerdo.
No conozco a nadie que pueda amarte más
que yo.
A cualquier parte que vaya llega la luz
del sol,
todo el mundo que conozco está seguro
de que brilla para ti,
hasta en mis sueños miro en tus ojos,
de pronto me parece que he
encontrado el paraíso,
a cualquier parte que vaya llega la luz
del sol.
Es tan importante ser parte de un corazón
de una persona tan maravillosa,
cuando otros amantes se hayan ido,
nosotros seguiremos viviendo,
nosotros seguiremos viviendo.
Hasta en mis sueños miro en tus ojos,
de pronto me parece que he
encontrado el paraíso,
a cualquier parte que vaya llega la luz
del sol.
No conozco a nadie que pueda amarme más
que tú,
puedes darme tanto amor que parece
imposible,
escucha al pájaro que lo canta al árbol,
y cuando lo hayas oído
dime si estás de acuerdo.
No conozco a nadie que pueda amarte más
que yo.
No conozco a nadie que pueda amarte más
que yo.

I call your name
(Te nombro)

Te nombro pero no estás.
¿Tuve la culpa de ser injusto?
Ah, no puedo dormir de noche desde que te
fuiste,
nunca lloro de noche, no puedo seguir.

¿No sabes que no lo puedo soportar?
No sé si hay alguien que pueda.
No lo voy a lograr,
no soy de esa clase de hombres.
Ah, no puedo dormir de noche, pero de
todas maneras
nunca lloro de noche, te nombro.
¿No sabes que no lo puedo soportar?
No sé si hay alguien que pueda.
No lo voy a lograr,
no soy de esa clase de hombres.
Ah, no puedo dormir de noche, pero de toda
maneras
nunca lloro de noche, te nombro.
Te nombro.

Like dreamers do
(Como los soñadores)

Sueños, vi una chica en mis sueños
así que parece
que la voy a amar.
Tú, tú eres la chica de mis sueños
así que parece
que te voy a amar.*
Y esperé tu beso,
esperé la dicha
como los soñadores.
Tú, tú viniste hace sólo un sueño
y ahora sé
que te voy a amar.
Lo supe la primera vez que me saludaste,
así es como sé
que te voy a amar.
Y yo
voy a estar ahí, sí,
esperándote.

* (N. de la T.): La canción dice "I will love you" en lugar de
"I will love her" en este verso.

A hard day's night
(Qué dura noche la de aquel día)

Ha sido la noche de un día duro
y he estado trabajando como un perro,
ha sido la noche de un día duro,
debería estar durmiendo como un tronco,
pero cuando llego a casa para verte,
encuentro que la cosa que haces
me hará sentirme bien.
Sabes que trabajo todo el día,
para traerte dinero y poder comprarte cosas,
y vale la pena sólo por oírte decir
que me lo vas a dar todo,
por qué, pues, voy a quejarme,
porque cuando puedo estar solo contigo
sabes que me encuentro bien.
Cuando estoy en casa
todo me parece perfecto,
cuando estoy en casa
y siento que me tienes fuerte, fuerte, sí.
Ha sido la noche de un día duro
y he estado trabajando como un perro,
ha sido la noche de un día duro,

debería estar durmiendo como un tronco,
pero cuando llego a casa para verte,
encuentro que las cosas que haces
me harán sentirme bien.
Por qué, pues, voy a quejarme,
porque cuando puedo estar solo contigo
sabes que me encuentro bien.
Cuando estoy en casa
todo me parece perfecto,
cuando estoy en casa
y siento que me tienes fuerte, fuerte, sí.
Ha sido la noche de un día duro
y he estado trabajando como un perro,
ha sido la noche de un día duro,
debería estar durmiendo como un tronco,
pero cuando llego a casa para verte,
encuentro que la cosa que me haces
me hará sentirme bien.
Lo sabes que me encuentro bien.
Lo sabes que me encuentro bien.

I should have known better
(Tendría que haberme dado cuenta)

Tendría que haberme dado cuenta con una
chica como tú
de que me encantaría todo lo que hicieras
y así es, así es.
Nunca tuve noción de lo que puede ser un
beso,
eso sólo me puede pasar a mí.
¿No ves, no ves?
Que cuando te diga que te amo
vas a decir que también me amas
y cuando te pida que seas mía
vas a decir que también me amas.
Entonces yo tendría que haber advertido un
montón de cosas antes,
si esto es amor deberías darme más,
darme más, darme más.
Nunca tuve noción de lo que puede ser un
beso,
eso sólo me puede pasar a mí.
¿No ves, no ves?
Que cuando te diga que te amo
vas a decir que también me amas
y cuando te pida que seas mía
vas a decir que también me amas,
también me amas,
también me amas.

If I fell
(Si me enamorase)

Si me enamorase de ti, ¿me prometerías ser
fiel
y ayudarme a comprender?
Porque he estado enamorado antes
y encontré que el amor era algo más
que simplemente tenerse las manos.
Si te entrego mi corazón
debo estar seguro desde el principio
que me amarías más que ella.
Si tengo fe en ti, oh, por favor,
no huyas ni te escondas,

si también yo te amo, oh, por favor,
no hieras mi orgullo como ella.
Porque no podría soportar el dolor,
y estaría triste si nuestro nuevo amor
fuese en vano.
Espero pues que veas
que quisiera amarte,
y que ella llorara cuando sepa
que somos dos.
Porque no podría soportar el dolor
y estaría triste si nuestro nuevo amor
fuese en vano.
Espero pues que veas
que quisiera amarte
y que ella llorara cuando sepa
que somos dos.
Si me enamorase de ti.

I'm happy just to dance with you
(Soy feliz con sólo bailar contigo)

Antes de que termine este baile
creo que también te voy a amar,
soy tan feliz cuando bailas conmigo.
No quiero besar ni tomar tu mano,
si te parece raro trata de entender.
Realmente no prefiero hacer ninguna otra
cosa
porque soy feliz con sólo bailar contigo.
No necesito abrazarte ni estrecharte,
sólo quiero bailar contigo toda la noche.
No hay ninguna cosa en el mundo que
prefiera hacer
porque soy feliz con sólo bailar contigo.
Sólo bailar contigo es lo único que necesito.
Antes de que termine este baile
creo que también te voy a amar,
soy tan feliz cuando bailas conmigo.
Si alguien trata de ocupar mi lugar
simulemos que no le vemos la cara.
No hay ninguna cosa en el mundo que
prefiera hacer
porque soy feliz con sólo bailar contigo.
Sólo bailar contigo es lo único que necesito.
Antes de que termine este baile
creo que también te voy a amar,
soy tan feliz cuando bailas conmigo.
Si alguien trata de ocupar mi lugar
simulemos que no le vemos la cara.
No hay ninguna otra cosa en el mundo que
prefiera hacer,
descubrí que estoy enamorado de ti
porque soy feliz con sólo bailar contigo.

And I love her
(Y la amo)

Le doy todo mi amor,
es lo único que hago
y si vieras a mi amor
también la amarías.
La amo.
Ella me da todo
y con ternura.
El beso que trae mi amante

me lo trae a mí
y la amo.
Un amor como el nuestro
no puede morir nunca
siempre y cuando
te tenga cerca.
Luminosas son las estrellas,
oscuro es el cielo,
sé que este amor que siento
no morirá nunca
y la amo.
Luminosas son las estrellas,
oscuro es el cielo,
sé que este amor que siento
no morirá nunca
y la amo.

Tell me why
(Dime por qué)

Dime por qué lloraste
y por qué me mentiste.
Dime por qué lloraste
y por qué me mentiste.
Te di todo lo que tenía
pero me dejaste sentado solo.
¿Tenías que tratarme tan mal?
No hago más que mirar hacia abajo y
quejarme.
Dime por qué lloraste
y por qué me mentiste.
Dime por qué lloraste
y por qué me mentiste.
Si dije o hice algo malo
dime qué fue y te pediré perdón
porque si no, no voy a poder seguir
aguantando las ganas de llorar.
Dime por qué lloraste
y por qué me mentiste.
Dime por qué lloraste
y por qué me mentiste.
Te pido de rodillas
que por favor escuches mis súplicas
¿Hay algo que pueda hacer?
Porque realmente no lo soporto,
estoy muy enamorado de ti.
Dime por qué lloraste
y por qué me mentiste.

Can't buy me love
(No puede comprarme amor)

No puede comprarme amor, amor,
no puede comprarme amor.
Te compraré un anillo de diamantes, amiga
mía,
si así te encuentras bien,
te compraré lo que quieras, amiga mía,
si así te encuentras bien,
porque a mí no me importa demasiado el
dinero,
porque el dinero no puede comprarme amor.
Te daré todo lo que tengo para dar,
si dices que también tú me amas,
quizás no tengo mucho para dar,

pero lo que tengo te lo daré,
porque a mí no me importa demasiado el
dinero,
porque el dinero no puede comprarme amor.
No puede comprarme amor, lo dice todo el
mundo,
no puede comprarme amor, no, no, no, no.
Dime que no quieres ningún anillo de
diamantes,
y yo estaré satisfecho
dime que quieres ese tipo
de cosas
que el dinero realmente no puede comprar,
porque a mí no me importa demasiado el
dinero,
porque el dinero no puede comprarme amor.
No puede comprarme amor, lo dice todo el
mundo,
no puede comprarme amor, no, no, no, no.
Dime que no quieres ningún anillo de
diamantes,
y yo estaré satisfecho,
dime que quieres ese tipo
de cosas
que el dinero realmente no puede comprar,
porque a mí no me importa demasiado el
dinero,
porque el dinero no puede comprarme amor.
No puede comprarme amor, lo dice todo el
mundo,
no puede comprarme amor, no, no, no, no.
No puede comprarme amor, amor,
no puede comprarme amor.

Anytime at all
(En cualquier momento)

En cualquier momento,
en cualquier momento,
en cualquier momento
sólo tienes que llamar
y estaré ahí.
Si necesitas amar a alguien,
mírame a los ojos,
estaré ahí para hacerte sentir bien.
Si te estás afligida y triste
te entendería.
No estés triste, llámame esta noche.
En cualquier momento,
en cualquier momento,
en cualquier momento
sólo tienes que llamar
y estaré ahí.
Si el sol desapareció
trataré de que brille.
No hay nada que no esté dispuesto a hacer.
Si necesitas un hombro para llorar
espero que sea el mío,
llámame esta noche e iré a verte.
En cualquier momento,
en cualquier momento,
en cualquier momento
sólo tienes que llamar
y estaré ahí.
En cualquier momento,
en cualquier momento,
en cualquier momento

sólo tienes que llamar
y estaré ahí.
En cualquier momento,
sólo tienes que llamar
y estaré ahí.

I'll cry instead
(En cambio lloraré)

Tengo todos los motivos del mundo para
estar furioso
porque acabo de perder a mi única chica.
Si pudiera salirme con la mía
me haría encerrar hoy mismo
pero no puedo, así que en cambio lloraré.
Tengo una bronca terrible.
No puedo hablar con las personas que veo.
Si pudiera verte ahora, trataría de que lo
digas de alguna forma
pero no puedo, así que en cambio lloraré.
No quiero llorar delante de la gente,
me da vergüenza que me miren.
Me voy a esconder
pero algún día voy a volver.
Y ese día más vale que escondas a todas las
chicas
porque voy a destrozar todos los corazones
del mundo.
Sí, los voy a partir en dos
y te voy a mostrar lo que es capaz de hacer
tu enamorado.
Hasta ese momento, en cambio lloraré.
No quiero llorar delante de la gente,
me da vergüenza que me miren.
Me voy a esconder
pero algún día voy a volver.
Y ese día más vale que escondas a todas las
chicas
porque voy a destrozar todos los corazones
del mundo.
Sí, los voy a partir en dos
y te voy a mostrar lo que es capaz de hacer
tu enamorado.
Hasta ese momento, en cambio lloraré.

Things we said today
(Cosas que dijimos hoy)

Dices que me vas a amar si me tengo que ir,
que pensarás en mí, de alguna forma me
daré cuenta.
Algún día, cuando me sienta solo y desee
que no estuvieras tan lejos
entonces me voy a acordar de las cosas que
dijimos hoy.
Dices que vas a ser mía, mi amor, hasta el fin
de los tiempos.
Hoy en día parece muy difícil encontrar una
chica tan amable.
Algún día, cuando estemos soñando,
profundamente enamorados, sin mucho que
decir
entonces me voy a acordar de las cosas que
dijimos hoy.
Yo sí que tengo suerte,

me encanta oírte decir que el amor es el amor
y aunque tal vez estemos ciegos
este amor va a durar.
Y con eso alcanza para que seas mía, nena,
quiero que seas la única
y que me ames todo el tiempo, nena, vamos a seguir siempre.
Algún día, cuando estemos soñando,
profundamente enamorados, sin mucho que decir
entonces me voy a acordar de las cosas que dijimos hoy.
Yo sí que tengo suerte,
me encanta oírte decir que el amor es el amor
y aunque tal vez estemos ciegos
este amor va a durar.
Y con eso alcanza para que seas mía, nena,
quiero que seas la única
y que me ames todo el tiempo, nena, vamos a seguir siempre.
Algún día, cuando estemos soñando,
profundamente enamorados, sin mucho que decir
entonces me voy a acordar de las cosas que dijimos hoy.

When I get home
(Cuando llegue a casa)

Tengo un montón de cosas para contarle
cuando llegue a casa.
Vamos, me estoy yendo
porque hoy voy a ver a mi chica.
Tengo un montón de cosas que tengo que decirle.
Tengo un montón de cosas para contarle
cuando llegue a casa.
Vamos, por favor,
no tengo tiempo para trivialidades.
Tengo una chica que me está esperando esta noche.
Tengo un montón de cosas para contarle
cuando llegue a casa.
Cuando llegue a casa hoy a la noche la voy a abrazar fuerte,
la voy a amar hasta que las velas no ardan.
Seguro que la voy a amar más
hasta que salga de casa otra vez.
Vamos, déjame pasar,
tengo mil cosas que hacer,
no tengo por qué estar aquí contigo así.
Tengo un montón de cosas para contarle
cuando llegue a casa… sí.

You can't do that
(No puedes hacer eso)

Tengo que decirte algo que te puede doler:
si te encuentro hablando con ese chico otra vez
te voy a fallar y te voy a abandonar
porque ya te lo dije:

no puedes hacer eso.
Es la segunda vez que te encuentro hablando con él.
¿Tengo que repetirte que para mí es un pecado?
Creo que te voy a fallar,
te voy a fallar y te voy a abandonar
porque ya te lo dije:
no puedes hacer eso.
Todos están verdes de envidia
porque me gané tu amor
pero si ven
que hablas así
se van a reír en mis narices.
Así que por favor escúchame
si quieres seguir siendo mía,
no puedo controlar mis sentimientos,
me voy a volver loco.
Sé que te voy a fallar
y te voy a abandonar,
te voy a fallar y te voy a abandonar
porque ya te lo dije:
no puedes hacer eso.
Todos están verdes de envidia
porque me gané tu amor
pero si ven
que hablas así
se van a reír en mi cara.
Así que por favor escúchame
si quieres seguir siendo mía,
no puedo controlar mis sentimientos,
me voy a volver loco.
Sé que te voy a fallar
y te voy a abandonar,
te voy a fallar y te voy a abandonar
porque ya te lo dije:
no puedes hacer eso.
No puedes hacer eso.

I'll be back
(Volveré)

Sabes que si me lastimas me iré
pero volveré otra vez
porque ya una vez me despedí
pero volví otra vez.
Te amo tanto… oh, yo soy el que te necesita, oh, oh.
Podrías buscar algo mejor para hacer
que volver a lastimarme.
Esta vez trataré de mostrarte que
no pretendo aparentar.
Creí que te darías cuenta
de que si me escapara
también me necesitarías
pero tengo una gran sorpresa, oh, oh.
Podrías buscar algo mejor para hacer
que volver a lastimarme.
Esta vez trataré de mostrarte que
no pretendo aparentar.
Quiero irme pero detesto dejarte,
sabes que detesto dejarte, oh, oh.
Si me lastimas me iré
pero volveré otra vez.

Es para ti
(It's for you)

Un día diré
que tengo que entregar el corazón
y cuando lo entregue es para ti.
El amor, el amor verdadero
es lo único que ocupa mi mente
pero es verdad, es para ti.
Escuché que el amor era mentira,
me dijeron que no tratara de encontrar
a alguien que fuera dulce, dulce sólo conmigo.
Así que les digo que tienen razón,
¿quién quiere pelear?
Les digo que estoy de acuerdo, nadie me va a amar,
entonces te miro y
llega el amor, aparece el amor,
entrego el corazón y nadie se entera,
es para ti,
es para ti.
Escuché que el amor era mentira,
me dijeron que no tratara de encontrar
a alguien que fuera dulce, dulce sólo conmigo.
Así que les digo que tienen razón,
¿quién quiere pelear?
Les digo que estoy de acuerdo, nadie me va a amar,
entonces te miro y
llega el amor, aparece el amor,
entrego el corazón y nadie se entera,
es para ti,
es para ti.

From a window
(De una ventana)

Ayer a la noche, tarde, vi una luz que salía de una ventana
y cuando volví a mirar apareció tu cara.
No pude seguir caminando hasta que te fuiste de tu ventana.
Tenía que hacerte mía, sabía que eras la chica indicada.
Ah, sería muy feliz sólo con tener un amor así,
ah, sería fiel y viviría para ti.
Así que encontrémonos esta noche, ahí donde salga la luz de una ventana
y cuando te tome de la mano, di que serás mía esta noche.
Ah, sería muy feliz sólo con tener un amor así,
ah, sería fiel y viviría para ti.
Así que encontrémonos esta noche, ahí donde salga la luz de una ventana
y cuando te tome de la mano, di que serás mía esta noche.

No quiero volver a verte
(I don't want to see you again)

No quiero volver a verte.
Dicen que el amor está planeado.

¿Cómo voy a entender
que alguien me diga
"No quiero volver a verte"?
¿Por qué lloro de noche?
Algo malo puede ser bueno.
Me dices:
"No quiero volver a verte".
Cuando me diste la espalda
tapaste la luz del sol.
No tuve necesidad de hacerme
el destrozado.
Sé que más adelante,
una vez que el amor ya haya pasado,
alguien me dirá:
"No quiero volver a verte".
Cuando me diste la espalda
tapaste la luz del sol.
No tuve necesidad de hacerme
el destrozado.
Dicen que el amor está planeado.
¿Cómo voy a entender
que alguien me diga
"No quiero volver a verte"?
No quiero volver a verte.

I feel fine
(Me siento bien)

Mi chica me trata bien, sabes,
es feliz como nadie, sabes,
lo dijo.
Estoy enamorado de ella y me siento bien.
Mi chica dice que es mía, sabes,
me lo dice a cada rato, sabes,
lo dijo.
Estoy enamorado de ella y me siento bien.
Estoy tan contento de que sea mi chiquita,
ella está tan contenta que le cuenta a todo el
mundo
que su chico le compra cosas, sabes,
le compra anillos de brillantes, sabes,
lo dijo.
Está enamorada de mí y me siento bien.
Mi chica dice que es mía, sabes,
me lo dice a cada rato, sabes,
lo dijo.
Estoy enamorado de ella y me siento bien.
Estoy tan contento de que sea mi chiquita,
ella está tan contenta que le cuenta a todo el
mundo
que su chico le compra cosas, sabes,
le compra anillos de brillantes, sabes,
lo dijo.
Está enamorada de mí y me siento bien.

She's a woman
(Es una mujer)

Mi amor no me hace regalos.
Sé que no es ninguna bruta,
lo único que me tiene que dar es amor
eternamente,
mi amor no me hace regalos,
me entusiasma cuando me siento solo,
los demás me dicen que lo hace por bromear

pero sé que no es así.
No mira a los chicos,
detesta verme llorar,
es feliz si le digo que nunca la voy a dejar.
No mira a los chicos.
Nunca me da celos,
me da todo su tiempo además de su amor,
no me preguntes por qué.
Es una mujer que entiende,
es una mujer que ama a su hombre.
Mi amor no me hace regalos.
Sé que no es ninguna bruta,
lo único que me tiene que dar es amor
eternamente,
mi amor no me hace regalos,
me entusiasma cuando me siento solo,
los demás me dicen que lo hace por bromear
pero sé que no es así.
Es una mujer que entiende,
es una mujer que ama a su hombre.
Mi amor no me hace regalos.
Sé que no es ninguna bruta,
lo único que me tiene que dar es amor
eternamente,
mi amor no me hace regalos,
me entusiasma cuando me siento solo,
los demás me dicen que lo hace por bromear
pero sé que no es así.
Es una mujer, es una mujer.

Eight days a week
(Ocho días a la semana)

Ah, necesito tu amor, corazón, supongo que
sabes que es verdad.
Espero que necesites mi amor, corazón, tanto
como yo a ti.
Abrázame, ámame,
abrázame, ámame,
lo único que tengo es amor, corazón,
ocho días a la semana.
Te amo todos los días, nena, siempre pienso
en ti,
una cosa de la que estoy seguro, nena, es de
que te amo en todo momento.
Abrázame, ámame,
abrázame, ámame,
lo único que tengo es amor, corazón,
ocho días a la semana.
Ocho días a la semana te amo,
ocho días a la semana no alcanzan para
demostrar que me importas.
Ah, necesito tu amor, corazón, supongo que
sabes que es verdad.
Espero que necesites mi amor, corazón, tanto
como yo a ti.
Abrázame, ámame,
abrázame, ámame,
lo único que tengo es amor, corazón,
ocho días a la semana.
Ocho días a la semana te amo,
ocho días a la semana no alcanzan para
demostrar que me importas.
Te amo todos los días, nena, siempre pienso
en ti,
una cosa de la que estoy seguro, nena, es de
que te amo en todo momento.

Abrázame, ámame,
abrázame, ámame,
lo único que tengo es amor, corazón,
ocho días a la semana.
Ocho días a la semana, ocho días a la
semana.

I'm a loser
(Soy un perdedor)

Soy un perdedor, soy un perdedor,
no soy lo que parezco ser.
De todo el amor que he ganado o he perdido
hay uno con el que jamás
he tropezado.
Era una muchacha entre un millón, mi amiga,
debería haberlo sabido que al final
iba a ganar ella.
Soy un perdedor y he perdido a alguien
que me es querido,
soy un perdedor pero no soy
lo que parezco ser.
Si bien río y me comporto como un payaso,
bajo esta máscara frunzo el ceño,
mis lágrimas caen como lluvia
del cielo,
es por ella o por mí mismo que lloro.
Soy un perdedor y he perdido a alguien
que me es querido,
soy un perdedor pero no soy
lo que parezco ser.
Qué he hecho para merecer esto,
me doy cuenta de que lo he dejado
para demasiado tarde.
Es pues verdad que el orgullo viene
antes que una caída,
te lo digo para que no lo pierdas todo.
Soy un perdedor y he perdido a alguien
que me es querido,
soy un perdedor pero no soy
lo que parezco ser.

No reply
(Ninguna respuesta)

Esto pasó una vez
cuando llegué a tu puerta: ninguna
respuesta.
Dijeron que no eras tú
pero te vi espiando por tu ventana.
Vi la luz, vi la luz.
Sé que me viste
porque miré hacia arriba y te vi la cara.
Traté de llamar por teléfono,
dijeron que no estabas en tu casa, es mentira
porque sé dónde estabas,
te vi entrar por tu puerta.
Casi me muero, casi me muero
porque ibas de la mano
de otro hombre que ocupaba mi lugar.
Yo en tu lugar me daría cuenta
de que te quiero más que cualquier otro tipo
y yo perdonaría las mentiras que oí antes
cuando no me diste ninguna respuesta.
Traté de llamar por teléfono,

dijeron que no estabas en tu casa, es mentira
porque sé dónde estabas,
te vi entrar por tu puerta.
Casi me muero, casi me muero
porque ibas de la mano
de otro hombre que ocupaba mi lugar.
Ninguna respuesta, ninguna respuesta.

I don't want to spoil the party
(No quiero arruinar la fiesta)

No quiero arruinar la fiesta así que me voy,
detestaría que se notara mi desilusión,
acá no hay nada para mí así que voy a
desaparecer.
Si aparece ella cuando yo no esté, por favor
avísenme.
Tomé un par de copas y no me importa,
no me divierte lo que hago si ella no está.
Me gustaría saber qué pasó: ya esperé
demasiado,
creo que voy a salir a caminar y a buscarla.
Aunque esta noche me hizo poner triste
todavía la amo.
Si la encuentro estaré contento,
todavía la amo.
No quiero arruinar la fiesta así que me voy,
detestaría que se notara mi desilusión,
acá no hay nada para mí así que voy a
desaparecer.
Si aparece ella cuando yo no esté, por favor
avísenme.
Aunque esta noche me hizo poner triste
todavía la amo.
Si la encuentro estaré contento,
todavía la amo.
Tomé un par de copas y no me importa,
no me divierte lo que hago si ella no está.
Me gustaría saber qué pasó: ya esperé
demasiado,
creo que voy a salir a caminar y a buscarla.

I'll follow the sun
(Seguiré el sol)

Un día cuando mires vas a ver que no estoy
porque tal vez mañana llueva
así que seguiré el sol.
Algún día vas a saber que yo era el indicado
pero tal vez mañana llueva
así que seguiré el sol.
Y ahora llegó el momento así que, amor mío,
tengo que irme
y aunque pierda una amiga al final sabrás.
Un día vas a descubrir que no estoy
pero tal vez mañana llueva
así que seguiré el sol.
Y ahora llegó el momento así que, amor mío,
tengo que irme
y aunque pierda una amiga al final sabrás.
Un día vas a descubrir que no estoy
pero tal vez mañana llueva
así que seguiré el sol.

Baby's in black
(La muchacha está de luto)

Oh, Dios mío, qué puedo hacer,
la muchacha está de luto y yo estoy triste,
dime, oh, qué puedo hacer.
Piensa en él y por eso viste
de luto,
y si bien él no volverá nunca,
ella está vestida de luto.
Oh, Dios mío, qué puedo hacer
la muchacha está de luto y yo estoy triste,
dime, oh, qué puedo hacer.
Pienso en ella, pero ella sólo piensa en él,
y si bien no es más que un capricho,
piensa en él.
Oh, cuánto tardará
en ver el error que ha cometido.
Dios mío, qué puedo hacer,
la muchacha está de luto y yo estoy triste.
Dios mío, qué puedo hacer
Oh, cuánto tardará
en ver el error que ha cometido.
Dios mío, qué puedo hacer,
la muchacha está de luto y yo estoy triste,
dime, oh, qué puedo hacer.
Piensa en él y por eso viste
de luto,
y si bien él no volverá nunca,
ella está vestida de luto.
Oh, Dios mío, qué puedo hacer
la muchacha está de luto y yo estoy triste
dime, oh, qué puedo hacer.

Every little thing
(Cada cosita)

Cuando camino junto a ella
los demás me dicen que tengo suerte,
sí, sé que soy afortunado.
Me acuerdo de la primera vez
que me sentí solo sin ella,
sí, ahora estoy pensando en ella.
Cada cosita que hace
la hace por mí, sí,
y sabes que las cosas que hace
las hace por mí.
Cuando estoy con ella soy feliz
sólo con saber que me ama,
sí, sé que me ama ahora.
De una cosa estoy seguro:
siempre la voy a amar
porque sé que el amor no va a morir nunca.
Cada cosita que hace
la hace por mí, sí,
y sabes que las cosas que hace
las hace por mí.
Cada cosita que hace
la hace por mí, sí,
y sabes que las cosas que hace
las hace por mí.

What you're doing
(Lo que haces)

Fíjate en lo que haces, me siento triste y solo.
¿Es demasiado preguntarte qué haces
conmigo?
Me haces correr y no es divertido.
¿Por qué es demasiado preguntarte qué
haces conmigo?
Hace tiempo que te estoy esperando aquí
preguntándome qué vas a hacer.
Si necesitas un amor verdadero, soy yo.
Por favor, deja de mentir, me haces llorar, nena.
¿Por qué es demasiado preguntarte qué
haces conmigo?
Hace tiempo que te estoy esperando aquí
preguntándome qué vas a hacer.
Si necesitas un amor verdadero, soy yo.
Por favor, deja de mentir, me haces llorar,
nena.
¿Por qué es demasiado preguntarte qué
haces conmigo,
qué haces conmigo?

Yes it is
(Sí, esto es)

Si te vistes de rojo esta noche
recuerda lo que dije esta noche
porque el rojo es el color que se puso mi
chica
y además es verdad,
sí, así es.
De color carmín era la ropa que se puso,
estoy seguro, lo saben todos.
Me acordaría de todo lo que habíamos
planeado,
debes entender que es verdad,
sí, así es, es verdad,
sí, así es.
Podría ser feliz contigo
si lograra olvidarla
pero el problema es mi orgullo,
sí, así es, sí, así es.
Por favor no te vistas de rojo esta noche,
eso dije esta noche
porque el rojo me va a sacar todos los colores
a pesar de ti, es verdad,
sí, así es, es verdad,
sí, así es.
Podría ser feliz contigo
si lograra olvidarla
pero el problema es mi orgullo,
sí, así es, sí, así es.
Por favor no te vistas de rojo esta noche,
eso dije esta noche
porque el rojo me va a sacar todos los colores
a pesar de ti, es verdad,
sí, así es, es verdad.

I'm down
(Estoy muy deprimido)

Me mientes creyendo que no me doy cuenta
de que no puedes llorar porque te ríes de mí.

Estoy deprimido
(muy deprimido),
estoy deprimido
(con el ánimo por el piso),
estoy deprimido
(muy deprimido).
¿Cómo puedes reírte
si sabes que estoy deprimido?
(¿Cómo puedes reírte?)
El hombre compra un anillo, la mujer lo tira,
todos los días pasa exactamente lo mismo.
Estoy deprimido
(muy deprimido),
estoy deprimido
(con el ánimo por el piso),
estoy deprimido
(muy deprimido).
¿Cómo puedes reírte
si sabes que estoy deprimido?
(¿Cómo puedes reírte?)
Estamos completamente solos, no hay nadie
más
y sigues quejándote: "Cuidadito con las
manos".
Estoy deprimido
(muy deprimido),
estoy deprimido
(con el ánimo por el piso),
estoy deprimido
(muy deprimido).
¿Cómo puedes reírte
si sabes que estoy deprimido?
(¿Cómo puedes reírte?)

Help
(Auxilio)

¡Auxilio! Necesito a alguien,
¡auxilio! no a cualquiera,
auxilio! lo sabes que necesito a alguien,
¡auxilio!
Cuando era más joven, mucho más joven
que hoy,
nunca necesité el auxilio de nadie
de ningún modo,
pero ahora estos días han pasado, no tengo
tanta seguridad en mí mismo,
ahora encuentro que he cambiado de ideas,
he abierto las puertas.
Ayúdame si puedes, me encuentro abatido
y aprecio que estés a mi lado,
ayúdame a poner de nuevo los pies en el
suelo,
por favor, por favor, ¿no quieres ayudarme?
Y ahora mi vida ha cambiado en, oh,
tantos sentidos,
mi independencia parece desaparecer
en la calina,
pero a veces me siento tan inseguro,
sé que realmente te necesito
como no te he necesitado nunca.
Ayúdame si puedes, me encuentro abatido,
y aprecio que estés a mi lado,
ayúdame a poner de nuevo los pies en el
suelo,
por favor, por favor, ¿no quieres ayudarme?
Cuando era más joven, mucho más joven

que hoy,
nunca necesité el auxilio de nadie
de ningún modo,
pero ahora estos días han pasado, no tengo
tanta seguridad en mí mismo,
ahora encuentro que he cambiado de ideas,
he abierto las puertas.
Ayúdame si puedes, me encuentro abatido,
y aprecio que estés a mi lado
ayúdame a poner de nuevo los pies en el
suelo,
por favor, por favor, ¿no quieres ayudarme?
Ayúdame. Ayúdame.

The night before
(La noche pasada)

Nos despedimos
(la noche pasada).
En tu mirada había amor.
Pero ahora me encuentro con que cambiaste
de parecer.
Trátame como la noche pasada.
¿Me estabas mintiendo
(la noche pasada)?
¿Fui tan tonto
(la noche pasada)?
Cuando te abracé fuiste tan sincera,
trátame como la noche pasada.
Te voy a recordar por la noche de ayer.
Cuando pienso en las cosas que hiciste me
dan ganas de llorar.
Nos despedimos
(la noche pasada).
En tu mirada había amor.
Pero ahora me encuentro con que cambiaste
de parecer.
Trátame como la noche pasada.
Cuando te abracé fuiste tan sincera,
trátame como la noche pasada.
Te voy a recordar por la noche de ayer.
Cuando pienso en las cosas que hiciste me
dan ganas de llorar.
¿Me estabas mintiendo
(la noche pasada)?
¿Fui tan tonto
(la noche pasada)?
Cuando te abracé fuiste tan sincera,
trátame como la noche pasada.

You've got to hide your love away
(Tienes que esconder tu amor)

Aquí estoy, con la cabeza apoyada en la
mano,
miro hacia la pared.
Si ella se fue no puedo seguir:
siento que mido medio metro.
En todas partes la gente me clava la mirada
todos los santos días.
Veo que se ríen de mí
y los oigo decir:
"Eh, tienes que esconder tu amor.
Eh, tienes que esconder tu amor".
No puedo ni siquiera intentarlo,

no podría ganar nunca
oyéndolos y viéndolos
así como me siento.
¿Cómo me pudo decir ella
que el amor se las va a arreglar?
Júntense, payasos,
así los oigo decir:
"Eh, tienes que esconder tu amor.
Eh, tienes que esconder tu amor".

Another girl
(Otra chica)

Porque tengo otra chica, otra chica.
Me haces decir que no tengo a nadie más
que a ti
pero a partir de hoy tengo a otra persona.
No soy ningún tonto y no acepto lo que no
quiero
porque tengo otra chica, otra chica.
Es la más dulce de todas, y eso que conozco
a unas cuantas.
No hay nadie en el mundo que sepa hacer lo
que hace ella.
Así que te aviso que esta vez te conviene
parar
porque tengo otra chica.
Otra chica que me amará hasta el fin,
pase lo que pase va a seguir conmigo.
No quiero decir que no fui feliz contigo
pero a partir de hoy encontré a otra persona.
No soy ningún tonto y no acepto lo que no
quiero
porque tengo otra chica.
Otra chica que me amará hasta el fin,
pase lo que pase va a seguir conmigo.
No quiero decir que no fui feliz contigo
pero a partir de hoy encontré a otra persona.
No soy ningún tonto y no acepto lo que no
quiero
porque tengo otra chica.

You're going to lose that girl
(Vas a perder a esa chica)

Vas a perder a esa chica,
vas a perder a esa chica.
Si no sales con ella esta noche
va a cambiar de parecer
y yo voy a salir con ella esta noche
y voy a tratarla muy bien.
Vas a perder a esa chica,
vas a perder a esa chica.
Si no la tratas como corresponde, amigo mío,
vas a descubrir que no está más contigo
porque yo la voy a tratar bien y entonces te
vas a quedar solo.
Vas a perder a esa chica,
vas a perder a esa chica.
Voy a tratar de sacártela.
Si la tratas así, ¿qué otra cosa puedo hacer?
Vas a perder a esa chica,
vas a perder a esa chica.
Voy a tratar de sacártela.
Si la tratas así, ¿qué otra cosa puedo hacer?

Si no sales con ella esta noche
va a cambiar de parecer
y yo voy a salir con ella esta noche
y voy a tratarla muy bien.
Vas a perder a esa chica,
vas a perder a esa chica.

Ticket to ride
(Billete para viajar)

Creo que voy a estar triste,
creo que va a ser hoy, sí,
la chica que me hace enloquecer
se va.
Tiene un billete para viajar,
tiene un billete para viaj-escap-ar,
tiene un billete para viajar,
pero no le importa.
Dijo que vivir conmigo
le deprime, sí,
porque nunca iba a estar libre
cuando yo estuviese allí.
Tiene un billete para viajar,
tiene un billete para viaj-escap-ar,
tiene un billete para viajar,
pero no le importa.
No sé por qué se sube a las nubes,
debería pensárselo dos veces,
debería ser justa conmigo
antes de empezar a despedirse de mí,
debería pensárselo dos veces,
debería ser justa conmigo.
Creo que voy a estar triste,
creo que va a ser hoy, sí,
la chica que me hace enloquecer
se va.
Tiene un billete para viajar,
tiene un billete para viaj-escap-ar,
tiene un billete para viajar,
pero no le importa.
No sé por qué se sube a las nubes,
debería pensárselo dos veces,
debería ser justa conmigo,
antes de empezar a despedirse de mí,
debería pensárselo dos veces,
debería ser justa conmigo.
Dijo que vivir conmigo
le deprime, sí,
porque nunca iba a estar libre
cuando yo estuviese allí,
tiene un billete para viajar,
tiene un billete para viaj-escap-ar,
tiene un billete para viajar,
pero no le importa.
A mi niña no le importa,
a mi niña no le importa.

It's only love
(Es solamente amor)

Me emociono cuando te veo pasar,
ah, mi vida.
Cuando suspiras siento un cosquilleo en mi
interior,
mariposas.

¿Por qué soy tan tímido cuando estoy a tu
lado?
Es solamente amor, eso es todo.
¿Por qué me tengo que sentir así?
Es solamente amor, eso es todo
pero es tan difícil amarte.
¿Está bien que nos peleemos todas las
noches?
Con sólo verte la noche se ilumina
totalmente.
¿No tengo derecho a que nos reconciliemos?
Es solamente amor, eso es todo.
¿Por qué me tengo que sentir así?
Es solamente amor, eso es todo
pero es tan difícil amarte,
sí, es tan difícil amarte.

Tell me what you see
(Dime lo que ves)

Si me dejas tomar tu corazón te demostraré
que nunca estaremos separados si soy una
parte de ti,
abre tus ojos ahora dime lo que ves,
no te sorprenda ahora soy yo lo que ves.
Por grandes y negras que sean las nubes
el tiempo pasará,
si tú tienes confianza en mí iluminaré tu día.
Mira en estos ojos ahora, dime lo que ves,
no te das cuenta ahora soy yo lo que ves.
Dime lo que ves.
Escúchame una vez más cómo puedo llegar,
no puedes intentar darte cuenta
de que estoy intentando alcanzarte,
abre tus ojos ahora dime lo que ves,
no te sorprenda ahora, soy yo lo que ves.
Dime lo que ves.
Escúchame una vez más cómo puedo llegar,
escúchame una vez más cómo puedo llegar,
no puedes intentar darte cuenta
de que estoy intentando alcanzarte,
abre tus ojos ahora dime lo que ves,
no te sorprenda soy yo lo que ves.

I've just seen a face
(Acabo de ver una cara)

Acabo de ver una cara,
no voy a olvidar la hora ni el lugar donde nos
conocimos.
Ella es la chica perfecta para mí
y quiero que todo el mundo vea que nos
conocimos.
Mm mm.
Si hubiera sido otro día,
es probable que yo hubiera mirado para otro
lado
y nunca me habría dado cuenta
pero como son las cosas esta noche voy a
soñar con ella.
Da da.
Enamorando, sí, me estoy enamorando
y ella sigue llamándome una y otra vez.
Nunca había vivido algo así,
estuve solo y me perdí cosas y me mantuve

oculto
porque las otras chicas nunca eran así.
Da da.
Enamorando, sí, me estoy enamorando
y ella sigue llamándome una y otra vez.
Mm mm.
Acabo de ver una cara,
no voy a olvidar la hora ni el lugar donde nos
conocimos.
Ella es la chica perfecta para mí
y quiero que todo el mundo vea que nos
conocimos.
Mm mm.
Enamorando, sí, me estoy enamorando
y ella sigue llamándome una y otra vez.

Yesterday
(Ayer)

Ayer,
todos mis problemas parecían tan lejanos,
ahora es como si estuviesen allí
para siempre,
oh, creo en el ayer.
De pronto
no soy ni la sombra de lo que solía ser,
una nube se cierne sobre mí,
oh, el ayer vino de pronto.
Por qué tenía que irse no lo sé,
ella no quiso decirlo,
dije algo que no debía,
ahora deseo el ayer.
Ayer,
el amor era un juego tan fácil,
ahora necesito un sitio donde esconderme,
oh, creo en el ayer.
Por qué tenía que irse no lo sé,
ella no quiso decirlo,
dije algo que no debía,
ahora deseo el ayer.
Ayer,
el amor era un juego tan fácil,
ahora necesito un sitio donde esconderme,
oh, creo en el ayer.
Mm mm mm mm mm mm mm.

That means a lot
(Eso significa mucho)

Un amigo dice que tu amor no va a significar
mucho
y sabes que tu amor es todo lo que tienes.
Por momentos van muy bien
y por momentos no
pero cuando ella dice que te ama
eso significa mucho.
Un amigo dice que un amor nunca es
verdadero
y sabes que eso te puede incluir a ti.
Una caricia puede significar tanto *
si es todo lo que tienes
pero cuando ella dice que te ama
eso significa mucho.
El amor puede estar muy adentro,
el amor puede ser suicidio.

¿No ves que no puedes esconder
lo que sientes si es real?
Cuando ella dice que te ama
eso significa mucho.
¿No lo ves?

Day tripper
(Excursionista de un día)

Tengo un buen motivo
para tomar la salida más fácil,
tengo un buen motivo
para tomar la salida mas fácil –bueno,
era una excursionista de un día,
de billete de ida, sí,
me costó tanto tiempo descubrirlo,
y lo descubrí.
Es una guasona, me dejó
a media miel,
es una guasona, me dejó
a media miel –bueno,
era una excursionista de un día,
de billete de ida, sí,
me costó tanto tiempo descubrirlo,
y lo descubrí.
Intenté complacerla,
solamente actuaba una noche,
intenté complacerla,
solamente actuaba una noche –bueno,
era una excursionista de un día,
conductora de domingo, sí,
me costó tanto tiempo descubrirlo,
y lo descubrí.
Excursionista de un día, sí.

We can work it out
(Nosotros podemos resolverlo)

Intenta ponerte en mi lugar,
¿tengo que seguir hablando hasta que no
pueda más?
Mientras lo veas desde tu punto de vista
se corre el riesgo de saber que nuestro amor
puede desaparecer pronto.
Nosotros podemos resolverlo.
Nosotros podemos resolverlo.
Piensa en lo que estás diciendo,
puedes equivocarte y todavía creer
que está bien,
piensa en lo que estás diciendo,
nosotros podemos resolverlo y ponerlo en
claro,
o decir buenas noches.
Nosotros podemos resolverlo.
Nosotros podemos resolverlo.
La vida es corta y no hay tiempo
para preocuparse y pelear, amiga mía.
He pensado siempre que es un crimen
así que te lo pediré una vez más.
Intenta ponerte en mi lugar,
sólo el tiempo dirá si tengo razón
o me equivoco,

mientras lo veas desde tu punto de vista
se corre el peligro de que nos separemos
dentro de poco.
La vida es corta y no hay tiempo
para preocuparse y pelear, amiga mía.
He pensado siempre que es un crimen,
así que te lo pediré una vez más.
Intenta ponerte en mi lugar,
sólo el tiempo dirá si tengo razón
o me equivoco,
mientas lo veas desde tu punto de vista
se corre el peligro de que nos separemos
dentro de poco.
Nosotros podemos resolverlo.
Nosotros podemos resolverlo.

Drive my car
(Conduce mi coche)

Pregunté a una chica qué quería ser,
ella dijo: chico, ¿no lo has visto?
Quiero ser famosa, una estrella de la pantalla,
pero tú puedes hacer algo entretanto.
Chico, puedes conducir mi coche, sí,
voy a ser una estrella,
chico, puedes conducir mi coche, y quizás
te amaré.
Le dije a aquella chica que mis perspectivas
eran buenas,
ella dijo: chico, se comprende,
trabajar para cacahuetes está muy bien,
pero puedo mostrarte una vida mejor.
Chico, puedes conducir mi coche, sí,
voy a ser una estrella.
Chico, puedes conducir mi coche, y quizás
te amaré
Pip pip mm, pip pip sí.
Chico, puedes conducir mi coche, sí,
voy a ser una estrella,
chico, puedes conducir mi coche, y quizás
te amaré.
Le dije a aquella chica que podía empezar
en aquel momento y ella dijo: escucha, chico,
tengo que decir algo,
no tengo coche, y esto me encoge el
corazón,
pero he encontrado un conductor,
por algo se empieza.
Chico, puedes conducir mi coche, sí,
voy a ser una estrella,
chico, puedes conducir mi coche, y quizás
te amaré.
Pip pip mm, pip pip sí.

Norwegian wood
(Madera noruega)

Una vez tuve una chica,
o mejor dicho
ella una vez me tuvo a mí.
Me enseñó su habitación,
¿no es estupendo?
Madera noruega.
Me pidió que me quedase y me dijo
que me sentara en cualquier sitio,

entonces miré a mi alrededor y vi
que no había sillas.
Me senté en un felpudo
esperando,
bebiendo su vino.
Estuvimos hablando hasta las dos
y entonces me dijo:
"es hora de ir a la cama".
Me dijo que por la mañana tenía que trabajar
y empezó a reír,
le dije que yo no trabajaba y me arrastré
al baño, donde dormí.
Y cuando me desperté
estaba solo,
la pájara había volado,
entonces encendí la chimenea,
¿no es estupendo?
Madera noruega.

You won't see me
(No vas a verme)

Cuando te llamo están comunicando,
estoy harto, compórtate como una de tu
edad,
hemos perdido el tiempo que tanto nos ha
costado encontrar,
y yo perderé el juicio
si no vas a verme, no vas a verme.
No sé por qué quieres
esconderte
pero no puedo comunicar, tengo las manos
atadas,
no quiero seguir, no tengo mucho
que decir,
pero puedo irme,
y no me verás, no me verás.
Día tras día rechazas incluso escuchar,
no me importaría si supiese
lo que me perdía,
Si bien los días son pocos
están llenos de lágrimas,
y desde que te he perdido me parecen años,
sí, me parece una eternidad, chica,
desde que te has ido,
no puedo seguir así,
si no vas a verme, no vas a verme.
Día tras día rechazas incluso escuchar,
no me importaría si supiese
lo que me perdía.
Si bien los días son pocos
están llenos de lágrimas,
y desde que te he perdido me parecen años,
sí, me parece una eternidad, chica,
desde que te has ido,
no puedo seguir así,
si no vas a verme, no vas a verme.
Huy, Huy.

Nowhere man
(Hombre de ninguna parte)

Es un auténtico Hombre de Ninguna Parte,
sentado en su Tierra de Ninguna Parte,
haciendo sus planes de Ninguna Parte para

nadie.
No tiene un punto de vista,
no sabe dónde va,
¿no es un poco como tú y como yo?
Hombre de Ninguna Parte, escucha, por favor,
no sabes lo que te estás perdiendo,
Hombre de Ninguna Parte, el mundo
está en tus manos.
Es todo lo ciego que puede ser,
sólo ve lo que quiere ver,
Hombre de Ninguna Parte, ¿puedes verme?
Hombre de Ninguna Parte, no te preocupes,
haz las cosas con calma, no te precipites,
déjalo todo hasta que alguien
te dé una mano.
No tiene un punto de vista
no sabe dónde va,
¿no es un poco como tú y como yo?
Hombre de Ninguna Parte, escucha, por favor,
no sabes lo que te estás perdiendo,
Hombre de Ninguna Parte, el mundo
está en tus manos.
Es un auténtico Hombre de Ninguna Parte,
sentado en su Tierra de Ninguna Parte,
haciendo sus planes de Ninguna Parte para nadie.
Haciendo sus planes de Ninguna Parte para nadie.
Haciendo sus planes de Ninguna Parte para nadie.

Think for yourself
(Piensa por tu cuenta)

Tengo una o dos palabras que decirte
sobre las cosas que haces,
estás diciendo todas aquellas mentiras,
sobre las cosas maravillosas que podemos tener
si cerramos los ojos.
Haz la que quieres hacer
y ve donde quieres ir,
piensa por tu cuenta
porque yo no estaré allí contigo.
Te he dejado muy atrás
las ruinas de mi vida que tú proyectabas.
Y si bien todavía no puedes ver,
sé que estás decidida, vas
a causar más sufrimiento.
Haz lo que quieres hacer
y ve donde quieres ir,
piensa por tu cuenta,
porque yo no estaré allí contigo.
Si bien tu mente es opaca,
intenta pensar más,
aunque sólo sea por tu propio bien.
El futuro parece todavía prometedor
y tienes tiempo para rectificar
todas las cosas que deberías.
Haz lo que quieres hacer
y ve donde quieres ir,
piensa por tu cuenta,
porque yo no estaré allí contigo.
Haz lo que quieres hacer,
y ve donde quieres ir,

piensa por tu cuenta
porque yo no estaré allí contigo.
Piensa por tu cuenta
porque yo no estaré allí contigo.

The word
(La palabra)

Di la palabra y serás libre,
di la palabra y sé como yo,
di la palabra que estoy pensando,
¿has oído?, la palabra es amor.
Hace un día espléndido, brilla el sol,
es la palabra amor.
Al principio lo entendí mal,
pero ahora que lo he comprendido
la palabra es buena.
Di la palabra y serás libre,
di la palabra y sé como yo,
di la palabra que estoy pensando,
¿has oído?, la palabra es amor.
Hace un día espléndido, brilla el sol,
es la palabra amor.
Vaya donde vaya la oigo decir,
en los libros buenos y en los malos
que he leído.
Di la palabra y serás libre,
di la palabra y sé como yo,
di la palabra que estoy pensando
¿has oído?, la palabra es amor.
Hace un día espléndido, brilla el sol,
es la palabra amor.
Ahora que lo sé, lo que siento debe
ser justo,
quiero mostrar a todo el mundo la luz
da a la palabra una oportunidad para decir
que la palabra es el único modo,
es la palabra que estoy pensando,
y la única palabra es amor.
Hace un día espléndido, brilla el sol,
es la palabra amor.
Di la palabra amor,
di la palabra amor,
di la palabra amor,
di la palabra amor.

Michelle
(Michelle)

Michelle ma belle
son palabras que van bien juntas,
Michelle mía,
Michelle ma belle,
sont les mots qui vont très bien ensemble,
très bien ensemble.
Te amo, te amo, te amo,
esto es todo lo que quiero decirte,
hasta que encuentre el modo
te diré las únicas palabras que sé
tú puedes entender.
Michelle ma belle,
sont les mots qui vont très bien ensemble,
très bien ensemble.
Necesito, necesito, necesito,
necesito hacerte comprender,

oh, lo que significas para mí,
hasta que lo haga espero que sepas
lo que quiero decir.
Te amo.
Te quiero, te quiero, te quiero,
creo que ahora ya lo sabes,
llegaré a ti de algún modo,
hasta que lo haga te lo digo de modo
que puedas entenderlo.
Michelle ma belle,
sont les mots qui vont très bien ensemble
très bien ensemble.
Te diré las únicas palabras que se
tú puedes entender
Michelle mía.

What goes on
(Qué pasa)

Qué pasa en tu corazón,
qué pasa por tu cabeza.
Me estás destrozando
cuando me tratas tan mal,
qué pasa por tu cabeza.
El otro día te vi
cuando iba por la calle,
pero cuando le vi contigo
comprendí que mi futuro estaba deshecho.
Es tan fácil mentir para una chica como tú,
dime por qué.
Qué pasa en tu corazón,
qué pasa por tu cabeza.
Me estás destrozando
cuando me tratas tan mal,
qué pasa por tu cabeza.
Te conocí por la mañana,
esperando las corrientes del tiempo,
pero ahora la corriente está cambiando,
puedo ver que estaba ciego.
Es tan fácil mentir para una chica como tú
dime por qué.
Qué pasa en tu corazón.
No solía pensar más que en ti,
pero tú eras siempre la misma,
ni siquiera pensabas en mí
como de alguien con un nombre.
¿Querías destrozar mi corazón
y mirarme morir?
Dime por qué.
Qué pasa en tu corazón,
qué pasa por tu cabeza.
Me estás destrozando
cuando me tratas tan mal,
qué pasa por tu cabeza.

Girl
(Chica)

¿Hay alguien que quiera escuchar mi historia
sobre la chica que vino para siempre?
Es de esas chicas que necesitas tanto que te
sientes desgraciado
pero igual no te arrepientes de ningún momento.
Ah, qué chica.

Cuando pienso en todas las veces que me
esforcé por dejarla,
me mira y se pone a llorar
y me promete el cielo y yo le creo,
después de tanto tiempo no sé por qué.
Ah, qué chica.
Es de esas chicas que te humillan
delante de los amigos, te sientes un estúpido,
cuando le dices que está linda
lo da por sentado,
es distante.
Ah, qué chica.
¿Le dijeron cuando era chica que el dolor
llevaría al placer?
¿Entendió cuando le dijeron
que un hombre debe romperse el alma para
ganarse el descanso?
¿Seguirá creyéndolo cuando él muera?
Ah, qué chica.

I'm looking through you
(Estoy mirando a través de ti)

Estoy mirando a través de ti,
¿dónde has ido?
Pense que te conocía, ¿que conocía?
No pareces distinta
pero has cambiado.
Estoy mirando a través de ti,
no eres la misma.
Tus labios se mueven, no puedo oír,
tu voz es reconfortante
pero las palabras no son claras.
Tu voz es la misma,
he aprendido el juego.
Estoy mirando a través de ti,
no eres la misma.
Por qué, dime,
no me has tratado bien.
El amor tiene la mala costumbre
de desaparecer en una noche,
piensas en mí como lo has hecho siempre,
estabas encima de mí, pero no hoy.
La única diferencia es que estas allí abajo.
Estoy mirando a través de ti
y no estás en ninguna parte.
Por qué, dime,
no me has tratado bien.
El amor tiene la mala costumbre
de desaparecer en una noche.
Estoy mirando a través de ti,
¿donde has ido?
Pensé que te conocía, ¿qué conocía?
No pareces distinta
pero has cambiado,
estoy mirando a través de ti,
no eres la misma.
Sí, te lo digo yo que has cambiado.

In my life
(En mi vida)

Hay sitios que recordaré
toda mi vida, si bien algunos han cambiado,
algunos para siempre, y no para mejorar,

algunos han desaparecido y otros están
todavía.
Todos estos sitios tenían sus momentos,
con amantes y amigos a los que todavía
puedo recordar,
algunos están muertos y otros están vivos,
en mi vida los he querido a todos.
Pero de todos estos amigos y amantes,
ninguno se puede comparar contigo,
y estos recuerdos pierden su significado
cuando pienso en el amor como de algo
nuevo.
Si bien sé que nunca perderé el cariño
por la gente y las cosas pasadas,
sé que muchas veces me detendré a pensar
en ellos,
en mi vida te amaré más.
Si bien sé que nunca perderé el cariño
por la gente y las cosas pasadas,
sé que muchas veces me detendré a pensar
en ellos,
en mi vida te amaré más.
En mi vida te amaré más.

Wait
(Espera)

Pasó mucho tiempo, ahora vuelvo a casa.
Me había ido, ah, qué solo estuve.
Espera hasta que vuelva contigo,
olvidaremos las lágrimas que derramamos.
Pero si tu corazón no resiste, no esperes, no
me dejes entrar
y si tu corazón es fuerte, aguanta, no tardaré.
Espera hasta que vuelva contigo,
olvidaremos las lágrimas que derramamos.
Siento que deberías saber
que me porté bien, como nadie.
Y si lo sabes confiaré en ti
y sabré que me vas a esperar.
Pasó mucho tiempo, ahora vuelvo a casa.
Me había ido, ah, qué solo estuve.
Espera hasta que vuelva contigo,
olvidaremos las lágrimas que derramamos.
Siento que deberías saber
que me porté bien, como nadie.
Y si lo sabes confiaré en ti
y sabré que me vas a esperar.
Pero si tu corazón no resiste, no esperes, no
me dejes entrar
y si tu corazón es fuerte, aguanta, no tardaré.
Espera hasta que vuelva contigo,
olvidaremos las lágrimas que derramamos.
Pasó mucho tiempo, ahora vuelvo a casa.
Me había ido, ah, qué solo estuve.

Run for your life
(Salva el pellejo)

Preferiría verte muerta, nena,
a que estuvieses con otro hombre.
Mejor que no pierdas la cabeza, nena,
o no voy a saber dónde estoy.
Mejor que salves el pellejo
si puedes, nena,

esconde la cabeza en la arena, nena.
Si te pesco con otro hombre,
será el final –ah, nena.
Bueno, ya sabes que soy un malvado
y que nací celoso,
y no puedo pasar toda mi vida probando
que te conformes.
Mejor que salves el pellejo
si puedes, nena,
esconde la cabeza en la arena, nena,
si te pesco con otro hombre
será el final –ah, nena.
Que te sirva de sermón,
quiero decir todo lo que dije,
chica, estoy decidido,
y prefiero verte muerta.
Mejor que salves el pellejo
sí puedes, nena,
esconde la cabeza en la arena, nena,
si te pesco con otro hombre
será el final –ah, nena.
Prefiero verte muerta, nena,
a que estés con otro hombre,
esconde la cabeza en la arena, nena,
o no voy a saber dónde estoy.
Mejor que salves el pellejo
si puedes, nena,
esconde la cabeza en la arena, nena,
si te pesco con otro hombre
será el final –ah, nena.

Mujer
(Woman)

Mujer, ¿me amas?
Mujer, si me necesitas créeme:
necesito que seas mi mujer.
Mujer, ¿me amas?
Mujer, si me necesitas créeme:
necesito que seas mi mujer.
Y si me preguntas cómo me va
qué voy a decir, que estoy bien
pero sé que no es así
y de todas maneras te puedo haber perdido.
Mujer, ¿me amas?
Mujer, si me necesitas créeme:
necesito que seas mi mujer.
y si te tomas tu tiempo y me dices
que cuando estemos solos llegará el amor
renunciaré a todo
si dices que mi chica es mi mujer.
Tengo todo el tiempo del mundo
pero ayúdame a pasarlo.
Vas a ser mía una vez más.
Todavía pienso que puede funcionar
y sabes cuánto te amo.
Mujer, no me dejes.
Mujer, si me aceptas créeme:
te acepto como mi mujer.

Paperback writer
(Escritor de libros de bolsillo)

Escritor de libros de bolsillo.
Escritor de libros de bolsillo.

Estimado Señor o Señora ¿leerá usted mi libro?
he tardado años en escribirlo ¿le echará una ojeada?
basado en una novela de un hombre llamado Lear,
y necesito un trabajo,
así que quiero ser escritor de libros de bolsillo,
escritor de libros de bolsillo.
Es una sucia historia de un hombre sucio,
y su pegajosa mujer no comprende.
Su hijo trabaja en el Daily Mail,
es un trabajo seguro,
pero el quiere ser un escritor de libros de bolsillo,
escritor de libros de bolsillo.
Son mil páginas poco más o menos,
escribiré más en una o dos semanas,
puedo alargarlo si le gusta el estilo,
puedo cambiarlo un poco,
y quiero ser un escritor de libros de bolsillo.
Si realmente le gusta
puede tener los derechos,
podría ganar un millón de la noche a la mañana,
si tiene que devolverlo puede mandarlo aquí
pero necesito una oportunidad,
y quiero ser un escritor de libros de bolsillo,
escritor de libros de bolsillo.

Rain
(Lluvia)

Si empieza a llover corren y esconden la cabeza.
Para esto podrían estar muertos,
si empieza a llover, si empieza a llover.
Cuando brilla el sol huyen
a la sombra,
y sorben sus limonadas,
cuando brilla el sol, cuando brilla el sol.
Llueve, no me importa,
brilla el sol, hace buen tiempo.
Puedo mostrarte que cuando empieza a llover
todo es igual,
puedo mostrártelo, puedo mostrártelo.
Llueve, no importa,
brilla el sol, hace buen tiempo.
¿Puedes oírme que cuando llueve
y brilla el sol
es solamente un estado de ánimo?
¿puedes oírme? ¿puedes oírme?

Taxman
(Recaudador de Impuestos)

Déjame decirte cómo va a ser,
toca a uno para ti, diecinueve para mí,
porque soy el Recaudador de Impuestos.
Sí, soy el Recaudador de Impuestos.
Si el cinco por ciento te pareciese demasiado poco
puedes agradecer que no lo agarro todo,

porque soy el Recaudador de Impuestos.
Sí, soy el Recaudador de Impuestos.
Si llevas un coche, cargaré un impuesto a la calle,
si intentas sentarte, cargaré un impuesto al asiento,
si tienes demasiado frío, cargaré un impuesto al calor,
si vas a pasear, cargaré un impuesto a tus pies.
Recaudador de Impuestos.
Porque soy el Recaudador de Impuestos.
Sí, soy el Recaudador de Impuestos.
No me preguntes para qué lo quiero
(Recaudador de Impuestos Mister Wilson)
si no quieres pagar más
(Recaudador de Impuestos Mister Heath),
porque soy el Recaudador de Impuestos.
Sí, soy el Recaudador de Impuestos.
Un buen consejo para los que mueren
es que declaren los peniques de sus ojos,
porque soy el Recaudador de Impuestos.
Sí, soy el Recaudador de Impuestos.
Y no estás trabajando más que para mí,
Recaudador de Impuestos.

Eleanor Rigby
(Eleanor Rigby)

Ah, mira a toda la gente solitaria.
Ah, mira a toda la gente solitaria.
Eleanor Rigby recoge el arroz en la iglesia
donde ha habido una boda,
vive en un sueño.
Espera en la ventana, lleva la cara
que conserva en un jarro junto a la puerta,
¿para quién es?
Toda la gente solitaria,
¿de dónde vienen?
Toda la gente solitaria,
¿a dónde pertenecen?
El Padre McKenzie escribe el texto de un sermón
que nadie va a oír,
nadie se acerca.
Míralo trabajando, zurciendo los calcetines
de noche cuando no hay nadie allí,
¿qué le importa?
Toda la gente solitaria,
¿de dónde vienen?
Toda la gente solitaria,
¿a dónde pertenecen?
Ah, mira a toda la gente solitaria.
Ah, mira a toda la gente solitaria.
Eleanor Rigby murió en la iglesia y fue enterrada
junto a su nombre.
Nadie vino.
El Padre McKenzie se limpia el barro de las manos
mientras se aleja de la sepultura.
Nadie se salvó.
Toda la gente solitaria,
¿de dónde vienen?
Toda la gente solitaria,
¿a dónde pertenecen?

I'm only sleeping
(Solamente estoy durmiendo)

Cuando me despierto temprano por la mañana,
levanta mi cabeza, todavía estoy bostezando.
Cuando estoy en medio de un sueño,
quédate en la cama, flota corriente arriba
(flota corriente arriba),
por favor, no me despiertes, no, no me sacudas,
déjame donde estoy, solamente estoy durmiendo.
Todo el mundo parece pensar que soy perezoso.
No me importa, yo creo que están locos
corriendo por todas partes a tal velocidad,
hasta que descubren que no es necesario (no es necesario),
por favor, no estropees mi día, estoy a kilómetros de distancia,
y después de todo, solamente estoy durmiendo.
Vigilando al mundo que pasa por mi ventana,
me lo tomo con calma, tumbado allí y mirando el techo,
en espera de un dulce sueño,
por favor, no estropees mi día, estoy a kilómetros de distancia,
y después de todo solamente estoy durmiendo.
Vigilando al mundo que pasa
por mi ventana,
me lo tomo con calma.
Cuando me despierto temprano por la mañana,
levanta mi cabeza, todavía estoy bostezando,
cuando estoy en medio de un sueño
quédate en la cama, flota corriente arriba
(flota corriente arriba),
por favor, no me despiertes, no, no me sacudas,
déjame donde estoy, solamente estoy durmiendo.

Love to you
(Amor para ti)

Cada día pasa tan rápido,
que me vuelvo y ya ha pasado,
no tienes tiempo de ponerme un letrero.
Ámame mientras puedas,
antes de que sea un viejo difunto.
Una vida es tan corta,
una nueva no se puede comprar,
pero lo que tienes es tanto para mí.
Haz el amor todo el día,
haz el amor cantando canciones,
haz el amor todo el día,
haz el amor cantando canciones.
Hay gente a tu alrededor
que te atornillará en el suelo,
te llenará con todos sus pecados,
ya lo verás.
Te haré el amor
si quieres que lo haga.

Here, there and everywhere
(Aquí, allí y en todas partes)

Para llevar una vida mejor, necesito que mi
amor esté aquí.
Aquí, creando cada día del año,
cambiando mi vida con un gesto de su mano.
Nadie puede negar que hay algo allí.
Allí, pasando la mano
por su cabello,
pensando los dos en lo maravilloso que
puede ser.
Alguien está hablando pero ella no sabe
que él está allí.
La quiero en todas partes, y si ella está a mi
lado
sé que de nada tengo que inquietarme,
porque amarla es encontrarla en todas partes,
sabiendo que el amor tiene que ser recíproco,
cada uno creyendo que el amor no muere
nunca,
contemplando sus ojos y esperando estar
siempre allí.
La quiero en todas partes, y si ella está a mi
lado
sé que de nada tengo que inquietarme,
porque amarla es encontrarla en todas partes,
sabiendo que el amor tiene que ser recíproco,
cada uno creyendo que el amor no muere
nunca,
contemplando sus ojos y esperando estar
siempre allí.
Estar allí y en todas partes,
aquí, allí y en todas partes.

Yellow submarine
(Submarino amarillo)

En la ciudad donde nací
vivía un hombre que surcó los mares
y nos habló de su vida
en la tierra de los submarinos.
Así que navegábamos hasta el sol,
hasta que encontramos el mar verde,
y vivimos bajo las olas,
en nuestro submarino amarillo.
Todos vivimos en el submarino amarillo,
submarino amarillo, submarino amarillo,
todos vivimos en un submarino amarillo,
submarino amarillo, submarino amarillo.
Y nuestros amigos están todos a bordo
muchos más viven al lado
y la banda empieza a tocar.
Todos vivimos en un submarino amarillo,
submarino amarillo, submarino amarillo,
todos vivimos en un submarino amarillo,
submarino amarillo, submarino amarillo.
Como llevamos una vida tranquila,
cada uno tiene todo lo que necesita,
cielos azules y mar verde,
en nuestro submarino amarillo.
Todos vivimos en un submarino amarillo,
submarino amarillo, submarino amarillo.
Todos vivimos en un submarino amarillo,
submarino amarillo, submarino amarillo.

She said she said
(Ella dijo, ella dijo)

Ella dijo sé cómo es estar muerto,
sé lo que es estar triste
y me da ganas de no haber nacido nunca.
Dije quién te puso todas esas cosas en el
pelo,
cosas que me hacen sentir que estoy loco
y me das ganas de no haber nacido nunca.
Ella dijo no entiendes lo que dije,
dije no, no, no, estás equivocada, cuando yo
era chico
todo estaba bien, todo estaba bien.
Dije aunque sepas lo que sabes
sé que estoy listo para irme
porque me das ganas de no haber nacido
nunca.
Ella dijo no entiendes lo que dije,
dije no, no, no, estás equivocada, cuando yo
era chico
todo estaba bien, todo estaba bien.
Dije aunque sepas lo que sabes
sé que estoy listo para irme
porque me das ganas de no haber nacido
nunca.
Ella dijo sé cómo es estar muerto,
sé lo que es estar triste,
sé cómo es estar muerto.

Good day sunshine
(Buenos días, día de sol)

Buenos días, día de sol; buenos días, día de
sol,
buenos días, día de sol.
Necesito reír, y cuando ha salido el sol
tengo algo de qué reírme.
Me encuentro a gusto de un modo especial,
estoy enamorado y es un día de sol.
Buenos días, día de sol, buenos días, día de
sol;
buenos días, día de sol.
Vamos a pasear, brilla el sol,
me quema los pies cuando tocan el suelo.
Buenos días, día de sol; buenos días, día de
sol;
buenos días, día de sol.
Luego nos tumbamos bajo un árbol sombrío
la amo y ella me está amando.
Se encuentra a gusto, sabe que está
guapa,
estoy tan orgulloso de saber que es mía.
Buenos días, día de sol; buenos días, día de
sol;
buenos días, día de sol.
Buenos días, día de sol; buenos días, día de
sol.

And your bird can sing
(Y tu pájaro puede cantar)

Me dices que tienes todo
lo que quieres,
y que tu pájaro puede cantar

pero no me entiendes, no me entiendes.
Dices que has visto siete maravillas
y que tu pájaro es verde,
pero no puedes verme, no puedes verme.
Cuando tus adorados objetos empiezan
a consumirte,
mira en mi dirección, vendré,
vendré.
Cuando tu pájaro se rompa, ¿te va
a deprimir?
Tal vez estés despierta, vendré,
vendré.
Dime que has oído todos los sonidos
que existen
y que tu pájaro puede columpiarse
pero tú no puedes oírme,
no puedes oírme.

For no one
(Por nadie)

Rompe el día, te duele la mente,
descubres que todas las palabras amables que
ella te dijo siguen presentes
cuando ella ya no te necesita.
Ella se levanta, se maquilla, se toma su
tiempo
y no siente que tenga que apurarse,
ya no te necesita.
Y en sus ojos no ves nada,
ningún rastro de amor detrás de sus lágrimas
derramadas por nadie,
un amor que debió haber durado años.
La deseas, la necesitas
y sin embargo no le crees
cuando dice que su amor murió,
crees que te necesita.
Y en sus ojos no ves nada,
ningún rastro de amor detrás de sus lágrimas
derramadas por nadie,
un amor que debió haber durado años.
Te quedas en casa, ella sale,
dice que hace mucho tiempo conocía a
alguien
pero ahora él se fue, ella no lo necesita.
Rompe el día, te duele la mente,
habrá momentos en que todas las cosas que
dijo te llenen la cabeza,
no la olvidarás.
Y en sus ojos no ves nada,
ningún rastro de amor detrás de sus lágrimas
derramadas por nadie,
un amor que debió haber durado años.

Doctor Robert
(El doctor Robert)

Telefonea a mi amigo, dije que llamaras al
doctor Robert,
de día o de noche lo encontrarás a cualquier
hora
al doctor Robert
el doctor Robert, eres un hombre nuevo
y mejorado,
él te ayuda a comprender,

hace todo lo que puede, el doctor Robert.
Si estás en baja forma él te elevará la moral,
el doctor Robert,
bebe de su taza especial, el doctor Robert,
el doctor Robert, es un hombre
en el que tienes que creer,
ayuda a todo el mundo que lo necesita,
nadie puede conseguir lo que consigue
el doctor Robert.
Bueno, bueno, bueno, te encuentras muy
bien,
bueno, bueno, bueno, te ha curado, el doctor
Robert.
Mi amigo trabaja en el Seguro
Obligatorio, el doctor Robert,
no pagues dinero sólo por hacerte visitar
por el doctor Robert,
el doctor Robert, eres un hombre nuevo
y mejorado,
él te ayuda a comprender,
hace todo lo que puede, el doctor Robert.
Bueno, bueno, bueno, te encuentras muy
bien,
bueno, bueno, bueno, te ha curado, el doctor
Robert.
Telefonea a mi amigo, dije que llamaras al
doctor Robert.

Got to get you into my life
(Tienes que entrar en mi vida)

Estaba solo, partí de viaje,
no sabía qué iba a encontrar allí.
Otro camino donde tal vez podría
ver otro tipo de mentalidad.
Oh, entonces, de pronto, te vi a ti,
oh, ¿te he dicho que te necesitaba
todos los días de mi vida?
No te escapaste, no mentiste,
sabías que sólo quería tenerte,
aun si te hubieses ido, sabías que con el
tiempo
volveríamos a encontrarnos, porque te lo
había dicho.
Oh, estás hecha para estar a mi lado,
oh, y quiero que me oigas,
di que estaremos juntos todos los días.
Tienes que entrar en mi vida.
¿Qué puedo hacer, qué puedo ser?
Cuando estoy contigo quiero quedarme allí.
Si soy sincero no partiré nunca,
y si lo hago conozco el camino de regreso.
Oh, entonces, de pronto, te veo,
oh, ¿te he dicho que te necesitaba
todos los días de mi vida?
Tienes que entrar en mi vida.
Tienes que entrar en mi vida.
Estaba solo, partí de viaje
no sabía qué iba a encontrar allí.
Otro camino donde tal vez podría
ver otro tipo de mentalidad,
oh, entonces, de pronto, te vi a ti,
oh, ¿te he dicho que te necesitaba
todos los días de mi vida?
¿Qué estás haciendo con mi vida?

I want to tell you
(Quiero decirte)

Quiero decirte,
tengo en la cabeza tantas cosas que decirte,
cuando estás aquí,
todas esas palabras parecen huir.
Cuando estoy a tu lado
los juegos empiezan a deprimirme,
no importa,
quizás te conseguiré la próxima vez.
Pero si te parezco poco amable,
soy sólo yo, no mi mente,
quien confunde las cosas.
Quiero decirte,
me siento abatido y no sé por qué,
no me importa, puedo esperar para siempre,
tengo tiempo.
A veces me gustaría conocerte bien,
entonces podría decir lo que pienso y decirte
tal vez comprenderías.
Quiero decirte,
me siento abatido y no sé por qué,
no me importa, puedo esperar para siempre,
tengo tiempo. Tengo tiempo.

Tomorrow never knows
(Mañana nunca sabe)

Cierra tu cerebro, relájate y flota
corriente abajo,
no es morir, no es morir,
deja todo pensamiento, entrégate
al vacío.
Resplandece, resplandece.
Para que puedas ver el significado interior,
está hablando, está hablando,
que el amor es todo, el amor es todo el
mundo,
es sabiendo, es sabiendo.
Cuando la ignorancia y la precipitación
pueden lamentar los muertos,
es creer, es creer.
Pero escucha el color de tus sueños,
no es vivir, no es vivir.
O juega el juego de la existencia hasta el
final.
Del principio, del principio.
Del principio. Del principio.

Penny Lane
(Penny Lane)

En Penny Lane hay un barbero que exhibe
fotografías
de cada una de las cabezas que tiene el gusto
de conocer.
Y toda la gente que va y viene
se detiene y dice "Hola".
En la esquina hay un banquero
con un coche,
los chiquillos ríen
a sus espaldas.
Y el banquero nunca lleva impermeable
en la lluvia torrencial –qué raro.

Penny Lane está en mis oídos y en mis ojos,
bajo los cielos azules del suburbio
me recuesto y entretanto allí,
En Penny Lane hay un bombero con un reloj
de arena
y en su bolsillo lleva el retrato
de la Reina.
Le gusta tener su bomba de incendios limpia,
es una máquina limpia.
Penny Lane está en mis oídos y en mis ojos,
empanadas de pescado y rebozado para
cuatro
en verano y entretanto allí,
Detrás del refugio en el centro
del redondel
una linda enfermera vende banderitas
de una bandeja.
Y si bien le parece como si estuviese en
una comedia,
en fin, lo está.
Penny Lane, el barbero afeita
a otro cliente, vemos al banquero esperando
a que le atusen el cabello
y entonces entra precipitadamente el
bombero
huyendo de la lluvia torrencial –qué raro.
Penny Lane está en mis oídos y en mis ojos,
bajo los cielos azules del suburbio
me recuesto y entretanto allí
Penny Lane está en mis oídos y en mis ojos,
bajo los cielos azules del suburbio allí…
¡Penny Lane!

Strawberry Fields forever
(Campos de fresas para siempre)

Déjame llevarte conmigo
porque voy a los Campos de Fresas.
Nada es real
y nada inquieta.
Campos de Fresas para siempre.
Vivir es fácil con los ojos cerrados,
engañoso todo lo que ves.
Resulta difícil ser alguien.
Pero todo se resuelve,
no me importa demasiado.
Déjame llevarte conmigo
porque voy a los Campos de Fresas.
Nada es real
y nada inquieta.
Campos de Fresas para siempre.
Nadie, que yo sepa, está en mi árbol,
quiero decir, que debe ser alto o bajo.
O sea, que no puedes saber sintonizar.
Pero no importa.
O sea, parece que no está mal del todo.
Déjame llevarte conmigo
porque voy a los Campos de Fresas.
Nada es real
y nada inquieta.
Campos de Fresas para siempre.
Siempre, no a veces, cree que soy yo,
pero sabes que sé cuando es un sueño.
Creo que sé que quiero decir un "Sí".
Pero es todo una equivocación,
o sea, creo que no estoy de acuerdo.
Déjame llevarte conmigo

porque voy a los Campos de Fresas.
Nada es real
y nada inquieta.
Campos de Fresas para siempre.
Campos de Fresas para siempre.

Sgt. Pepper's Lonely Hearts Club Band
(Banda del Club de Corazones Solitarios)

Hoy hace veinticinco años que el Sargento
Pepper
enseñaba a la banda a tocar,
han estado y se han pasado de moda,
pero se garantiza que harán sonreír.
Permítanme pues que les presente
la actuación que han conocido durante todos
estos años,
la Banda del Club de Corazones
Solitarios del Sargento Pepper.
Somos la Banda del Club de Corazones
Solitarios
del Sargento Pepper,
esperamos que les divierta el espectáculo,
somos la Banda del Club de Corazones
Solitarios
del Sargento Pepper,
siéntense a gusto y dejen pasar la tarde.
Corazones solitarios del Sargento Pepper,
corazones solitarios del Sargento Pepper,
Banda del Club de Corazones
Solitarios del Sargento Pepper.
Es maravilloso estar aquí,
es realmente emocionante.
Sois un público tan agradable,
nos gustaría llevaros a casa con nosotros,
nos encantaría llevaros a casa.
La verdad es que no quiero parar el
espectáculo,
pero me ha parecido que os gustaría saber
que el cantante va a cantar una canción
y quiere que cantéis todos con él.
Me permito pues presentaros
al único y excepcional Billy Shears
y a la Banda del Club de Corazones Solitarios
del Sargento Pepper.

With a little help from my friends
(Con un poco de ayuda de mis amigos)

Que harías si desentonaras al cantar,
¿te levantarías y me dejarías?
Presta atención y te cantaré una canción
e intentaré no desentonar.
Voy tirando con un poco de ayuda
de mis amigos,
me voy animando con un poco de ayuda
de mis amigos,
voy a probar con un poco de ayuda
de mis amigos.
¿Qué hago cuando mi amor no está?
(¿Te preocupa estar solo?)
cómo me encuentro al final del día
(¿estás triste porque estás solo?)
no, voy tirando con un poco de ayuda

de mis amigos,
me voy animando con un poco de ayuda
de mis amigos,
oh, voy a probar con un poco de ayuda
de mis amigos.
¿Necesitas a alguien?
Necesito amar a alguien.
¿Puede ser cualquiera?
Quiero amar a alguien.
¿Creerías en un amor a primera vista?
sí, estoy seguro que ocurre siempre.
¿Qué ves cuando apagas la luz?
No te lo puedo decir, pero sé que es mío.
Oh, voy tirando con un poco de ayuda
de mis amigos.
Me voy animando con un poco de ayuda
de mis amigos,
oh, voy a probar con un poco de ayuda
de mis amigos.
¿Necesitas a alguien?
sólo necesito amar a alguien,
¿podría ser cualquiera?
quiero amar a alguien. Oh,
voy tirando con un poco de ayuda
de mis amigos,
Mm, voy a probar con un poco de ayuda
de mis amigos,
oh, me voy animando con un poco de ayuda
de mis amigos,
sí, voy tirando con un poco de ayuda
de mis amigos.

Lucy in the sky with diamonds
(Lucy en el cielo con diamantes)

Imagínate en una barca en un río
con árboles con mandarinas y cielos de
mermelada.
Alguien te llama, respondes
lentamente
a una chica con ojos de calidoscopio.
Flores de celofán amarillas y verdes
descollando por encima de tu cabeza.
Buscas a la chica con el sol en los ojos
y ha desaparecido.
Lucy en el cielo con diamantes,
síguela hasta un puente junto a una fuente
donde gente en caballitos come
empanadas de malvavisco,
todo el mundo sonríe cuando pasas mecido
por la corriente
dejando atrás las flores
que crecen tan increíblemente altas.
Taxis de periódico aparecen en la orilla,
esperando llevarte.
Subes en el asiento posterior
con la cabeza en las nubes
y has desaparecido.
Lucy en el cielo con diamantes,
imagínate en un tren en una estación
con mozos de plasticina con corbatas
de espejo,
de pronto alguien está allí
en el torniquete,
la chica con los ojos de calidoscopio.
Lucy en el cielo con diamantes.

Getting better
(Mejorando)

Cada vez va mejor,
solía enloquecer en la escuela,
los profesores que me enseñaban no estaban
al día,
sometiéndome, haciéndome dar vueltas
como una peonza,
llenándome con tus reglas.
Tengo que admitir que va mejor,
cada vez un poco mejor,
tengo que admitir que va mejor,
va mejor desde que eres mía.
Solíame ser un joven airado,
ocultábame la cabeza en la arena,
me diste la palabra,
finalmente la oí,
hago todo lo que puedo.
Tengo que admitir que va mejor,
cada vez un poco mejor, sí,
tengo que admitir que va mejor,
va mejor desde que eres mía.
Solía ser cruel con mi mujer,
la pegaba y la tenía alejada de todas las cosas
que le gustaban.
Chico, qué mezquino era, pero estoy
cambiando
y hago todo lo que puedo.
Tengo que admitir que va mejor,
cada vez un poco mejor,
sí, tengo que admitir que va mejor,
va mejor desde que eres mía.
Cada vez mucho mejor.

Fixing a hole
(Tapando un agujero)

Estoy tapando un agujero por donde entra la
lluvia
e impide a mi mente divagar
a dónde irá.
Estoy llenando las grietas que atravesaban
la puerta
e impedían a mi mente divagar
a dónde irá.
Y realmente no importa si me equivoco,
tengo razón
de donde soy tengo razón
de donde soy.
Mira a la gente aquí de pie
que no está de acuerdo y nunca gana
y se pregunta por qué nunca pueden
cruzar el umbral de mi casa.
Estoy pintando mi habitación con colores
vivos
y cuando mi mente divaga
iré allí.
Y realmente no importa si me equivoco,
tengo razón
de donde soy tengo razón
de donde soy.
Los imbéciles que corren en torno a mí
me fastidian
y nunca me preguntan por qué no atraviesan
el umbral de mi casa.
Estoy ocupado en una serie

de cosas
que ayer no eran importantes
y sigo.
Estoy tapando un agujero por donde entra la
lluvia
e impide a mi mente divagar
a dónde iré.

She's leaving home
(Ella se va de casa)

El miércoles por la mañana a las cinco
cuando empieza el día
cierra silenciosamente la puerta de su cuarto
deja la nota que ella esperaba iba a decir más
baja a la cocina
estrujando el pañuelo
tuerce silenciosamente la llave de la puerta
trasera
al salir ella es libre.
Ella (Le hemos dado casi toda nuestra vida)
se va (Sacrificado casi toda nuestra vida)
de casa (Le hemos dado todo lo que el dinero
puede comprar),
ella se va de casa después de haber vivido
sola
durante tantos años. Chao, chao.
El padre ronca mientras su mujer se pone la
bata,
toma la carta que está allí
y sola en lo alto de la escalera
rompe a llorar y llama a su marido
papá la nena se ha ido.
Por qué tenía que tratarnos con tanta
desconsideración
cómo ha podido hacerme esto.
Ella (Nunca pensamos en nosotros)
se va (Nunca un pensamiento para nosotros)
de casa (Toda la vida luchando duramente
para ir tirando),
ella se va de casa después de haber vivido
sola
durante tantos años. Chao, chao.
El viernes por la mañana a las nueve
está ya lejos
esperando acudir a la cita
que hizo
encontrándose con un empleado de
automóviles.
Ella (En qué nos equivocamos)
se va (No sabíamos que nos equivocábamos)
de casa (La diversión es la única cosa que el
dinero
no puede comprar),
algo dentro de ella que siempre le había sido
negado
durante tantos años. Chao, chao.
Ella se va de casa, chao chao.

Being for the benefit of Mr. Kite
(Siendo a beneficio de Mr. Kite)

A beneficio de Mr. Kite
esta noche habrá una exhibición
en el trampolín.

Los Henderson estarán todos allí
procedentes de la Feria de Pablo Fanques.
Qué espectáculo.
Sobre hombres y caballos, anillas y jarreteras
por último iatravesando un barril de fuego
de verdad!
De este modo Mr. K. desafiará al mundo.
El célebre Mr. K.
realiza su hazaña el sábado
en Bishopsgate,
los Henderson bailarán y cantarán
mientras Mr. Kite vuela a través del aro.
No os retraséis.
Los señores K. y H. aseguran al público
que el espectáculo será único en su género
y naturalmente ¡Henry el Caballo baila
el vals!
La banda empieza a las seis menos diez
cuando Mr. K. ejecuta sus trucos
sin un ruido
y Mr. H. exhibirá
diez saltos mortales que se compromete a
realizar
sobre el duro suelo.
Habiendo estado varios días preparándolo,
se garantiza una velada espléndida para
todos
y esta noche Mr. Kite será la primera figura.

Within you without you
(Dentro de ti, fuera de ti)

Estábamos hablando –sobre el espacio
que existe entre todos nosotros.
Y la gente que se oculta
tras un muro de ilusión
nunca vislumbra la verdad –entonces
es demasiado tarde –cuando pasan.
Estábamos hablando –sobre el amor
que todos nosotros
podríamos compartir –cuando lo encontramos
hacer lo posible para conservarlo
con nuestro amor.
Con nuestro amor –podríamos salvar al
mundo–
si ellos lo supiesen.
Intenta darte cuenta de que está todo
dentro de ti mismo,
nadie puede hacerte cambiar
y hacerte ver que eres realmente poca cosa,
y la vida fluye dentro de ti
y fuera de ti.
Estábamos hablando –del amor
que se ha enfriado y de la gente
que gana el mundo y pierde su alma–
no lo saben –no pueden verlo–
¿eres tú uno de ellos?
Cuando has visto mas allá de ti mismo–
entonces puedes encontrar la paz del espíritu,
está allí esperando–
Y llegará el momento en que veas
que somos un todo
y que la vida fluye dentro de ti
y fuera de ti.

When I'm sixty-four
(Cuando tenga sesenta y cuatro años)

Cuando sea más viejo y empiece a perder el
pelo,
faltan todavía muchos años.
¿Me seguirás mandando una postal por San
Valentín,
felicitación de cumpleaños, botella de vino?
Si hubiese estado fuera hasta las tres menos
cuarto,
¿cerrarías la puerta con llave?
¿Seguirás necesitándome, seguirás
alimentándome,
cuando tenga sesenta y cuatro años?
También tú serás vieja,
y si dices la palabra
podría quedarme contigo.
Sería mañoso, cambiando los fusibles
cuando se fundiese la luz.
Tú puedes hacer un suéter junto al hogar,
el domingo por la mañana dar una vuelta
cuidando el jardín, arrancando las hierbas
quién podría pedir más.
¿Seguirás necesitándome, seguirás
alimentándome,
cuando tenga sesenta y cuatro años?
Todos los veranos podemos alquilar una
casita
en la Isla de Wight, si no es demasiado cara,
podemos reducir gastos y ahorrar,
los nietos en tus rodillas,
Vera, Chuck y Dave.
Mándame una postal, ponme dos líneas
diciendo tu punto de vista,
indica exactamente lo que quieres decir,
tu seguro servidor que se consume,
dame tu respuesta, rellena un impreso,
mía para siempre jamás.
¿Seguirás necesitándome, seguirás
alimentándome
cuando tenga sesenta y cuatro años?

Lovely Rita
(Linda Rita)

Linda Rita, doncella del contador.
Linda Rita, doncella del contador.
Linda Rita, doncella del contador.
Nada puede interponerse entre nosotros,
cuando anochece llevo a remolque tu
corazón.
Allí junto a un parquímetro
cuando vislumbré a Rita
rellenando un billete en su librito blanco.
Con gorro parecía mucho mayor
y la bolsa en bandolera
le hacía parecerse un poco a un militar.
Linda Rita, doncella del contador,
puedo preguntarte discretamente
cuándo estás libre
para tomar té contigo.
Salí con ella e intenté ganármela,
reímos y durante la comida
le dije que realmente me gustaría
verla de nuevo,
me dieron la cuenta y Rita pagó

la llevé a casa y casi la conseguí,
sentado en el sofá con una hermana o dos.
Oh, linda Rita, doncella del contador
dónde estaría sin ti,
guíñame un ojo y hazme pensar en ti.

Good morning, good morning
(Buenos días, buenos días)

Nada a hacer para salvar su vida llama a su
mujer,
nada que decir sino qué día, cómo
se ha portado tu hijo,
nada a hacer depende de ti,
no tengo nada que decir pero no importa.
Buenos días, buenos días,
buenos días…
Yendo a trabajar, no quieres ir, estando
en baja forma,
dirigiéndote a casa empiezas a deambular,
entonces estás en la ciudad,
todo el mundo sabe que no hay nada que
hacer,
todo esta cerrado, es como una ruina,
todo el mundo que ves está medio dormido
y tu estás solo, estás en la calle.
Buenos días, buenos días…
Al cabo de un rato empiezas a sonreír, ahora
te encuentras en forma.
Entonces decides darte una vuelta por la vieja
escuela.
Nada ha cambiado, es todavía la misma,
no tengo nada que decir, pero no importa.
Buenos días, buenos días,
buenos días…
La gente va con prisas, son las cinco.
En toda la ciudad está oscureciendo.
Todo el mundo que ves está lleno de vida.
Es la hora del té y de reunirse con la mujer.
Alguien necesita saber la hora, contento
de que yo esté allí.
Mirando las faldas empiezas a coquetear,
ahora
estás en el juego.
Vas a un espectáculo, esperas que ella vaya.
No tengo nada que decir, pero no importa.
Buenos días, buenos días,
buenos días…

Sgt. Pepper's Lonely Hearts Club Band (Reprise)
**(Banda del Club de Corazones Solitarios)
Recapitulación**

Donde está la Banda del Club de Corazones
Solitarios del Sargento Pepper.
Esperamos que les divierta el espectáculo,
Banda del Club de Corazones
Solitarios del Sargento Pepper.
Lo lamentamos pero es tiempo de irnos.
Corazones solitarios del Sargento Pepper,
corazones solitarios del Sargento Pepper,
corazones solitarios del Sargento Pepper,
corazones solitarios del Sargento Pepper,
Banda del Club de Corazones

Solitarios del Sargento Pepper.
Nos gustaría agradecerles nuevamente
Banda del Club de Corazones
Solitarios del Sargento Pepper.
Estamos cerca del final.
Corazones solitarios del Sargento Pepper,
corazones solitarios del Sargento Pepper.
Banda del Club de Corazones
Solitarios del Sargento Pepper.

A day in the life
(Un día en la vida)

Hoy he leído las noticias, chico,
sobre un hombre afortunado que triunfó,
y si bien las noticias eran más bien tristes,
bueno, no tenía más remedio que reír,
vi la fotografía,
reventó su cerebro en un coche,
no se dio cuenta de que las luces
habían cambiado,
un tropel de gente se detuvo y se quedó
mirando,
habían visto su cara antes,
nadie estaba realmente seguro
de si era en la Casa de los Lores.
Hoy he visto una película, chico,
el ejército inglés acababa de ganar la guerra,
un tropel de gente volvió la espalda,
pero yo no podía apartar la vista
habiendo leído el libro.
Me gustaría iniciarte.
Me desperté, caí de la cama,
rastrillé un peine por mi cabeza,
encontré mi camino escaleras abajo y bebí
una taza
y al mirar hacia arriba me di cuenta de que
era tarde.
Encontré el abrigo y tomé el sombrero,
agarré el autobús por un pelo,
encontré mi camino escaleras arriba y fumé
uno,
alguien me habló y entré
en un sueño.
Hoy he leído las noticias, chico
cuatro mil agujeros en Blackburn
Lancashire,
y si bien los agujeros eran más bien
pequeños
tenían que contarlos todos:
ahora saben cuántos agujeros se necesitan
para llenar el Albert Hall.
Me gustaría iniciarte.

All you need is love
(Todo lo que necesitas es amor)

Amor, amor, amor, amor, amor, amor, amor,
amor, amor.
No hay nada de lo que tú puedes hacer
que no pueda ser hecho.
Nada de lo que puedes cantar que no pueda
ser cantado.
Nada puedes decir pero puedes aprender
el juego.

Es fácil.
No hay nada de lo que tú puedes hacer
que no pueda ser hecho.
Nadie a quien puedes salvar que no pueda
ser salvado.
Nada puedes hacer pero puedes aprender
cómo ser tú a tiempo.
Es fácil.
Todo lo que necesitas es amor,
todo lo que necesitas es amor,
todo lo que necesitas es amor, amor,
amor es todo lo que necesitas.
Amor, amor, amor, amor, amor, amor, amor,
amor, amor.
Todo lo que necesitas es amor,
todo lo que necesitas es amor,
todo lo que necesitas es amor, amor,
amor es todo lo que necesitas.
No hay nada de lo que tú puedes saber
que no se sepa.
Nada de lo que puedes ver que no esté visto.
En ninguna parte puedes estar que no sea
donde deberías estar.
Es fácil.
Todo lo que necesitas es amor,
todo lo que necesitas es amor,
todo lo que necesitas es amor, amor,
amor es todo lo que necesitas.
Todo lo que necesitas es amor (todos juntos,
ahora)
Todo lo que necesitas es amor (todo el
mundo)
Todo lo que necesitas es amor, amor,
amor es todo lo que necesitas.

Baby, you're a rich man
(Chico, eres rico)

¿Qué sensación da ser
uno de esta gente preciosa?
Ahora que sabes quién eres
¿que quieres ser?
¿y has viajado muy lejos?
Lejos cuanto alcanza el ojo.
¿Qué sensación da ser
uno de esta gente preciosa?
¿cuántas veces has estado allí?
Las suficientes para saber.
¿Qué viste cuando estabas allí?
Nada que no se pueda ver.
Chico, eres rico,
chico, eres rico,
chico, eres rico también tú.
Guardas tu dinero en una gran bolsa marrón
dentro de un zoo.
Vaya cosa de hacer.
Chico, eres rico,
chico, eres rico,
chico, eres rico también tú.
¿Qué sensación da ser
uno de esta gente preciosa?
Afinado a La Mi becuadro,
contento de que sea así.
Ahora que has encontrado otra clave
¿que vas a tocar?
Chico, eres rico,
chico, eres rico,

chico, eres rico también tú.
Guardas tu dinero en una gran bolsa
marrón
dentro de un zoo.
Vaya cosa de hacer.
Chico, eres rico…

Hello, Goodbye
(Hola, Adiós)

Tú dices sí, yo digo no,
tú dices párate, yo digo sigue, sigue, sigue.
Oh, no.
Tú dices adiós yo digo hola, hola, hola.
No sé por qué tú dices adiós yo digo
hola, hola, hola.
No sé por qué tú dices adiós yo digo
hola, hola, hola.
Yo digo alto, tú dices bajo,
tú dices por qué y yo digo no lo sé.
Oh, no.
Tú dices adiós y yo digo hola, hola, hola.
No sé por que tú dices adiós yo digo
hola, hola, hola.
No sé por qué tú dices adiós yo digo
hola, hola, hola.
Por qué, por qué, por qué, por qué dices
adiós, adiós, adiós.
Oh, no.
Tú dices adiós yo digo hola, hola, hola.
No sé por qué tú dices adiós y yo digo
hola, hola, hola.
No sé por qué tú dices adiós y yo digo
hola, hola, hola.
Tú dices sí, yo digo no (digo sí pero quiero
decir no).
Tú dices párate y yo digo sigue, sigue, sigue
(puedo quedarme hasta que sea el momento
de irme).
Oh, oh no.
Tú dices adiós y yo digo hola, hola, hola.
No sé por qué tú dices adiós yo digo
hola, hola, hola.
No sé por qué tú dices adiós yo digo
hola, hola, hola.
Hola, hola, hola.
Hela, heba ,holoa.

Magical Mystery Tour
(Mágica Gira Misteriosa)

Vengan, vengan a la Gira Misteriosa.
Vengan, vengan a la Gira Misteriosa.
(vengan) es una invitación,
vengan a la Gira Misteriosa,
(vengan) a reservar una plaza,
vengan a la Gira Misteriosa,
la Mágica Gira Misteriosa está esperando
para llevarles,
esperando para llevarles.
Vengan, vengan a la Gira Misteriosa.
Vengan, vengan a la Gira Misteriosa.
(vengan) tenemos todo lo que necesiten,

(vengan) para la Gira Misteriosa,
(vengan) satisfacción garantizada,
vengan a la Gira Misteriosa,
la Mágica Gira Misteriosa está esperando
para llevarles,
esperando para llevarles ahora,
la Mágica Gira Misteriosa,
vengan, vengan a la Gira Misteriosa.
(vengan) es una invitación,
vengan a la Gira Misteriosa,
(vengan) a reservar una plaza,
vengan a la Gira Misteriosa,
la Mágica Gira Misteriosa está llegando
para llevarles,
llegando para llevarles,
la Mágica Gira Misteriosa se muere
por llevarles,
se muere por llevarles – llevarles hoy.

Your Mother should know
(Vuestras madres deberían conocerla)

Levantémonos todos y cantemos una canción
que fue un éxito antes de que vuestras
madres nacieran.
Si bien nacieron hace tiempo
vuestras madres deberían conocerla –vuestras
madres deberían conocerla
cantadla de nuevo.
Alzad vuestros corazones y cantadme una
canción
que fue un éxito antes de que vuestras
madres
nacieran.
Si bien nacieron hace tiempo
vuestras madres deberían conocerla –vuestras
madres
deberían conocerla
vuestras madres deberían conocerla –vuestras
madres
deberían conocerla
vuestras madres deberían conocerla –vuestras
madres
deberían conocerla.

I am the walrus
(Soy la morsa)

Yo soy él como tú eres él como tú eres yo
y nosotros estamos todos juntos.
Mira cómo corren como cerdos de un fusil
mira cómo vuelan.
Estoy llorando.
Sentado en una palomita de maíz, esperando
que llegue la furgoneta.
Camiseta de la Corporación, maldito imbécil
tipo de los martes has sido un mal chico
has dejado que tu cara se alargase.
Soy el hombrehuevo oh, ellos son
los hombres huevo –
Oh, soy la morsa GU GU GU CHUB.
Policía señor Ciudad sentando a linda policía
en una fila,
mira cómo vuelan como Lucy en el cielo–
mira cómo corren

estoy llorando – estoy llorando estoy
llorando.
Materia amarilla de flan goteando
del ojo de un perro muerto.
Pescadera cajón de cangrejo pornográfica
sacerdotisa muchacho has sido una mala
chica,
te has dejado caer las bragas.
Soy el hombrehuevo oh, ellos son
los hombres huevo –
Oh, soy la morsa GU GU GU CHUB.
Sentado en un jardín inglés esperando el sol,
si el sol no llega te pones moreno
de estar bajo la lluvia inglesa.
Soy el hombrehuevo oh, ellos son
los hombreshuevo–
Oh, soy la morsa GU GHUB, GU, GU CHUB.
Expertos texpertos fumadores sofocados, ¿no
creéis que el comodín se está
riendo de vosotros?
¡Ja, ja ja!
Mira cómo ríen,
como cerdos en una pocilga, mira
cómo morreaban.
Estoy llorando.
Sardinas de sémola trepando por la Torre
Eiffel.
Pingüino elemental cantando Hare Krishna
hombre tendrías que haberles visto
dando patadas a Edgar Allan Poe.
Soy el hombreshuevo oh, ellos son
los hombrehuevo –
Oh soy la morsa GU GU GU CHUB
GU GU GU CHUB GU GU
GUUUUUUUUCHUB.

The fool on the hill
(El tonto en la colina)

Día tras día, solo en una colina,
el hombre con sonrisa de tonto permanece
perfectamente inmóvil.
Pero nadie quiere conocerle,
pueden ver que es simplemente un tonto
y nunca da una respuesta.
Pero el tonto en la colina ve como se pone
el sol
y los ojos en su cabeza ven como da vueltas
el mundo.
Ya en camino, la cabeza en una nube,
el hombre de las mil voces habla
perfectamente alto.
Pero nunca le oye nadie
o el sonido que parece que está haciendo
y nunca parece darse cuenta.
Pero el tonto de la colina ve como se pone
el sol
y los ojos en su cabeza ven como da vueltas
el mundo.
Y no parece que guste a nadie,
ellos pueden decir lo que quiere hacer
y él nunca muestra sus sentimientos.
Pero el tonto en la colina ve como se pone
el sol
y los ojos en su cabeza ven como da vueltas
el mundo.
Él nunca les escucha,

sabe que los tontos son ellos.
A ellos no les gusta él.
El tonto en la colina ve como se pone
el sol
y los ojos en su cabeza ven como da vueltas
el mundo.

Blue Jay Way
(Blue Jay Way)

Hay niebla sobre L.A.
y mis amigos se han perdido
pasaremos enseguida, decían,
pero en cambio se han perdido.
Por favor, no tardéis, por favor, no tardéis
mucho
por favor, no tardéis o me dormiré
bueno, ya se ha visto
y les dije cómo ir
preguntad a un policía de la calle
se encuentran tantos
por favor, no tardéis, por favor, no tardéis
mucho
por favor, no tardéis o me dormiré
ahora ya ha pasado la hora de acostarme
y realmente me gustaría irme
pronto va a amanecer
sentado aquí en Blue Jay Way
por favor, no tardéis, por favor, no tardéis
mucho
por favor, no tardéis o me dormiré.
Por favor no tardéis, por favor, no tardéis
mucho
por favor, no tardéis
por favor, no tardéis, por favor, no tardéis
mucho
por favor no tardéis
por favor, no tardéis, por favor, no tardéis
mucho
por favor, no tardéis
no tardéis – no tardéis – no tardéis
no tardéis – no tardéis – no tardéis.

Lady Madonna
(Lady Madonna)

Lady Madonna los niños a tus pies,
me pregunto cómo puedes arreglártelas
con lo que tienes.
¿Quién encuentra el dinero cuando pagas
el alquiler?
¿Pensabas que el dinero te lo había mandado
el cielo?
El viernes por la noche llegas sin maletas,
el domingo por la mañana caminas de
puntillas cómo una monja,
el niño del lunes ha aprendido a atarse el
cordón de las botas.
Mira cómo correrán.
Lady Madonna el niño en tu pecho
se pregunta cómo te las arreglas para
alimentar al resto.
Mira cómo correrán.
Lady Madonna, estás tumbada en la cama,
escuchas la música que suena en tu cabeza.

El martes por la tarde no se acaba nunca,
el miércoles por la mañana no llegaban los
periódicos,
el jueves por la noche tus medias necesitaban
un zurcido.
Mira como correrán.
Lady Madonna los niños a tus pies
se preguntan cómo puedes arreglártelas
con lo que tienes.

The inner light
(La luz interior)

Sin cruzar mi puerta
puedo conocer todas las cosas de la tierra.
Sin asomarme a la ventana
podría conocer las sendas del cielo.
Más lejos viaja uno,
menos conoce,
menos conoce.
Sin cruzar tu puerta
puedes conocer todas las cosas de la tierra.
Sin asomarte a la ventana
puedes conocer las sendas del cielo.
Más lejos viaja uno,
menos conoce,
menos conoce.
Llega sin viajar.
Velo todo sin mirar.
(Míralo todo sin ver).

Step inside love
(Entra, amor)

Entra, amor, te buscaré un lugar
donde los problemas del día desaparezcan
gracias a tu sonrisa.
Estamos juntos ahora y para siempre, ven
conmigo.
Entra, amor, y quédate.
Entra, amor, entra, amor, entra, amor.
Quiero que te quedes.
Te noto cansada, amor, bajaré la luz,
entra que afuera hace frío, apoya la cabeza
en mi hombro
y dame amor esta noche.
Siempre voy a estar aquí si me necesitas,
noche y día.
Entra, amor, y quédate.
Entra, amor, entra, amor.
Quiero que te quedes.
Cuando te vayas dime que me volverás a ver
porque voy a saber en mi interior que
estaremos juntos
y te voy a extrañar hasta entonces.
Estaremos juntos ahora y para siempre, ven
conmigo.
Entra, amor, y quédate.
Entra, amor
(quiero que entres).
Entra, amor
(sé que es así).
Quiero que te quedes.

Hey Jude
(Eh, Jude)

Eh, Jude, no lo eches a perder,
toma una canción triste y mejórala,
acuérdate de acogerla en tu corazón,
entonces puedes empezar a mejorarla.
Eh, Jude, no tengas miedo,
estabas hecha para ir y tomarla,
el momento en que la aceptas
ya empiezas a mejorarla.
Y cada vez que sientas el dolor,
Eh, Jude, contrólate,
no cargues el mundo
sobre tus espaldas.
Porque sabes muy bien que es un tonto
que se hace el indiferente,
haciendo su mundo un poco más frío.
Eh, Jude, no me falles,
la has encontrado, ahora tómala,
acuérdate (Eh, Jude) de acogerla
en tu corazón,
entonces puedes empezar a mejorarla.
Así que déjalo salir y déjalo entrar,
Eh, Jude, empieza,
estás esperando a alguien con quien actuar.
Y no sabes que eres precisamente tú.
Eh, Jude, saldrás con la tuya,
el movimiento que necesitas está
en tu espalda.
Eh, Jude, no lo eches a perder,
toma una canción triste y mejórala,
acuérdate de aceptarla,
entonces empezarás a mejorarla.

Revolution
(Revolución)

Dices que quieres una revolución,
muy bien, sabes
que todos queremos cambiar el mundo.
Me dices que eso es evolución,
muy bien, sabes
que todos queremos cambiar el mundo.
Pero cuando hablas de destrucción,
no sabes que puedes dejar
de contar conmigo.
No sabes que todo va a arreglarse,
arreglarse, arreglarse.
Dices que tienes una verdadera solución,
muy bien, sabes
que a todos nos gustaría ver el proyecto.
Me pides una contribución,
muy bien, sabes
que estamos haciendo lo que podemos.
Pero si quieres dinero para gente
con sentimientos de odio,
todo lo que puedo decirte es, hermano,
tienes que esperar.
No sabes que todo va a arreglarse,
arreglarse, arreglarse.
Dices que cambiaras una constitución,
muy bien, sabes
que todos queremos cambiar tu cabeza.
Me dices que es la institución,
muy bien, sabes
que en vez de eso es mejor que liberes tus

ideas,
Pero si sigues llevando fotos
del Presidente Mao,
no vas a conseguir nada con nadie
de todas maneras.
No sabes que va a arreglarse,
arreglarse, arreglarse.

Back in the U.S.S.R.
(De regreso a la U.R.S.S.)

Vine de Miami Beach en un B.O.A.C.
No me acosté la noche pasada.
Durante el viaje con la bolsa de papel
en mis rodillas.
Chico, fue un vuelo horrible.
Estoy de nuevo en la U.R.S.S.
No sabes la suerte que tienes, chico,
de regreso a la U.R.S.S.
Después de tanto tiempo, apenas si reconocí
el sitio.
Caramba, es estupendo estar otra vez en tu
país.
Espera hasta mañana para abrir el equipaje.
Chata, desconecta el teléfono.
Estoy de nuevo en la U.R.S.S.
No sabes la suerte que tienes, chico,
de regreso a los E.E. De regreso a los E.E.
De regreso a la U.R.S.S.
Bueno, las chicas de Ucrania realmente me
dejan atontado.
Las del Oeste se quedan atrás.
Y las chicas de Moscú me hacen cantar
y gritar
que Georgia está siempre en mi corazón.
Estoy de nuevo en la U.R.S.S.
No sabéis la suerte que tenéis, chicos,
de regreso a la U.R.S.S.
Enséñame tus nevadas cumbres
allá en el sur,
llévame a la granja de tu papá,
déjame oír el tañido de la balalaika,
acércate y da calor a tu camarada.
Estoy de nuevo en la U.R.S.S.
No sabéis la suerte que tenéis, chicos.
De regreso a la U.R.S.S.

Dear Prudence
(Querida Prudencia)

Querida Prudencia, ¿no quieres salir
a jugar?
Querida Prudencia, saluda al rayo del nuevo
día
Ha salido el sol, el cielo es azul.
Es maravilloso y lo mismo eres tú
Querida Prudencia, ¿no quieres salir
a jugar?
Querida Prudencia, abre los ojos.
Querida Prudencia, mira los cielos soleados
El viento es bajo, los pájaros cantaran
que eres parte de todo.
Querida Prudencia, ¿no quieres abrir
los ojos?
Mira a tu alrededor, rededor

Mira a tu alrededor, rededor, rededor
Mira a tu alrededor.
Querida Prudencia, déjame ver tu sonrisa.
Querida Prudencia, como una niña.
Las nubes serán una cadena de margaritas.
Déjame pues ver tu sonrisa de nuevo.
Querida Prudencia, no quieres dejarme ver
tu sonrisa?

Glass onion
(Cebolla de cristal)

Ya te hablé de los campos de fresas.
Conoces el sitio donde nada
es real.
Pues bien, aquí hay otro sitio al que puedes ir
donde nada fluye.
Mirando a través de los tulipanes inclinados
hacia atrás para ver cómo viven los otros
mirando a través de una cebolla de cristal.
Ya te hablé de la morsa y yo –amigo.
Sabes que nos entendíamos perfectamente –
amigo.
Pues bien, aquí hay otra pista para todos
vosotros.
La morsa era Paul
de pie en la playa de acero colado –sí.
Lady Madonna intentando arreglárselas
–sí.
Mirando a través de una cebolla de cristal.
Oh, sí, oh, sí, oh, sí.
Mirando a través de una cebolla de cristal.
Te conté del tonto en la colina.
Te lo digo que todavía está viviendo allí.
Pues bien, aquí hay otro sitio en el que
puedes estar.
Escúchame.
Tapando un agujero en el océano
intentando machihembrar una juntura –sí
mirando a través de una cebolla de cristal.

Ob-la-di, Ob-la-da
(Ob-la-di, Ob-la-da)

Desmond tiene un tenderete
en el mercado.
Molly es cantante en un conjunto.
Desmond le dice a Molly: muchacha, me
gusta
tu cara,
y Molly le dice esto mientras le tiene
de la mano.
Obladí obladá, la vida prosigue, la
ralá, cómo prosigue la vida;
obladí obladá, la vida prosigue, la
ralá, cómo prosigue la vida.
Desmond se va con una bandeja al joyero,
compra un anillo de oro de veinte quilates.
Se lo lleva a Molly que está esperando
en la puerta,
y cuando se lo da ella empieza
a cantar.
En un par de años han construido
un hogar dulce hogar,
con un par de chavales corriendo por el patio

de Desmond y Molly Jones.
Y así vivieron felices para siempre en el
mercado.
Desmond deja a los niños que le den una
mano.
Molly se queda en casa arreglando
su linda cara
y por la noche lo canta todavía
con el conjunto.
Y así vivieron felices para siempre en el
mercado.
Molly deja a los niños que le den una mano.
Desmond se queda en casa arreglando
su linda cara
y por la noche ella canta
con el conjunto.
Y si quieres algo divertido – toma Obladí
Obladá.

Wild honey pie
(Pastelito de miel silvestre)

Pastelito de miel
pastelito de miel
pastelito de miel
pastelito de miel
pastelito de miel hola…

The continuing story of Bungalow Bill
(Continúa la historia de Bungalow Bill)

Eh, Bungalow Bill,
¿qué has matado,
Bungalow Bill?
Salió a la caza del tigre
con su elefante y su fusil.
En caso de accidente
llevaba siempre a su madre.
Es el típico hijo de mamá americano,
cabeza de huevo sajona.
Todos los niños cantan:
Eh, Bungalow Bill,
¿qué has matado,
Bungalow Bill?
En el corazón de la selva donde el poderoso
tigre reposa,
Bill y sus elefantes fueron apresados
por sorpresa.
Entonces el capitán Maravillas disparó
justo entre los ojos.
Todos los niños cantan:
Eh, Bungalow Bill,
¿qué has matado,
Bungalow Bill?
Los niños le preguntaron si matar no era
pecado.
No cuando tenía este aspecto tan feroz,
interrumpió su madre.
Si las miradas pudiesen matar, habríamos sido
nosotros en vez de él.
Todos los niños cantan:
Eh, Bungalow Bill
¿qué has matado,
Bungalow Bill?

Happiness is a warm gun
(La felicidad es un fusil caliente)

Es una chica que no se pierde nada.
Sí, sí, sí, sí.
Está familiarizada con el tacto
de la mano de terciopelo
como un lagarto en el cristal de una ventana.
El hombre entre el gentío
con los espejos de mil colores
sobre sus botas de tachuelas
mintiendo con los ojos mientras las manos
están ocupadas,
haciendo horas extraordinarias,
una impresión jabonosa de su mujer a la que
comió
y donó a los Amigos de los Museos.
Necesito una dosis porque me estoy
hundiendo.
Hundiendo hasta las cosas que he dejado en
la ciudad.
Necesito una dosis porque me estoy
hundiendo.
Madre Superiora, salte el fusil,
Madre Superiora, salte el fusil,
Madre Superiora, salte el fusil,
Madre Superiora, salte el fusil.
La felicidad es un fusil caliente,
la felicidad es un fusil caliente:
Cuando te tengo en mis brazos
y siento mi dedo en tu gatillo
sé que nadie puede hacerme daño,
porque la felicidad es un fusil caliente.
Sí, lo es.

Martha my dear
(Marta, querida mía)

Marta, querida mía, si bien paso mis días
conversando,
Por favor,
acuérdate de mí Marta, amor mío,
no me olvides, Marta, querida mía,
levanta la cabeza, boba, mira
qué has hecho:
cuando te encuentres bien en medio
sírvete un poco de todo
lo que te rodea,
boba.
Mira bien a tu alrededor,
mira bien a tu alrededor, por fuerza verás
que tú y yo hemos nacido
el uno para el otro,
boba.
Extiende tu mano, boba, verás
qué has hecho:
cuando te encuentres bien en medio
sírvete un poco de todo
lo que te rodea,
boba.
Marta, querida mía, has sido siempre
mi inspiración.
Por favor,
sé buena conmigo Marta, amor mío,
no me olvides Marta, querida mía.

I'm so tired
(Estoy tan cansado)

Estoy tan cansado, no he pegado ojo,
estoy tan cansado, mi cerebro está
parpadeando.
Me pregunto si no debería levantarme
y prepararme una bebida.
No, no, no.
Estoy tan cansado, no sé qué hacer.
Estoy tan cansado, mi cerebro está
tan obsesionado contigo.
Me pregunto si no debería telefonearte,
pero sé lo que harías.
Dirías que te estoy tomando el pelo.
Pero no es broma, me está haciendo mucho
daño.
Sabes que no puedo dormir ni detener
a mi cerebro.
Sabes que hace tres semanas, estoy
enloqueciendo.
Sabes que te daría todo lo que tengo
por un poco de paz.
Estoy tan cansado, me siento tan triste,
y aunque estoy tan cansado, voy a fumar
otro pitillo.
Y maldito Sir Walter Raleigh.
Era un tipo tan imbécil.

Blackbird
(Mirlo)

Mirlo que canta en el corazón de la noche,
toma estas alas rotas y aprende a volar.
Toda tu vida
la has pasado esperando
que llegase este momento.
Mirlo que canta en el corazón de la noche,
toma estos ojos hundidos y aprende a ver.
Toda tu vida
la has pasado esperando
que llegase este momento para ser libre.
Vuela, mirlo, vuela, mirlo
a la luz de la profunda noche oscura.
Vuela, mirlo, vuela, mirlo
a la luz de la profunda noche oscura.
Mirlo que canta en el corazón de la noche,
toma estas alas rotas y aprende a volar.
Toda tu vida
la has pasado esperando
que llegase este momento,
la has pasado esperando
que llegase este momento,
la has pasado esperando
que llegase este momento.

Rocky Racoon
(Rocky Mapache)

Bueno, en algún lugar, en las montañas
negras de Dakota,
vivía un muchacho llamado Rocky Mapache.
Y un día su mujer se largó con otro tipo.
Dio al joven Rocky en un ojo, a Rocky no le
gustó eso.

Dijo: voy a ajustar las cuentas a este
muchacho.
Así que un día se dirigió a la ciudad,
pidió una habitación en el "saloon".
Rocky Mapache registró la habitación,
sólo encontró la Biblia de Gedeón.
Rocky había llegado con un fusil
para rebanarle las piernas a su rival.
Su rival, por lo visto, había destruido sus
sueños
robándole la muchacha de su corazón.
Se llamaba Magill y se hacía llamar Lill
pero todo el mundo la conocía por Nancy.
Bueno, ella y su hombre, que se hacía llamar
Dan,
estaban en la habitación de al lado a la hora
de verse las caras.
Rocky entró precipitadamente y sonriendo
una sonrisa
dijo: Danny, muchacho, ha llegado el
momento
de ajustar las cuentas,
pero Daniel era impaciente: desenfundó
primero
y disparó y Rocky se desplomó en un rincón.
Bueno, entonces llegó el doctor apestando
a ginebra y empezó a tumbarse en la mesa.
Dijo: Rocky, has encontrado la horma de tu
zapato.
Y Rocky dijo: doctor, es sólo un rasguño,
se me pasará, se me pasará, doctor, tan
pronto como pueda.
Bueno, entonces Rocky Mapache se fue
tambaleando a su habitación
para no encontrar más que la Biblia de
Gedeón.
Gedeón registró su salida y la dejó sin duda
para ayudar a la recuperación del buen
Rocky.

Why don't we do it in the road?
(¿Por qué no lo hacemos en la calle?)

¿Por qué no lo hacemos en la calle?
Nadie nos va a mirar.
¿Por qué no lo hacemos en la calle?

I will
(Lo haré)

Quién sabe por cuánto tiempo te he amado.
Sabes que todavía te amo.
¿Esperaré una existencia solitaria?
Si así lo quieres, lo haré.
Porque si alguna vez te vi
no entendí bien tu nombre.
Pero nunca importó demasiado,
mis sentimientos serán siempre los mismos.
Te amo para siempre y siempre.
Te amo con todo mi corazón.
Te amo siempre que estamos juntos.
Te amo cuando estamos separados.
Y cuando finalmente te encuentre,
tu canción llenará el aire.
Canta fuerte para que pueda oírte.

Haz que sea fácil estar cerca de ti,
porque las cosas que haces me obligan a
quererte.
Sabes que lo haré.
Lo haré.

Julia
(Julia)

La mitad de lo que digo no tiene sentido
pero sólo lo digo para llegar a ti, Julia.
Julia, Julia, niñaocéano, me llama
así que canto una canción de amor, Julia.
Julia, ojos de concha marina, sonrisa de aire,
me llama
así que canto una canción de amor, Julia.
Su cabello de cielo flotante riela,
espejea
en el sol.
Julia, Julia, luna del alba, tócame
para que cante una canción de amor, Julia.
Cuando no puedo cantar mi corazón
sólo puedo hablar abiertamente, Julia.
Julia, arena durmiente, nube silenciosa,
tócame
para que cante una canción de amor, Julia.
Hum hum hum hum… me llama
así que canto una canción de amor para Julia,
Julia, Julia.

Birthday
(Cumpleaños)

Dices que es tu cumpleaños.
Es también mi cumpleaños, sí.
Dicen que es tu cumpleaños.
Vamos a pasarlo bien.
Me alegra que sea tu cumpleaños
Feliz cumpleaños.
Sí, vamos a una fiesta fiesta.
Sí, vamos a una fiesta fiesta.
Sí, vamos a una fiesta.
Me gustaría que bailaras – Cumpleaños
Aprovecha-cha-cha-cha la ocasión –
Cumpleaños
Me gustaría que bailaras – un baile
de cumpleaños.
Dices que es tu cumpleaños.
Bueno, es también mi cumpleaños – sí.
Dices que es tu cumpleaños.
Vamos a pasarlo bien.
Me alegra que sea tu cumpleaños.
Feliz cumpleaños.

Yer blues
(Yer blues)

Sí, estoy solo, quiero morir.
Sí, estoy solo, quiero morir.
Si es que todavía no me he muerto.
Oh, muchacha, tú conoces el motivo.
Por la mañana quiero morir.
Por la tarde quiero morir.

Si es que todavía no me he muerto.
Oh, muchacha, tú conoces el motivo.
Mi madre era del cielo.
Mi padre era de la tierra.
Pero yo soy del universo
y ya sabes lo que eso vale.
Estoy solo, quiero morir.
Si es que todavía no me he muerto.
Oh, muchacha, tú conoces el motivo.
El águila picotea mis ojos.
El gusano lame mis huesos.
Me siento tan suicida,
exactamente como el Mr. Jones de Dylan.
Solo, quiero morir.
Si es que todavía no me he muerto.
Oh, muchacha, tú conoces el motivo.
Nube negra cruzaba mi mente.
Neblina azul en torno a mi alma.
Me siento tan suicida.
Odio incluso mi rock and roll.
Quiero morir, sí, quiero morir.
Si es que todavía no me he muerto.
Oh, muchacha, tú conoces el motivo.

Mother nature's son
(Hijo de la madre naturaleza)

Nacido un pobre muchacho del campo –
hijo de la Madre Naturaleza.
Todo el día me lo paso sentado cantando
canciones para todos.
Sentado junto a un arroyo de montaña – veo
nacer sus aguas.
Escucho el lindo sonido musical
que hace al pasar.
Me encontrarás en mi prado – hijo
de la Madre Naturaleza.
Margaritas cimbreantes cantan una indolente
canción bajo el sol.
Hijo de la Madre Naturaleza.

Everybody's got something to hide except for me and my monkey
(Todo el mundo tiene algo que esconder excepto yo y mi mono)

Ven, ven, ven, ven,
venir es tal placer
venir es tal placer
ven, tómatelo con calma
ven, tómatelo con calma.
Tómatelo con calma, tómatelo con calma.
Todo el mundo tiene algo que esconder
excepto yo y mi mono.
Más profundo te adentras más alto vuelas.
Más alto vuelas más profundo te adentras.
Así que ven, ven,
venir es tal placer
venir es tal placer
ven, facilita las cosas
ven, facilita las cosas.
Tómatelo con calma, tómatelo con calma.
Todo el mundo tiene algo que esconder
excepto yo y mi mono.
Tu interior está fuera y tu exterior está

dentro.
Tu exterior está dentro y tu interior está
fuera.
Así que ven, ven,
venir es tal placer
venir es tal placer
ven, facilita las cosas
ven, facilita las cosas
facilita las cosas, facilita las cosas.
Todo el mundo tiene algo que esconder
excepto yo y mi mono.

Sexy Sadie
(Sexy Sadie)

Sexy Sadie, qué has hecho.
Te has burlado de todo el mundo.
Te has burlado de todo el mundo.
Sexy Sadie, oh, qué has hecho.
Sexy Sadie, te has salido de las reglas.
Lo has puesto horizontal para que todos lo
viesen.
Lo has puesto horizontal para que todos lo
viesen.
Sexy Sadie, oooh, te has salido de las reglas.
En los días de sol el mundo esperaba
una amante.
Ella se vino a iniciar a todos.
Sexy Sadie, la más grande.
Sexy Sadie, ¿cómo te enteraste?
El mundo no hacía más que esperarte a ti.
El mundo no hacía más que esperarte a ti.
Sexy Sadie, oooh, ¿cómo te enteraste?
Sexy Sadie, un día lo vas a pagar.
Por muy grande que te creas.
Por muy grande que te creas.
Sexy Sadie, oooh, un día lo vas a pagar.
Le dimos todo lo que teníamos
sólo por sentarnos a su mesa.
Solamente una sonrisa lo iluminaría todo.
Sexy Sadie, es la más reciente.
Sexy Sadie, es la más reciente
y la más grande.
Se burla de todo el mundo,
Sexy Sadie.
Por muy grande que te creas,
Sexy Sadie.

Helter skelter
(Tobogán)

Cuando llego al fondo vuelvo a la cima
de la pista.
Donde me paro y me vuelvo y parto de viaje
hasta que llego al fondo y te veo
de nuevo.
Quieres, no quieres que te ame.
Desciendo a toda velocidad pero estoy
a kilómetros por encima de ti.
Dime, dime, dime, anda, dime
la respuesta.
Es posible que seas una amante, pero no
una bailarina.
Tobogán, tobogán,
tobogán.
Querrás, no querrás

que te consiga.
Desciendo a toda velocidad pero no dejes
que te rompa.
Dime, dime, dime la respuesta.
Es posible que seas una amante, pero no
una bailarina.
Cuidado, tobogán, tobogán,
tobogán.
Cuidado, que está llegando ella.
Cuando llego al fondo vuelvo a la cima
de la pista
y me paro y me vuelvo y parto de viaje
y llego al fondo y te veo
de nuevo.
Bueno, quieres, no quieres que te
consiga.
Desciendo a toda velocidad pero no dejes
que te rompa.
Dime, dime, dime la respuesta.
Es posible que seas una amante, pero no
una bailarina.
Cuidado, tobogán, tobogán,
tobogán.
Cuidado, tobogán.
Ella desciende a toda velocidad.
Sí, desciende.
Sí, desciende.

Honey pie
(Empanada de miel)

Era una empleada
del Norte de Inglaterra.
Ahora ha triunfado
en los E.E.U.U.
Y si por lo menos pudiese oírme
le diría esto.
Empanada de miel, enloquezco por ti.
Estoy enamorado pero soy perezoso.
Así que, te lo suplico, vuelve con los tuyos.
Oh, empanada de miel, mi posición es
trágica.
Vuelve y muéstrame la magia
de tu canción de Hollywood.
Te has convertido en una estrella de la
pantalla de plata y ahora la idea de
encontrarte
me hace temblar las rodillas.
Oh, empanada de miel, me estás poniendo
frenético.
Atraviesa el Atlántico
para estar en tu tierra.
Que el viento que ha soplado a su barco
a través del mar
amablemente la mande de nuevo hacia mí.
Empanada de miel, enloquezco por ti.
Estoy enamorado pero soy perezoso.
Así que por favor, vuelve con los tuyos.

Cry baby cry
(Llora, nene, llora)

Llora, nene, llora,
y que tu madre suspire.
A su edad debería saberlo.

El rey de Caléndula estaba en la cocina
preparando el desayuno para la reina.
La reina estaba en el parlatorio
tocando el piano para los hijos del rey.
Llora, nene, llora,
y que tu madre suspire.
A su edad debería saberlo.
Así que llora, nene, llora.
El rey estaba en el jardín
cortando flores para un amigo que vino a
jugar.
La reina estaba en la sala de juego
pintando cuadros para las vacaciones
de los niños.
Llora, nene, llora,
y que tu madre suspire.
A su edad debería saberlo.
Así que llora, nene, llora.
La duquesa de Kirkaldy siempre sonriendo
y llegando tarde para el té.
El duque tenía problemas
con un mensaje en la taberna "pájaro y
abeja".
Llora, nene, llora,
y que tu madre suspire.
A su edad debería saberlo.
Así que llora, nene, llora.
A las doce una reunión en torno
a la mesa
para una sesión en la oscuridad.
Con voces que llegan de ninguna parte
organizadas especialmente por los niños para
bromear.
Llora, nene, llora.
Que tu madre suspire.
A su edad debería saberlo.
Así que llora, nene, llora llora llora llora,
nene.
Que tu madre suspire.
A su edad debería saberlo.
Llora, nene, llora,
llora llora llora.
Que tu madre suspire.
A su edad debería saberlo.
Así que llora, nene, llora.

Good night
(Buenas noches)

Es ya hora de decir buenas noches,
buenas noches, que descanses.
Ahora el sol apaga su luz,
buenas noches, que descanses.
Sueña cosas dulces para mí,
sueña cosas dulces para ti.
Cierra los ojos y yo cerraré los míos,
buenas noches, que descanses.
Ahora la luna empieza a brillar,
buenas noches, que descanses.
Sueña cosas dulces para mí,
sueña cosas dulces para ti.
Cierra los ojos y yo cerraré los míos,
buenas noches, que descanses.
Ahora el sol apaga su luz,
buenas noches, que descanses.
Sueña cosas dulces para mí,
Sueña cosas dulces para ti.

Buenas noches, buenas noches a todo el
mundo,
a todo el mundo en todas partes.
Buenas noches.

Only a Northern Song
(Solamente una canción del Norte)

Si estás escuchando esta canción
puedes pensar que los acordes están saliendo
mal,
pero no es cierto;
es simplemente que los escribió así.
En realidad no importa qué cuerdas toco,
qué palabras digo o qué hora del día es
ya que es solamente una canción del Norte;
en realidad no importa qué ropa llevo,
cómo me van las cosas o si mi pelo es
castaño
cuando es solamente una canción del Norte.
Cuando escuchas, tarde por la noche,
puedes pensar que en el conjunto
hay algo que no va,
pero sí que va, simplemente tocan así.
En realidad no importa qué acordes toco,
qué palabras digo o qué hora del día es
ya que es solamente una canción del Norte.
En realidad no importa qué ropa llevo,
cómo me van las cosas o si mi pelo es
castaño
cuando es solamente una canción del Norte.
Si crees que la armonía
es un poco oscura y está desentonada
tienes razón, allí no hay nadie.
En realidad no importa qué acordes toco,
qué palabras digo o qué hora del día es,
y ya te dije que allí no hay nadie.

All Together Now
(Todos juntos, ahora)

Uno, dos, tres, cuatro,
¿puedo tener un poco más?
cinco, seis, siete, ocho, nueve, diez,
te amo.
A, B, C, D,
¿puedo traer a mis amigos a tomar el té?
E, F, G, H, 1, J,
te amo.
Bom bom bom bom-pa bom
Pilota el barco bom-pa bom
Corta el árbol bom-pa bom
Salta la comba bom-pa bom
Mírame.
Todos juntos, ahora, Todos juntos, ahora,
Todos juntos, ahora, Todos juntos, ahora.
Negro, blanco, verde, rojo,
¿puedo llevar a mi amigo a la cama?
rosa, marrón, amarillo, naranja, azul,
te amo.
Todos juntos, ahora, Todos juntos, ahora,
Todos juntos, ahora, Todos juntos, ahora,
Bom bom bom bom bom-pa bom
Pilota el barco bom-pa bom
Corta el árbol bom-pa bom

Salta la comba bom-pa bom
Mírame
Todos juntos, ahora, Todos juntos, ahora,
Todos juntos, ahora, Todos juntos, ahora,
¡Todos juntos, ahora!

Hey bulldog
(Eh, bulldog)

Perro pastor bajo la lluvia.
Rana que lo hace de nuevo.
Cierto tipo de felicidad se mide
en kilómetros.
Qué te hace pensar que eres algo especial
cuando sonríes.
Como un niño, sí, nadie comprende.
Navaja sevillana en tus manos sudadas.
Cierto tipo de inocencia se mide
en años.
No sabes qué significa escuchar
tus temores.
Puedes hablarme,
puedes hablarme,
puedes hablarme,
si te encuentras solo puedes hablarme (¡sí!)
Hombrón que pasea por el parque
Jacal que tiene miedo de la noche
Cierto tipo de soledad se mide
en ti.
Crees que lo sabes pero no tienes
idea.
Puedes hablarme,
puedes hablarme,
puedes hablarme,
si te encuentras solo puedes hablarme (¡sí!)
Eh, bulldog, eh, bulldog, eh, bulldog
Eh, bulldog, ¡Guau!
¿qué has dicho?
He dicho ¡guau!
¿sabes algo más?
¡Gugúguau Ah!

It's all too much
(Todo esto es demasiado)

Todo esto es demasiado
Todo esto es demasiado
Cuando miro en tus ojos
tu amor está allí para mí
y más penetro
más cosas hay para ver.
Todo esto es demasiado para mí, tomarlo
El amor que brilla en torno a ti
En todos sitios es lo que haces
por nosotros, tomarlo es demasiado.
Flotando aguas abajo por la corriente del
tiempo
De vida a vida conmigo
No importa dónde estás
o donde te gustaría estar.
Todo esto es demasiado para mí, tomarlo.
El amor que brilla aquí.
Todo el mundo es una tarta de cumpleaños
toma pues un trozo pero no demasiado.
Navégame por un sol de plata

Donde sepa que soy libre
Muéstrame que estoy en todas partes
y llévame a casa a tomar el té.
Todo esto es demasiado para mí, tomarlo
Hay de sobras allí para todo el mundo
Más das más recibes
Más es y es demasiado.
Todo esto es demasiado para mi, verlo
El amor que brilla en torno a ti
Más aprendo menos sé
Pero lo que hago es todo demasiado.
Todo esto es demasiado para mí, tomarlo
El amor que brilla en torno a ti
En todos sitios es lo que haces
por nosotros, tomarlo es demasiado.
Es mucho, es mucho.
Es demasiado
¡Ah! es demasiado.
Eres demasiado, ¡ah!
Estamos muertos, ¡ah!
Demasiado, demasiado, demasiado – ah
SE DESVANECE.

Goodbye
(Adiós)

Por favor no me despiertes hasta mañana
bien tarde
y no voy a llegar tarde.
Hoy bien tarde cuando sea mañana
me voy a ir a otra parte.
Adiós, adiós, adiós, adiós, amor mío, adiós.
Las canciones que seguían presentes en mis
labios ahora me exaltan
y siguen presentes en mi cabeza.
Deja tus flores en mi puerta,
las dejaré para el que venga atrás.
Muy lejos mi amor canta una canción triste
y me llama para que vaya con él.
Cuando la canción de amor triste
me invite a ir tengo que irme con él.
Adiós, adiós, adiós, adiós, amor mío, adiós.

Don't let me down
(No me decepciones)

No me decepciones,
no me decepciones,
no me decepciones,
no me decepciones.
Nunca nadie me ha amado como ella lo hace.
Oh, como ella. Sí, como ella.
Y si alguien me amase
como ella me ama.
Oh, ella a mí. Sí, ella lo hace.
No me decepciones,
no me decepciones,
no me decepciones,
no me decepciones.
Estoy enamorado por primera vez,
no sabes que va a durar,
es un amor que va a durar para siempre,
es un amor que no tiene pasado.
No me decepciones,
no me decepciones,

no me decepciones,
no me decepciones.
Y desde la primera vez que ella realmente
me ha hecho.
Oh, me ha hecho. Me ha hecho un favor,
creo que jamás nadie me ha hecho,
oh, ella me ha hecho,
ella me ha hecho,
me ha hecho un favor.
No me decepciones,
no me decepciones,
no me decepciones,
no me decepciones.

The ballad of John and Yoko
(La balada de John y Yoko)

Parados en el muelle de Southampton,
tratando de llegar a Holanda o a Francia.
El hombre del impermeable dijo: tienen que
volver,
ya saben que ni siquiera nos dieron la
posibilidad.
¡Dios mío! Sabes que no es fácil,
sabes lo difícil que puede llegar a ser.
Por como van las cosas,
me van a crucificar.
Por fin logramos tomar el avión a París,
luna de miel junto al Sena.
Peter Brown llamó para decir:
pueden seguir adelante,
pueden casarse en Gibraltar, cerca de España.
¡Dios mío! Sabes que no es fácil,
sabes lo difícil que puede llegar a ser.
Por como van las cosas,
me van a crucificar.
Fuimos en auto desde París hasta el Hilton de
Amsterdam,
hablamos desde la cama durante una
semana.
Los diarios dijeron: oigan, ¿qué hacen en la
cama?
Yo contesté: nada más tratamos de estar un
poco en paz.
¡Dios mío! Sabes que no es fácil,
sabes lo difícil que puede llegar a ser.
Por como van las cosas,
me van a crucificar.
Ahorras tu dinero para un día de lluvia,
donas toda tu ropa a obras de caridad.
Anoche mi esposa dijo:
ay, cuando mueres no te llevas nada más que
el alma…
¡Piensa!
Hicimos un viaje relámpago a Viena,
comimos torta de chocolate en una bolsa.
Los diarios dijeron: ella se le subió a la
cabeza,
parecen dos guías espirituales travestidos.
¡Dios mío! Sabes que no es fácil,
sabes lo difícil que puede llegar a ser.
Por como van las cosas,
me van a crucificar.
Tomamos el primer avión a Londres,
cincuenta bellotas atadas en una bolsita.
Los de la prensa dijeron: que tengan éxito,
qué bueno es que hayan vuelto.

¡Dios mío! Sabes que no es fácil,
sabes lo difícil que puede llegar a ser.
Por como van las cosas,
me van a crucificar.

Give peace a chance
(Dale una oportunidad a la paz)

Dos uno dos tres cuatro.
Todo el mundo habla de
bolsismo, peludismo, travestismo, loquismo,
harapismo, etiquetismo,
ismo por acá, ismo por allá, ismo, ismo, ismo.
Lo único que queremos decir es dale una
oportunidad a la paz,
lo único que queremos decir es dale una
oportunidad a la paz,
Vamos.
Todo el mundo habla de ministros,
registros, barrotes y lingotes,
obispos y avispos,
rabinos y pepinos, qué finos.
Lo único que queremos decir es dale una
oportunidad a la paz,
lo único que queremos decir es dale una
oportunidad a la paz,
Escúchame,
revolución, evolución, masticación,
flagelaciones, regulaciones, integraciones,
meditaciones, organizaciones de naciones,
felicitaciones.
Sigamos,
John y Yoko, Timmy Leary, Rosemary,
Tommy Smothers, Bobby Dylan, Tommy
Cooper,
Derek Taylor, Norman Mailer,
Alan Ginsberg, Hare Krishna, Hare Krishna.

Come together
(Lleguen juntos)

Ahí viene el del pelo cuadrado
viene poniéndose en onda lentamente
tiene ojos de caramelos
es religioso aspaventero
tiene el pelo hasta las rodillas.
Tiene que ser chistoso hace lo que quiere.
No usa pomada para zapatos
tiene pelota aprietapiés
tiene dedos de mono *
se da con Coca Cola
dice te conozco, me conoces.
Lo único que puedo decirte es que tienes que
ser libre.
Lleguen juntos ahora mismo sobre mí.
Lleguen juntos.
Es producción de bolsas
tiene botas de morsa
tiene aparador de Ono
es rompedor de columna vertebral
tiene los pies debajo de las rodillas
te sostiene en su sillón sientes su
enfermedad.
Lleguen juntos ahora mismo sobre mí.
Lleguen juntos.

Es montaña rusa
tiene advertencia temprana
tiene agua turbia
es filtro Mojo
dice uno más uno más uno son tres.
Tiene que ser apuesto porque es muy difícil
de ver.
Lleguen juntos ahora mismo sobre mí.
Lleguen juntos.

* (N. de la T.): La canción dice "monkey finger" en lugar de
"funny finger".

Maxwell's silver hammer
(El martillo plateado de Maxwell)

Joan era extraña, estudiaba ciencia patafísica
en su casa,
a la noche estaba sola con un tubo de
ensayo,
oh, oh, oh, oh.
Maxwell Edison, estudiante de medicina, la
llama por teléfono:
¿Quieres ir conmigo al cine, Joan?
Pero mientras ella se prepara para salir,
golpean a la puerta.
Bang, bang, el martillo plateado de Maxwell
le cayó sobre la cabeza,
bang, bang, el martillo plateado de Maxwell
se aseguró de que ella hubiera muerto.
Otra vez en la escuela, otra vez Maxwell se
hace el payaso,
la maestra se enoja.
Tratando de evitar una escena desagradable
le dice a Max que se quede después de hora,
entonces él espera atrás
escribiendo cincuenta veces no debo ser así
pero cuando ella le da la espalda al chico
él trepa desde atrás.
Bang, bang, el martillo plateado de Maxwell
le cayó sobre la cabeza,
bang, bang, el martillo plateado de Maxwell
se aseguró de que ella hubiera muerto.
El vigilante número treinta y uno dijo:
agarramos a un degenerado.
Maxwell está solo
pintando cuadros testimoniales oh, oh, oh,
oh.
Rose y Valerie gritan desde la galería
que Maxwell debe quedar libre.
El juez no está de acuerdo y se lo hace saber.
Pero mientras las palabras le salen de la boca
viene un ruido desde atrás.
Bang, bang, el martillo plateado de Maxwell
le cayó sobre la cabeza,
bang, bang, el martillo plateado de Maxwell
se aseguró de que él hubiera muerto.
El hombre del martillo plateado.

Oh! Darling
(¡Oh! querida)

¡Oh! querida, por favor, créeme,
nunca te voy a hacer daño.
Créeme cuando te digo

que nunca te voy a hacer daño.
¡Oh! querida, si me dejas
no voy a poder seguir adelante.
Créeme cuando te suplico
que nunca me dejes solo.
(Créeme, querida). Cuando me dijiste
que no me necesitabas más
sabes que casi me vengo abajo y lloro.
Cuando me dijiste
que no necesitabas más
sabes que casi me vengo abajo y muero.
¡Oh! querida, si me dejas
no voy a poder seguir adelante.
Créeme cuando te digo
que nunca me dejes solo.
¡Oh! Querida, por favor, créeme,
nunca te voy a fallar
(oh, créeme, querida).
Créeme cuando te digo que nunca te voy a
hacer daño.
Nunca te voy a hacer daño.

I want you
(Te necesito)

Te necesito
te necesito tanto
te necesito
te necesito tanto
que me estoy volviendo loco, me estoy
volviendo loco.
Te necesito
te necesito tanto corazón
te necesito
te necesito tanto
que me estoy volviendo loco, me estoy
volviendo loco.
Sí.
Te necesito
te necesito tanto corazón
te necesito
te necesito tanto
que me estoy volviendo loco, me estoy
volviendo loco.
Te necesito
te necesito tanto
te necesito
te necesito tanto
que me estoy volviendo loco, me estoy
volviendo loco.
Sí.
Ella es tan pesada, pesada.

Because
(Porque)

Porque el mundo es redondo me excita.
Porque el mundo es redondo…
Ah… el amor es viejo, el amor es nuevo,
el amor es todo, el amor eres tú.
Porque el viento es fuerte me vuela la
cabeza.
Porque el viento es fuerte…
Ah… el amor es viejo, el amor es nuevo,
el amor es todo, el amor eres tú.

Porque el cielo es azul me hace llorar.
Porque el cielo es azul…
Ah… el amor es viejo, el amor es nuevo,
el amor es todo, el amor eres tú.

You never give me your money
(Nunca me das tu dinero)

Nunca me das tu dinero,
sólo me das tu papel extraño
y en mitad de las negociaciones te vienes
abajo.
Nunca te doy mi número,
sólo te doy mi situación
y en mitad de la investigación me vengo
abajo.
Facultad terminada, dinero gastado,
sin futuro claro, sin pagar el alquiler.
No quedó nada de dinero, no hay adónde ir.
Echaron a cualquier trabajador,
lunes a la mañana, dar media vuelta.
Lentamente en el camión amarillo, no hay
adónde ir.
Un sueño lindo,
levantar el equipaje y subir a la limosina.
Pronto estaremos muy lejos de aquí,
nos apuraremos y nos secaremos esa lágrima.
Un sueño lindo hoy se hizo realidad, hoy se
hizo realidad.
Arroz con leche, me quiero casar
con una señorita de San Nicolás.

Sun king
(Rey Sol)

Ah… ahí viene el rey Sol.
Todo el mundo se ríe,
todo el mundo está feliz.
Ahí viene el rey Sol.
Quando paramucho mi amore defelice
corazon
mundo pararazzi mi amore chicka ferdy
parasol
cuesto obrigado tanta mucho que can eat it
carousel. *

* (N. de la T.): Los últimos tres versos se transcriben tal como
figuran en el original.

Mean Mr. Mustard
(El tacaño señor Mostaza)

El tacaño señor Mostaza duerme en la plaza,
se afeita en la oscuridad
para tratar de ahorrar papel.
Duerme en un pozo que hay en el camino
para ahorrar y comprarse ropa,
tiene un billete de diez guardado en la nariz.
Qué viejo tacaño, qué viejo tacaño.
Su hermana Pam trabaja en una tienda,

no para nunca, quiere progresar
y lo lleva a ver a la Reina,
que es el único lugar que él conoce.
Siempre grita algo obsceno.
Qué viejo verde, qué viejo verde.

Pam de Polietileno
(Polythene Pam)

Tienes que ver a Pam de Polietileno.
Tiene buena facha pero parece un hombre.
La tienes que ver travestida
con su bolsa de polietileno puesta.
Sí, tienes que ver a Pam de Polietileno, sí.
Tienes que aguantarla cuando se pone botas
militares y falda escocesa,
es impresionante cuando está completamente
vestida.
Es de esas chicas que salen en el diario News
of the World.
Sí, se podría decir que la hicieron muy
atractiva, sí.

She came in through the bathroom window
(Ella entró por la ventana del baño)

Ah, cuidado.
Ella entró por la ventana del baño
protegida por una cuna de oro
pero ahora se chupa el pulgar y duda junto a
las márgenes de su propia laguna.
¿Nadie le dijo?
¿Nadie vio?
Los domingos hablando por teléfono con el
lunes,
los martes hablando por teléfono conmigo.
Ella dijo que siempre había sido bailarina,
trabajaba en quince lugares por día
y aunque ella pensaba que yo sabía la
respuesta,
bueno, yo sabía lo que no podía decir.
Así que renuncié a la policía
y conseguí un trabajo fijo
y aunque ella hacía todo lo posible por
ayudarme
sabía hurtar pero no robar.

Golden Slumbers
(Sueños dorados)

Alguna vez hubo un camino para volver hacia
nuestra casa.
Alguna vez hubo un camino para volver a
casa.
Duerme, hermosa, no llores
que cantaré una canción de cuna.
Te llenan los ojos sueños de oro,
te despiertan sonrisas cuando te levantas.
Duerme, hermosa, no llores
que cantaré una canción de cuna.

Carry that weight
(Carga ese peso)

Querido, vas a cargar ese peso,
cargar ese peso durante mucho tiempo.
Nunca te doy mi almohada,
sólo te doy mis invitaciones
y en el medio de los festejos
te vienes abajo.

The end
(Al final)

Sí, muy bien, ¿vas a estar en mis sueños esta
noche?
Y al final el amor que tomas *
es igual al amor que haces.
Ah…

* (N. de la T.): La letra dice "take" en lugar de "make" en
este verso.

Her Majesty
(Su Majestad)

Su Majestad es una chica muy linda
pero no dice cosas muy interesantes.
Su Majestad es una chica muy linda
pero cambia de un día para otro.
Le quiero decir que la quiero mucho
pero necesito una panza llena de vino.
Su Majestad es una chica muy linda,
algún día la voy a hacer mía, sí,
algún día la voy a hacer mía.

Cold turkey*
(Pavo frío)

Sube la temperatura
la fiebre es alta
no veo ningún futuro
no veo ningún cielo.
Me pesan los pies
y también la cabeza
¿por qué no seré un bebé?
¿por qué no estaré muerto?
El pavo frío me hace tratar de escapar.
Me duele el cuerpo
carne de gallina en los huesos
no puedo ver a nadie
déjenme en paz.
Tengo los ojos abiertos de par en par
no me puedo dormir
de una cosa estoy seguro
estoy en el congelador.
El pavo frío me hace tratar de escapar.
El pavo frío me hace tratar de escapar.
Treinta y seis horas
retorciéndome de dolor
rezando que alguien
me vuelva a liberar.
Ay, me voy a portar bien
por favor cúrame

te prometo lo que sea
sácame de esta tortura.
El pavo frío me hace tratar de escapar.

Come and get it
(Ven a buscarlo)

Si lo quieres, aquí está,
ven a buscarlo,
decídete rápido.
Si lo quieres en cualquier momento
puedo dártelo
pero te conviene apurarte porque se puede
terminar.
¿Dijiste que tiene que haber una trampa?
¿Acaso quieres alejarte de un tonto y de su
dinero?
Si lo quieres, aquí está,
ven a buscarlo
pero te conviene apurarte porque está
desapareciendo rápido.
Hijo mío, si lo quieres, aquí está,
ven a buscarlo
pero te conviene apurarte porque está
desapareciendo rápido.
Te conviene apurarte porque está
desapareciendo rápido…
Sí…

You know my name
(Sabes mi nombre)

Sabes mi nombre
busca el número
sabes mi nombre
busca el número
tú tú sabes que sabes mi nombre
tú tú sabes que sabes mi nombre
Buenas noches y bienvenidos a Slaggers
con la actuación de Denis O'Bell
vamos Ringo una vez para Denis
Buenas noches
Sabes mi nombre
mejor que busques mi número
sabes mi nombre
(correcto) busca mi número
tú tú sabes que sabes mi nombre
tú tú sabes que sabes mi nombre
sabes mi nombre
ba ba ba ba ba ba ba ba ba
busca mi número
sabes mi nombre
correcto busca el número
ah sabes sabes que
sabes mi nombre sabes sabes que sabes mi
nombre
aha aha
sabes mi nombre
ba ba ba pum
busca el número
sabes mi nombre
busca el número

sabes sabes que sabes mi nombre
nena tú tú sabes que sabes mi nombre
sabes que sabes mi nombre sabes que sabes
mi nombre
sigue Denis una vez para Denis O'Bell
Sabes sabes que sabes mi nombre
Sabes sabes que sabes mi nombre
Prrr sabes mi nombre y el número
Sabes mi nombre y el número
Sabes que sabes mi nombre
Busca mi número
Sabes mi número tres
Sabes mi número dos
Sabes mi número tres
Sabes mi número cuatro
Sabes mi nombre sabes mi número también
Sabes mi nombre sabes mi número
¿Qué te pasa?
Sabes mi nombre
Correcto
Sí.

Two of us
(Dos de nosotros)

Dos de nosotros viajando sin rumbo,
gastando lo que a alguien le costó ganar.
Tú y yo manejando como domingueros
sin llegar cuando vamos camino a casa.
Vamos camino a casa,
vamos camino a casa,
volvemos a casa.
Tú y yo tenemos recuerdos
más largos que ese camino que se extiende
ante nosotros.
Dos de nosotros enviando postales,
escribiendo cartas en mi pared.
Tú y yo quemando fósforos,
levantando cerrojos cuando vamos camino a
casa.
Vamos camino a casa,
vamos camino a casa,
volvemos a casa.
Dos de nosotros con impermeables puestos
parados a solas bajo el sol.
Tú y yo persiguiendo papel
sin terminar en ningún lado cuando vamos
camino a casa.
Vamos camino a casa,
vamos camino a casa,
volvemos a casa.

Dig a pony
(Me gusta un dinero)

Me gusta un dinero,
bueno, puedes celebrar lo que quieras,
sí, puedes celebrar lo que quieras.
Hago un obstructor de tránsito,
bueno, puedes penetrar en donde vayas,
sí, puedes penetrar en donde vayas.
Te lo dije, lo único que quiero eres tú.
Todo tiene que ser como tú quieres.
Porque…
Elijo a alguien lunar,

bueno, puedes irradiar todo lo que eres,
sí, puedes irradiar todo lo que eres.
Hago rodar una piedrita, *
bueno, puedes imitar a todos los que
conozcas,
sí, puedes imitar a todos los que conozcas.
Te lo dije, lo único que quiero eres tú.
Todo tiene que ser como tú quieres.
Porque…
Siento cómo sopla el viento,
bueno, puedes indicar todo lo que ves,
sí, puedes indicar todo lo que ves.
Me gustó un dinero,
bueno, puedes publicar cualquier barco que
manejes,
sí, puedes publicar cualquier barco que
manejes.
Te lo dije, lo único que quiero eres tú.
Todo tiene que ser como tú quieres.
Porque…

* (N. de la T.): En el original, "roll a stoney" puede referirse
al grupo The Rolling Stones y también a armar un cigarrillo
de marihuana. "Hago rodar una piedrita" es la traducción
más literal, ya que el resto de la letra no explicita a qué hace
referencia exactamente esta frase.

Across the universe
(A través del universo)

Las palabras brotan como lluvia interminable
que cae en un vaso de cartón, *
se ondulan mientras pasan, se escapan
deslizándose a través del universo.
Charcos de pena, olas de alegría viajan a la
deriva por mi mente abierta
poseyéndome y acariciándome.
Jai Guru De Va Om,
nada va a cambiar mi mundo,
nada va a cambiar mi mundo.
Imágenes de luz rota que bailan ante mí
como un millón de ojos
que me llaman una y otra vez a través del
universo.
Los pensamientos serpentean como un viento
inquieto dentro de un buzón dan tumbos a
ciegas mientras se desplazan a través del
universo.
Jai Guru De Va Om,
nada va a cambiar mi mundo,
nada va a cambiar mi mundo.
Sonidos de risas tonos de tierra resuenan por
mis vistas abiertas incitándome e
invitándome.
Amor ilimitado e inmortal que me envuelve
brillando como un millón de soles, me llama
una y otra vez a través del universo.
Jai Guru De Va Om,
nada va a cambiar mi mundo,
nada va a cambiar mi mundo.

Dig it
(Engánchate)

Como un vagabundo
como un vagabundo *
como el F.B.I.
y la C.I.A.
y la B.B.C.
B.B. King y Doris Day
Matt Busby.
Engánchate. Engánchate.

* (N. de la T.): La letra dice "Like a Rolling Stone", que, si
bien significa "Como un vagabundo" y a la vez hace
referencia al tema de Bob Dylan "Like a Rolling Stone", no
deja de remitir al grupo The Rolling Stones, por lo que
también podría traducirse "Como un Rolling Stone".

Let it be
(Déjalo así)

Cuando estoy en un momento difícil
la madre María aparece ante mí
diciendo palabras sabias, déjalo así.
Y en mi hora oscura
está de pie frente a mí
diciendo palabras sabias, déjalo así.
Déjalo así, déjalo así.
Susurra palabras sabias, déjalo así.
Y cuando las personas angustiadas
de todo el mundo se pongan de acuerdo,
habrá una respuesta, déjalo así.
Porque aunque no estén juntas
igual es posible que vean
que habrá una respuesta, déjalo así.
Déjalo así, déjalo así.
Habrá una respuesta, déjalo así.
Y cuando la noche está nublada
igual hay una luz que me ilumina.
Brilla hasta mañana, déjalo así.
Me despierto al oír la música,
la madre María aparece ante mí
diciendo palabras sabias, déjalo así.
Déjalo así, déjalo así.
Habrá una respuesta, déjalo así.
Déjalo así, déjalo así.
Susurra palabras sabias, déjalo así.

I've got a feeling
(Tengo una sensación)

Tengo una sensación, una sensación en lo
más profundo de mi ser,
sí, sí.
Tengo una sensación, una sensación que no
puedo ocultar,
no, no, no.
Sí, tengo una sensación.
Por favor, créeme,
no soportaría perder el tren,
sí, sí.
Y si me dejas, no voy a volver a llegar tarde,
no, no, no.
Sí, tengo una sensación, sí.
Todos estos años estuve dando vueltas

preguntándome cómo era posible que nadie
me dijera
que lo único que yo buscaba era alguien que
se pareciera a ti.
Todo el mundo tuvo un año difícil,
todo el mundo lo pasó bien,
todo el mundo tuvo un sueño húmedo,
todo el mundo vio el sol.
Sí, sí, sí.
Todo el mundo tuvo un buen año,
todo el mundo aflojó las riendas,
todo el mundo sudó la gota gorda,
todo el mundo se puso firme.
Sí, sí, sí.

One after 909
(El que le sigue al 909)

Mi chica dice que viaja en el que le sigue al
909,
dije córrete, mi vida, yo viajo en esa línea.
Le dije córrete una vez, córrete dos veces,
Vamos, corazón, no seas tan fría.
Dije que viajo en el que le sigue al 909.
Le supliqué que no se fuera y se lo pedí de
rodillas,
nada más estás jugando, nada más estás
jugando conmigo.
Le dije córrete una vez, córrete dos veces,
Vamos, corazón, no seas tan fría.
Dije que viajo en el que le sigue al 909.
Tengo mi bolso,
corro a la estación.
El hombre del tren dice que la ubicación está
mal.
Tengo mi bolso,
corro a casa
y me doy cuenta de que tengo mal el
número.
Dije que viajo en el que le sigue al 909,
dije córrete, mi vida, yo viajo en esa línea.
Le dije córrete una vez, córrete dos veces,
Vamos, corazón, no seas tan fría.
Dije que viajamos en el que le sigue al 909.

The long and winding road
(El camino largo y sinuoso)

El camino largo y sinuoso que va a tu puerta
nunca va a desaparecer, ya lo vi alguna vez.
Siempre me trae hasta aquí, me trae a tu
puerta.
La noche ventosa y salvaje que la lluvia se
llevó
dejó un charco de lágrimas que lloran por el
día.
¿Por qué me dejas aquí parado? Dime cuál es
el sendero.
Muchas veces estuve solo y muchas veces
lloré.
De todas maneras nunca sabrás todos los
senderos que probé
pero me vuelven a llevar al camino largo y
sinuoso.
Me dejaste aquí parado hace mucho, mucho

tiempo.
No me dejes aquí esperando, llévame a tu
puerta.

Get back
(Vuelve)

(1)
Jojo era un hombre
que se creía un solitario
pero sabía que esto no podía durar.
Jojo se fue de su casa en Tucson, Arizona,
para buscar un poco de Hierba de California.
Vuelve, vuelve.
Vuelve al lugar donde has vivido siempre.
Vuelve, vuelve.
Vuelve al lugar donde has vivido siempre.
Vuelve, Jojo. Vuelve a casa.
Vuelve, vuelve.
Vuelve al lugar donde has vivido siempre.
Vuelve, vuelve.
Vuelve al lugar donde has vivido siempre.
Vuelve, Jo.
(2)
La encantadora Loretta Martin creía
que era una mujer
pero era otro hombre.
Todas las chicas decían
un día lo pagará
pero ella lo consigue mientras puede.
Vuelve, vuelve.
Vuelve al lugar donde has vivido siempre
Vuelve, vuelve
Vuelve al lugar donde has vivido siempre.
Vuelve, Loretta. Vuelve a casa
Vuelve, vuelve
Vuelve al lugar donde has vivido siempre
Vuelve, vuelve
Vuelve al lugar donde has vivido siempre.
Vuelve, Loretta
tu madre te está esperando
con sus zapatos de tacón alto
y su suéter de cuello bajo.
Vuelve a casa, Loretta
Vuelve, vuelve.
Vuelve al lugar donde has vivido siempre.

Índice

Agradecimientos

No habría sido posible recopilar este libro sin la ayuda de muchas personas. Por razones de espacio, no podemos nombrar a todos, pero nos gustaría agradecer a quienes participaron en esta producción, en especial a Art Kane, que dio el puntapié inicial, y a los colaboradores que aportaron ilustraciones sin recibir mucho a cambio. También estamos en deuda con los admiradores que nos asombraron con sus respuestas a nuestros avisos: Ken White, Thelma Cowen, Alan Birch, Allan Jones, Frances Platt, G. Dean, Molly Booth, David Wright, Anita Johnson, Carole Smith, Tony Rushton, Doreen Hyde, Joan Langford, Richard Phillips, Shennel Rothman, Terry Hynes, Hilary Petch, Dennis McKeown, Irene Hanson, B. Cawson, L. Baker, Martin Lawson, Stephen McGee, Joanne Thomson, F. Ashcroft, Christine and Pauline Westley, S. McCarthy, Pat Laythorpe, Alan Crawley, Stewart Emmott, S. Hurst, V. McCartney, C. Hanne, P. Stennet, Jan Moller, B. Cohen, Allan Le Carpentier, K. Voels, Kevin Day, Mike Davies, Alan Platt y muchos otros que olvidamos mencionar. También querríamos agradecer a Ray Connolly, que preparó los epígrafes, y a David Wild, Barbara Swidersky y Juliet Robson por sus decoraciones. También expresamos nuestro agradecimiento a Heinemann por permitirnos publicar fragmentos de *Los Beatles: la biografía autorizada*, de Hunter Davies. La ilustración de Eduardo Paolozzi se reproduce con el permiso de Petersburg Press.

Biografía del autor

Alan Aldridge dejó la escuela a los quince años, después derivó a través de varios trabajos. Fue actor de obras de repertorio; a los veinte años comenzó a dibujar. Eso fue en 1968. Hoy es uno de los más grandes y originales ilustradores del mundo.
Su estilo es característico e inmediato; fantasía con un toque único. Su dibujo y su uso del color han inspirado a muchos imitadores, ninguno de los cuales ha igualado su visión personal.